Vous rêvez
d'un prix littéraire ... **polar ?**

C'est l'aventure ...
les éditions POINTS avec leur
Prix du Meilleur Polar des lecteurs de POINTS !

De janvier à octobre 2014, un jury composé de 40 lecteurs et de 20 professionnels recevra à domicile 9 romans policiers, thrillers et romans noirs récemment publiés par les éditions Points et votera pour élire le meilleur d'entre eux.

Pour rejoindre le jury, déposez votre candidature sur **www.prixdumeilleurpolar.com.** Les inscriptions sont ouvertes jusqu'au 10 mars 2014.

Le Prix du Meilleur Polar des lecteurs de POINTS, c'est un prix littéraire dont vous, lectrices et lecteurs, désignez le lauréat en toute liberté.

Pour découvrir le lauréat de l'édition 2013 et obtenir plus d'information, rendez-vous sur **www.prixdumeilleurpolar.com**

Lauréat du Brian Moore Short Award en 1998, l'Irlandais Sam Millar est un ancien combattant de l'IRA, qui a purgé vingt ans de prison pour le braquage d'un fourgon. Il écrit comme on se venge, avec urgence, calcul et précision.

Le livre
dont je t'ai parlé
chère Louise...
Bisos
Séraphine

Sam Millar

ROUGE
EST LE SANG

ROMAN

*Traduit de l'anglais (Irlande)
par Patrick Raynal*

Fayard

Ce titre est paru en 2010
sous le titre *Redemption Factory*.

TEXTE INTÉGRAL

TITRE ORIGINAL
The Redemption Factory
ÉDITEUR ORIGINAL
Brandon, 2005
© ORIGINAL : Sam Millar, 2005

ISBN 978-2-7578-3031-4
(ISBN 978-2-213-63525-5, 1ʳᵉ publication)

© Librairie Arthème Fayard, 2010, pour la traduction française

Je dédie ce livre à Brian, Liz
et « les garçons »,
Jamsey, Ruari et Pearce.

Une famille formidable,
et des amis plus formidables encore.

Prologue

*À partir du crime d'un seul, apprends
à les connaître tous.*

Virgile, *L'Énéide*

*Quand un imbécile fait quelque chose
dont il a honte, il déclare toujours que
c'est son devoir.*

George Bernard Shaw,
César et Cléopâtre

Le vieux cottage ressemblait à un grand bateau
échappé de justesse à la tempête. Un étranger se serait
moqué de son état, surtout s'il avait su que c'était
maintenant une prison. Mais une prison de l'esprit plus
que du corps : une sorte d'énigme psychologique, qui
enseignait au seul prisonnier restant que toute tentative
d'évasion ne ferait que prouver sa culpabilité – si, dans
cette hypothèse, ses anciens camarades ne s'y étaient
pas déjà employés.

La marée avait abandonné le rivage, laissant derrière
elle une forte odeur dans le cottage, sorte de mélange
d'eau, de Javel et de sel brûlé, qui se glissait comme
une intruse à travers la structure fissurée du bâtiment.
D'autres odeurs planaient dans l'enceinte du cottage : des

relents de sueur séchée, d'urine et d'excréments, luttant pour ravir la deuxième place. Car une seule dominait et s'imposait aux autres à mesure que le temps passait : l'odeur cuivrée de la peur...

Nu, le prisonnier n'était couvert que d'ombres, de terre et de marques violacées. Ses poignets portaient les stigmates pourpres de la technique du *strappado*, la torture favorite des dictateurs sud-américains, consistant à laisser le prisonnier pendu à des menottes jusqu'à ce qu'elles s'enfoncent profondément dans ses chairs.

Les planches du sol où il se tenait, privées de clous par le temps et l'usage, ondulaient comme une houle irrégulière. Une statue décapitée, tachetée de fumier et de mousses gisait dans un coin. Des toiles de poussière soyeuses recouvraient un amas de mégots et de croûtons de pain bleus de moisissures.

Le froid le mordait jusqu'à la moelle. Il tremblait tellement qu'il se demanda si ce n'était pas ce qu'ils cherchaient, le faire geler à mort.

Ses pensées furent brusquement interrompues par un bruit de pas. Un bruit épais et sourd – celui de ses ravisseurs et de leurs bottes humides, couvertes de sable.

La porte s'ouvrit en grinçant et un éclat de lumière lui brûla les yeux jusqu'aux larmes. Il ressentit cette lumière dans l'humidité de ses os, comme une petite langue qui lui léchait la peau.

« Mange », fit une voix bourrue, et il perçut le froid d'une assiette contre ses pieds nus.

Ses maigres repas lui arrivaient de façon aléatoire, et on lui servait toujours la même substance grise et brune qui l'empêchait de distinguer le petit déjeuner du dîner. C'était délibéré : impossible de structurer le temps en heures et en jours, en jours et en semaines...

Pout tout calendrier : l'horrible chaume qui lui

envahissait le visage et l'empêchait de sombrer dans la folie.

Demande-leur, disait la voix dans sa tête. *Demande-leur*.

Il méprisait cette voix, ce tourment. Il voulait juste qu'on le laisse tranquille. N'avait-il pas été assez torturé ?

Demande-leur.

« Pouvez-vous me dire ce qui se passe ? Quel est le jugement ? »

Il ne reconnut pas le coassement rauque, le ton de Judas qui révélait son désespoir.

Les ravisseurs, le visage caché sous leurs masques, ignorèrent ses questions, laissant le silence s'appesantir, devenir plus poignant.

Le silence. Bien sûr, se dit le prisonnier, et cela le fit presque sourire. Il savait d'expérience que, parfaitement dosé, le silence pouvait se révéler aussi impitoyable et terrifiant que la réalité. Il instillait la peur, mais d'une façon si subtile que c'était à peine si vous vous rendiez compte, avant qu'il ne soit trop tard, qu'elle venait de vous taper sur l'épaule.

Un des ravisseurs tenait un fusil de chasse dans le creux de son coude, comme on berce avec tendresse un enfant endormi. Le prisonnier se rappela la première fois où il avait vu cette arme horrible, constellée de petites taches de rouille qui donnaient au métal un aspect irrégulier. La bouche du canon était pleine de paille de fer et cela l'avait rassuré : une arme qu'on néglige est une arme qu'on n'utilise pas. Elle était là pour faire peur, pour soumettre. Rien d'autre.

Ce ne fut que lorsqu'il s'était aperçu qu'il ne s'agissait ni de limaille ni de rouille, mais de sang et de cheveux, que l'horreur de la situation l'avait pleinement envahi.

« Tu devrais rester tranquille », dit l'un deux, se décidant à rompre le silence.

La cadence des mots semblait inoffensive, presque affectueuse. Mais le prisonnier savait qu'ils étaient glissants et malveillants comme un serpent écrasé de soleil.

La porte se ferma, chassant la lumière. Il écouta les pas s'éloigner puis disparaître, souhaitant ne plus jamais les entendre, conscient pourtant qu'ils reviendraient. Bientôt…

La matinée s'écoula sans que le prisonnier soit capable de la distinguer du reste de la journée.

En fond sonore, il entendait les cris denses des mouettes et les pas légers d'un chat. Dehors, il pleuvait, et il s'appliqua à écouter l'acharnement de la pluie, à se la représenter comme des épines de porc-épic battant le sol sablonneux.

C'était de la musique, un salut oratoire envoyé pour le sauver, élever son esprit et lui faire espérer que, peut-être, après tout, Dieu existait.

Mais la pluie et la musique s'évanouirent quand les bottes s'avancèrent vers la porte, leur bruit silencieux lui retournant l'estomac.

La peur, qui l'avait quitté pour quelques heures, revenait, plus épaisse, se poser sur sa poitrine, gênant sa respiration. Il avait un goût dans la bouche, un goût net de métal humide, comme la roulette d'un dentiste. Ce ne fut que lorsqu'il cracha qu'il s'aperçut qu'il saignait.

Ce bon vieil ulcère, pensa-t-il amèrement. *Je me demandais quand il pointerait son horrible tête.*

L'arôme d'œufs au bacon se traçait un chemin dans la pièce. C'était la plus merveilleuse odeur qu'il ait jamais sentie, et son ventre en gargouillait d'avance. Mais, bien vite, les voix revinrent le tourmenter. *Un bon repas ? Tu sais ce que ça signifie.*

Un des ravisseurs posa la nourriture sur le sol avant de reculer dans l'obscurité. L'autre – celui qui normalement trimballait l'horrible fusil – se contentait de regarder. Le fusil avait laissé la place à un revolver.

« Pourquoi me faites-vous ça ? Qu'est-ce que j'ai fait ? » demanda le prisonnier.

Les deux hommes demeurèrent silencieux et immobiles dans la lumière déclinante, comme deux renards calculateurs et madrés.

« Au moins, laissez-moi vous regarder dans les yeux, voir vos visages. »

La colère s'emparait de l'homme nu, une émotion violente. C'était bon de se sentir humain à nouveau, d'entendre sa vraie voix et pas son écho cartonné. S'ils voulaient le voir ramper et pleurer, ils allaient être déçus. Amèrement déçus.

« Êtes-vous si honteux de vos actes que vous n'osez pas me regarder en face ? »

Ce soir, pour la première fois, un des ravisseurs s'exprima, d'une voix légèrement assourdie.

« C'est toi qui devrais avoir honte. Pas nous. En passant des informations à l'ennemi, tu nous as trahis, tu as trahi nos idéaux – tout ce pour quoi nous nous battons et mourons. J'espère que ça valait le coup, tout cet argent.

– C'est un mensonge ! Je n'ai jamais trahi personne de ma vie. Je le jure sur ma famille…

– Économise tes serments. Ils ne serviront à rien, pas avec nous. Nous avons entendu l'enregistrement de ta confession et les preuves sont contre toi. C'est irréfutable. Tu as envoyé trois de nos hommes dans une embuscade, ils ont été assassinés. Eux, on ne leur a pas permis de jurer sur leur famille. Pourquoi le pourrais-tu ? Maintenant que tu es face la justice, tu te rétractes ?

– Regardez-moi ! Regardez mon corps humilié et couvert de brûlures de cigarettes, mes poignets tordus et brisés. Si j'ai dit que j'avais trahi, c'est sous la torture. Ce ne sont pas mes mots sur la bande. Ce sont les hurlements d'un homme torturé, d'un animal blessé implorant la pitié. Reconnaissez-le, n'auriez-vous pas raconté les mêmes bobards si on vous avait soumis au même supplice ? Si on vous avait privés de sommeil pendant des jours ? Et ne trouvez-vous pas un peu pervers d'utiliser les mêmes méthodes que celles que nous condamnons chez nos ennemis ? Putains d'hypocrites !

– Mange ta bouffe, répondit le ravisseur.

– Mange-la, toi, nargua le prisonnier. Vas-y, prouve que tu crois ce qu'on dit de moi. Mange en toute conscience. Montre-moi comment tu avales ça, tout comme tu avales les mensonges. »

Le ravisseur se dirigea vers le fond de la pièce et jeta un coup d'œil par la fenêtre. On aurait dit qu'il étudiait les vagues montantes, leurs lentes et informes ondulations.

« Vas-y, insista le prisonnier, encouragé par le silence de son gardien. Mange, bois et sois heureux de ton crime. Avec un peu de chance, son goût te rappellera toujours mon... »

Un des hommes regarda sa montre.

« Il te reste qu'une quinzaine de minutes. Tu devrais te mettre en paix avec Dieu.

– Dieu ? Ha ! Qu'ils aillent se faire foutre, les dieux, et toi avec ! Enlevez vos masques, lâches bâtards que vous êtes. Vous crevez de peur à l'idée que je puisse revenir vous hanter si je vois vos faces de trouillards ? Ha ! C'est ça, n'est-ce pas, sacs à merde ? »

L'homme s'avança vers le prisonnier et ôta lentement son masque, exposant ses traits à la lumière vacillante.

« Regarde tout ton saoul. Fais-toi plaisir, parce que c'est le dernier visage que tu verras sur cette terre… »

Ça faisait presque une semaine que le ravisseur avait prononcé ces paroles prophétiques, mais, alors qu'il réécoutait la bande, il n'était plus aussi convaincu de la culpabilité de cet homme. À vrai dire, ses convictions avaient eu tendance à se réduire, ces derniers temps, lui laissant un goût de scepticisme tout à fait nouveau pour lui. Il commençait à croire à des choses qu'il savait néfaste de croire.

Il avait entendu de nombreux enregistrements. Les confessions de traîtres et d'indicateurs implorant la pitié, suppliant qu'on leur pardonne leurs saloperies ; mais il y avait quelque chose dans la voix de cet homme mort, un étrange écho montant du tombeau, qui commençait à lui ronger désagréablement les oreilles.

« *Non. Un million de fois non. Je n'ai pas… arghhhhhhhhhh… salauds !* »

Silence. Quelques secondes de silence. Le ravisseur savait que ces quelques secondes pouvaient représenter des jours, en temps réel ; du temps pour calmer le prisonnier, l'amener à dire ce qu'ils voulaient entendre : une sorte de ventriloquie poussée à l'extrême.

Il arrêta la bande, en réfléchissant à son geste suivant, s'il y en avait un. Posséder une copie de cette bande était risqué. Des copies falsifiées avaient été spécialement réalisées pour les oreilles de certains journalistes. Elles laissaient entendre, au cours d'un interrogatoire très professionnel, un homme confessant ses péchés. La voix de l'interrogateur semblait calme, humaine, presque sympathique. Celle du prisonnier était tremblante, hésitante ; la voix d'un homme jouant avec la vérité au milieu d'un million de mensonges et dont les mots tombaient de la bouche comme des blocs de bois.

Bien sûr, ils étaient très peu nombreux à avoir entendu la bande officielle, celle avec les hurlements et les dénégations. On la gardait pour former les interrogateurs, pour leur enseigner les méthodes, leur montrer ce qui marchait et ce qui ne marchait pas.

Non. La version expurgée était destinée au grand public ; l'autre, plus sombre et plus complète, serait archivée et réservée à la hiérarchie, aux *happy few*.

Il aurait déjà dû la détruire. Il avait été imprudent de la garder, ne serait-ce que quelques jours, ne serait-ce que pour alléger sa conscience…

Il sortit une cigarette d'une boîte délabrée et se la mit dans la bouche. Le tabac avait un goût passé, pourri. Tout semblait avoir le même goût de pourriture, ces temps-ci. Il examina la flamme de son briquet, s'empara de la bande et approcha les deux l'une de l'autre. Il regarda la flamme tremblotante se transformer en langue. Il s'attendait à ce qu'elle lui parle…

1

La viande
dans toute sa putain de gloire

> *J'ai renoncé très jeune à manger de la*
> *viande, et le jour viendra où les hommes,*
> *comme moi, considéreront le fait de tuer*
> *des animaux comme ils considèrent*
> *aujourd'hui le fait de tuer des hommes.*
> Léonard de Vinci

> *Tant qu'il y aura des abattoirs, il y aura*
> *des champs de bataille.*
> Léon Tolstoï

Paul Goodman se sentait comme un condamné, tandis qu'il s'avançait vers l'abattoir à travers l'herbe détrempée. Un rosaire de nœuds s'accrochait à son estomac et le serrait un peu plus à chaque pas. La pluie et un froid vicieux lui pinçaient la peau. Un frisson involontaire lui parcourut l'échine et les boyaux à l'idée que, dans moins d'une minute, il serait à l'intérieur du bâtiment, à l'intérieur de l'énorme ventre de la bête.

L'abattoir était situé près de Flaxman's Row, la soi-disant zone industrielle à côté de la gare de chemin de fer abandonnée, où les wagons déglingués achevaient de mourir de vieillesse et de rouille. Le temps, sombre et maussade, s'accordait parfaitement avec son humeur. Il s'était préparé à tout, même au pire.

Arrivé à la porte de l'abattoir, il jeta un coup d'œil au-dessus du bâtiment. C'était une colossale structure gris ciment, dont les pierres noires de suie imploraient qu'on les démolisse.

Une fumée gris pigeon dérivait au-dessus d'une cheminée massive, étouffant l'air et voilant le ciel, tel un fantôme informe quoique sous contrôle, comme si le bâtiment était un être humain soufflant de la vapeur.

Cet endroit avait quelque chose de faussement tranquille et de très intimidant, quelque chose de bizarrement déconcertant en ce qu'il n'en sortait aucun bruit, ni aucun signe de présence. Comme si une délicieuse et obsédante impression de calme vous faisait soudain dresser les cheveux sur la tête.

Sans conviction, Paul s'arma de courage et se dirigea prudemment vers l'énorme portail, recouvert d'étranges personnages d'aspect biblique.

Chacun d'eux était doté d'une musculature énorme et pourtant harmonieuse, dessinée avec une incroyable précision, et des attributs du métier.

« Très joli », siffla Paul d'un air moqueur.

Au-dessus de la peinture, on lisait l'inscription : *Redemption Factory*[1].

« Sinistre. Quel endroit… »

Quelques secondes plus tard, il pénétrait dans un bureau de fortune, meublé d'une table et de deux chaises d'occasion. Les murs, jadis d'un bleu enthousiaste mais maintenant fatigués, ne portaient plus que quelques traces de peinture terne. Une épaisse couche de poussière couvrait des étagères pleines de livres que

---

1. La Maison de la Rédemption *(Les notes sont du traducteur.)*

personne ne lisait jamais, traitant, pour la plupart, de l'art de la boucherie.

L'endroit puait le renfermé mêlé à une odeur suffocante de carpette morte, de négligence corporelle et du relent d'urine que dispensent les fleurs ayant séjourné trop longtemps dans l'eau, un parfum normalement associé aux églises. À se demander comment quiconque pouvait affronter volontairement une telle puanteur. Plus important : comment la supporterait-il, s'il obtenait le boulot ? Un boulot dont il avait désespérément besoin.

Une flaque d'ombre traînait dans la pièce et des éclats de lumière tombant d'une fenêtre fissurée jouaient sur le visage d'une jeune femme à l'air malade – elle avait à peu près l'âge de Paul – occupée à se vernir les ongles, installée sur une chaise. Elle était si maigre qu'elle ressemblait à un insecte. Sa tête anormalement grosse tombait lourdement sur son corps étique, telle une jonquille surdimensionnée. De petites taches chauves parsemaient ses cheveux fins et gras, et Paul remarqua une plaque claire dont les cheveux semblaient avoir été récemment arrachés.

Sa peau, d'un blanc crayeux et moite, avait le lustre d'un cuir vernis. Il y avait quelque chose de terriblement bizarre dans la texture de cette peau, moins dans la multitude de trous d'épingle qui couvrait son visage – probablement détruit par l'acné – que par les lueurs qu'elle émettait sporadiquement comme si de minuscules faux diamants étaient venus s'y nicher. Pendant une courte et terrible seconde, Paul se souvint de la peau de sa mère et de sa façon de briller à la lumière du matin quand l'alcool remontait à la surface, suintant à travers les pores...

« Quesse vous voulez ? » demanda la jeune femme

qui, sans un regard vers Paul, continua son travail sur ses ongles avec une fascination évidente.

Un faible relent d'hôpital, de médicaments, de désinfectants et de maladie se dégageait de son corsage. Chaque fois qu'elle bougeait, l'odeur se faisait plus présente. Cette senteur étrange le mettait mal à l'aise et le ramenait aux souvenirs de ses premiers jours d'école, au sentiment de solitude qui l'avait englouti en découvrant ce lieu impressionnant, à la honte et à l'humiliation qu'il avait ressenties en s'apercevant que l'angoisse lui avait fait mouiller son pantalon. Une simple honte, mais une honte qui devait le marquer à jamais.

Paul trouvait la jeune femme répugnante, mais il s'éclaircit la gorge, comme si une bonne toux pouvait, à la fois, déloger son flegme et détendre la situation.

« Je cherche du travail. On m'a dit qu'il y avait une place disponible.

— Sans blague ? Qui vous a dit ça ? » Elle n'avait toujours pas levé les yeux sur Paul.

« Stevie Foster. Il m'a dit jeudi qu'ici il y avait…

— Cette belette n'a jamais dit la vérité de toute sa vie », l'interrompit-elle, toujours sans le regarder. Sa voix perçante exhalait le ressentiment et la colère rentrée.

« Il m'a raconté qu'il avait une bite de deux livres. »

Paul ne savait pas s'il devait rire ou continuer la conversation comme si de rien n'était. Finalement, ses nerfs prirent le dessus. « Personne n'a une bite aussi lourde. Ça ferait une trop grosse masse. » Il se mit à rire nerveusement.

« Masse ? Qui a parlé de masse ? Son problème, c'est qu'elle a la *taille* d'une pièce de deux livres, fit-elle du tac au tac. L'ennui, c'est qu'il est incapable de garder un secret ou de mentir de façon convaincante. »

Paul sourit.

« Comment tu t'appelles ? demanda-t-elle en soufflant sur ses ongles.

– Paul Goodman. »

Pour la première fois, elle leva les yeux sur lui. Son regard – intense et concentré – était le plus vert qu'il eût jamais vu. Vert comme la peau d'un iguane ; l'air affamé, prêt à tout bouffer. Mais quelque chose d'encore plus avide se cachait derrière. Quelque chose de rusé et de malveillant.

« L'êtes-vous vraiment ? » demanda-t-elle en souriant d'un sourire qui n'était ni plaisant ni naturel, mais content de soi et légèrement vicieux.

Paul pensa immédiatement à un serpent dont la mue se desquamerait sur la table. Elle avait l'air d'être le genre de femme qui cherche les problèmes par pur ennui.

« Qu'est-ce que je suis vraiment ?

– Un homme bon[1]. (Elle rit, mais d'un rire fait pour blesser.) J'aime mieux mes hommes. *Mauvais*, *très* mauvais... »

Elle se dégagea du bord de la table, se dirigea vers une porte derrière Paul et l'ouvrit après avoir frappé. Elle réapparut un moment plus tard.

« Vous pouvez entrer... *homme bon*. Shank va vous recevoir. Surtout, ne dites pas un mot avant qu'il vous ait adressé la parole. Compris ? Il n'aime pas être dérangé pendant qu'il pense. » Elle eut à nouveau son sourire suffisant et, à nouveau, Paul songea à un serpent.

De l'autre côté de la porte se tenait un personnage costaud et immobile. Il était entièrement vêtu de noir. D'une oreille à l'autre, une barbe en forme de fer à cheval obscurcissait le peu de peau qui restait à voir.

---

1. *Goodman* : homme bon.

21

Il avait l'attitude d'un videur sûr de lui attendant qu'un imprudent saute le pas et, dans l'esprit de Paul, il ne faisait aucun doute qu'il était en présence de la légende connue sous le nom de Taps.

Il avait gagné le surnom de Taps quand il était encore une jeune recrue de la bande de gangsters locaux. Chaque fois que quelqu'un ne comprenait pas l'injonction « aboule le fric », on envoyait Taps lui donner des leçons d'élocution, habituellement avec une batte de base-ball, mais aussi, parfois, avec ses poings gros comme des têtes de chiens. La victime était dérouillée jusqu'à ce qu'il n'en reste plus qu'une bouillie de chair et d'os. En sortant de l'hôpital, et si elle avait de la chance, elle se déplaçait sur des béquilles qui faisaient *tap tap* jusqu'à chez elle.

Taps n'avait jamais tué, une performance remarquable si l'on considère le nombre de corps qu'il avait rectifiés. Certains prétendaient que c'était de la chance, mais ils avaient tort. La chance n'avait rien à voir. C'était un pro, un brillant chirurgien à rebours qui savait précisément où s'arrêter.

Paul sourit sans grande conviction et salua d'un signe de tête. Taps l'ignora.

Le bureau de Shank était mal éclairé et Paul mit un moment à focaliser son regard.

Sur la table se tenait un étalage de têtes de porc dont les langues reposaient entre des rangées de dents jaunes ensanglantées. À côté de l'étalage, une petite inscription disait : *Il est plus facile de pardonner à un ennemi qu'à un ami. William Blake (1757-1827).*

Des statues de squelettes étaient alignées dans la pièce. L'une d'entre elles était si répugnante que Paul, ne parvenant pas à la regarder, détourna momentanément les yeux.

Une maman squelette tenait un petit bébé squelette dans ses bras. C'était un autel pour la Vierge et son fils, et d'une façon perverse la scène évoquait l'amour littéralement mis à nu, jusqu'à l'os. Les os avaient été blanchis si parfaitement qu'ils retenaient la lumière, presque comme des ombres en négatif.

Paul trouvait la scène répugnante et, en dépit de ses opinions antireligieuses, quasi sacrilège. Répugnante, certes, mais, plus il la regardait, profondément fascinante.

La silhouette de Shank se découpait derrière un bureau. Il était impressionnant. Même assis, sa masse rétrécissait la pièce. Son crâne était entièrement chauve et Paul pensa immédiatement au flic qui suçait des sucettes dans un vieux feuilleton télé. Sa peau, rose comme une blessure en train de cicatriser, était couverte d'un lacis de rides dense qui protégeait ses yeux sombres, comme le dessous d'une strate d'humus. *Il a l'air d'un salaud intégral*, se dit Paul.

Un cigare abandonné se consumait dans un cendrier. Penché sur le bureau, Shank était absorbé dans un puzzle. Le portrait inachevé d'un ange, apparemment.

Paul trouva bizarre qu'un type de cette taille s'amusât à faire des puzzles – des puzzles avec des anges, par-dessus le marché. Le motif avait le même aspect fané que la peinture murale, à l'extérieur de l'abattoir, et semblait être l'œuvre de la même main.

« Blake, fit Shank, comme s'il lisait dans les pensées de Paul. Toutes les peintures, ici et dehors, sortent de l'esprit supérieur de William Blake. La grandeur d'une peinture se mesure à sa capacité de nous surprendre en permanence, de nous révéler quelque chose de nouveau chaque fois qu'on la regarde. Si vous regardez d'assez près, vous voyez le visage d'une femme sur la poitrine de l'ange, dans le coin. Si vous concentrez encore plus votre regard, vous arrivez à voir toutes sortes de choses… » Shank avait une voix profonde, sûre de son pouvoir.

Ne sachant quoi dire, Paul se tut et contempla la poitrine de l'ange, à la recherche d'un visage de femme.

Qu'il ne parvint pas à trouver.

« Vous êtes venu chercher du boulot ? » fit Shank, en levant les yeux.

Ses yeux sont incroyablement noirs, comme du café sans lait, se dit Paul. *Ils n'ont pas de pupilles*.

« Oui, c'est ce que j'espérais.

– Espérais ? Ha ! Si j'étais vous, je laisserais ça à la porte, monsieur Goodman. Il n'y a que la réalité ici, pas de place pour les petits mots bien propres comme espoir. Vous croyez que vous pourrez tenir votre place dans un endroit comme celui-ci ? Vous croyez vraiment que vous pourrez travailler à la *Redemption Factory* ? demanda Shank, brandissant une pièce de puzzle entre le pouce et l'index et faisant mine de chercher sa place. Vous croyez que vous pourrez travailler dans un endroit sans espoir et que vous aurez assez d'estomac pour y rester, monsieur Goodman ? »

L'estomac ne faisait pas partie de l'équation, seul le salaire comptait.

« Je n'ai pas le moindre problème d'estomac », répondit Paul, la voix pleine d'une confiance feinte. C'est à peine s'il la reconnut. Elle semblait minuscule, tremblante, peureuse.

Shank mit soigneusement la pièce en place et hocha la tête. « Cet endroit est comme un puzzle, monsieur Goodman. Tant qu'une pièce n'a pas trouvé sa place, tout reste à faire. Nous sommes tous des soldats dans la même tranchée, tous combattants de la même bataille. »

Son arrogance semblait étrangement justifiée. Il attrapa un bout de tissu pour s'essuyer les mains. « Bon, voilà ce que je vais faire, monsieur Goodman. On va passer un marché. Je vais vous faire visiter cet endroit et, si vous arrivez à ne pas vomir, ni vous évanouir… »

Shank lui lança un sourire tendu, sournois, qui lui fit immédiatement penser à la fille à la grosse tête et à la peau pourrie, celle qui ressemblait à un serpent. « Okay ? »

Paul approuva de la tête.

« Allons-y, fit Shank en riant. Préparons-nous pour les ombres de la mort. »

Paul se dirigea vers la porte, mais Shank lui demanda d'attendre : il avait quelque chose pour lui. « Tenez, mettez ça. Nous ne tenons pas à ce que vous vous blessiez, n'est-ce pas ? (Il lui tendit un casque de chantier jaune.) Les jeunes recrues portent du jaune jusqu'à ce qu'elles aient prouvé leur valeur. Vert pour les apprentis, rouge pour les bouchers qualifié. Noir, comme celui que je porte, c'est pour le boss. Il n'y a qu'un seul casque noir, ici. C'est compris, monsieur Goodman ? »

Paul hocha la tête. Il aurait voulu être ailleurs. Il aurait tout donné pour être à la Tin Hut, en train de jouer au billard en écoutant son pote Lucky raconter ses conneries.

« Oh, continua Shank en s'arrêtant à la porte avec un sourire effrayant. Vous aurez peut-être la chance de repérer un ou deux casques dorés. Ceux-là sont pour les… guerriers. Ceux qui sont nés pour massacrer des créatures… Le sang et la mort sont pour eux une seconde nature. Ils sont tout dévoués à leur art. Alors, un petit conseil : s'il vous arrive d'en voir un, faites semblant de ne pas l'avoir vu. Évitez d'attirer son attention. C'est une des choses capitales à savoir si l'on veut survivre ici. Les casques d'or détestent que les gens les regardent. Même pas un petit peu… » rigola Shank.

En dépit de la température glaciale qui montait dans la pièce et dans tout le bâtiment, Paul frisonna. Il aurait voulu que Shank cesse de lui faire la leçon. C'était dégradant, méchant.

Résigné, il mit son casque, deux fois trop grand pour lui, et se dirigea vers la porte et les escaliers, dans les pas de Shank. Il savait qu'il avait l'air stupide sous ce truc jaune et trop grand pour lui, mais aussi que ça faisait partie du jeu imposé.

À la manière d'un Monsieur Loyal, Shank poussa les deux énormes portes d'acier et fit signe à Paul d'entrer. « Régalez vos yeux de la beauté de la mort et vous comprendrez que cet endroit est sans égal. »

Paul s'arrêta, hésitant, comme pour prendre une bouffée d'air.

Shank sourit et le poussa en avant. « Le doute est la porte où se glissent les plus mortels ennemis, monsieur Goodman. Hésitez, et vous mourrez. Nous ne voulons sûrement pas que ça nous arrive le premier jour, n'est-ce pas ? »

Paul entra à contrecœur et ce fut comme si une main invisible venait de lui percuter l'estomac. L'endroit était immense, sans cloisons. C'était une horreur à couper le souffle, comme une chapelle Sixtine ensanglantée par des barbares bouillonnant de rage dans une hideuse frénésie. Le plancher massif était jonché de sciure de bois maculée de rouge, tandis qu'au-dessus de lui des milliers de fils électriques pendaient dangereusement comme les pattes grêles d'une araignée géante. Une impression de danger planait sur ces lieux, le sentiment que quelqu'un allait être tué avant la fin du jour.

Des carcasses rougeoyantes de moutons et de vaches, accrochées à d'impitoyables crochets en S, tombaient du plafond de façon grotesque, enveloppées dans de la Cellophane, comme une scène vue, à la fois, par Jérôme Bosch et Salvador Dalí.

Des tableaux de scènes bibliques analogues à celles du bureau de Shank étaient suspendus aux murs. Il semblait y en avoir des centaines, si ce n'est des milliers, et tous les yeux de cette énorme exposition semblaient le fixer – lui et tous les autres – comme des sentinelles illuminées par la lumière criarde des tubes fluorescents.

Couverts de sang, les ouvriers se déplaçaient en parfaite harmonie, comme des acteurs interprétant une pièce burlesque pour un public invisible.

« Mesdames et messieurs ! Votre attention, s'il vous plaît ! » hurla Shank au-dessus du vacarme des machines.

Si les travailleurs l'entendirent, ils n'en montrèrent rien, continuant à hacher et à scier la viande, qu'elle soit morte ou visiblement encore vive.

« Un concurrent vient de pénétrer dans notre domaine, notre royaume magique de vie et de mort. Il croit être notre égal. Qu'en dites-vous ? »

Les ouvriers étaient aussi ensanglantés que les épaves mutilées qu'ils étaient en train de hacher ; seuls les minuscules éclats de blancheur de leurs yeux, de leurs dents ou de leurs ongles permettaient de les distinguer. Ils continuaient leur travail infini sur la mort comme s'ils étaient immunisés contre les questions sortant de la bouche de Shank.

Les narines de Paul commençaient à s'emplir d'une odeur de vomi. La même puanteur qu'à l'extérieur du bâtiment l'envahit avec force, mais davantage marquée par le fumet de chair pourrie, de peur et de haine qui suintait des carcasses et de leurs bourreaux.

Un groupe d'ouvriers, assis confortablement dans un coin, la figure disparaissant derrière la vapeur qui s'élevait des mugs de thé géants qu'ils tenaient entre leurs énormes mains, semblaient protégés du chaos ambiant. Ils bavardaient ou lisaient le journal, au papier rougi du sang de leurs mains. D'autres avalaient des platées d'œufs frits et de viande fraîchement massacrée, s'essuyant la bouche à des mouchoirs sanglants et des tabliers souillés.

Paul sentit son estomac se dérober à l'idée de manger une créature qu'il avait vue vivante une minute plus tôt. Comment pouvaient-ils avaler ça ? Il se sentit partir et se demanda s'il allait vomir, si sa résolution allait s'envoler.

Aussitôt, il se rappela l'avertissement de Shank et se força à vaincre sa nausée, à ne pas y succomber. Il avait salement besoin de ce boulot. Il ne quitterait pas ce terrible endroit sans l'avoir gagné.

« Vous allez bien ? demanda Shank avec un grand sourire. Vous m'avez l'air un peu pâlot. Peut-être pourrions-nous remettre la visite à plus tard ? Pas de quoi avoir honte, monsieur Goodman. Il y a beaucoup d'appelés, mais peu d'élus… »

Paul parvint de justesse à se reprendre.

« Merci de votre gentillesse, monsieur Shank, mais je vais bien. Mieux que bien…

– Parfait ! répondit Shank en lui tapant dans le dos. C'est ce que je veux entendre. N'est-ce pas, messieurs dames ? »

Personne ne l'entendit. Dans le cas contraire, personne ne lui répondit.

Shank reprit sa marche en avant, la voix forte et pleine de fierté. « Mon abattoir est la plus grande unité de mise à mort du pays. Ses activités principales comprennent l'abattage et la mise au frigo des produits de la carcasse, le désossage, l'empaquetage et le séchage des peaux, pour en faire du cuir. Rien ne se perd ici, monsieur Goodman. *Rien.* »

Suivi de près par Paul, il se dirigea rapidement vers une série de portes ouvertes. « Sur la gauche, les salles pour produits dérivés, graisse, engrais, huiles, tendons, sabots, poils, colle, os et cornes. »

Un son vint interrompre le flux de ses paroles, des voix étouffées, à peine perceptibles, venant de quelque part à l'intérieur. Un son que la terreur aiguisait et rendait audible. Les voix étaient basses, mais de plus en plus claires.

Paul estima qu'elles provenaient du côté de l'entrée principale, un étage indépendant géré par un groupe de casques rouges aussi menaçants qu'une hiérarchie de cardinaux de l'Inquisition espagnole sur le point de condamner à mort un hérétique ; aussi immobiles et silencieux que s'ils posaient pour un photographe. Paul avait le sentiment exacerbé que tout cela avait un sens, même s'il était incapable de le déterminer.

Comme en transe, il suivit le bruit. Il le suivit presque malgré lui, comme les rats suivaient le Joueur de Flûte. Le temps d'un instant, il crut apercevoir l'éclat d'un casque doré et sentit sa résolution faiblir en repensant aux recommandations de Shank – comme si, à l'instar de Méduse, les casques d'or avaient le pouvoir de changer la chair en pierre.

En tournant légèrement la tête, il put observer comment des créatures hébétées pénétraient d'un côté de la pièce pour en sortir dépouillées, humiliées et démembrées à l'autre bout d'un grand tapis roulant qui dérapait de façon menaçante dans sa direction. Les travailleurs s'affairaient frénétiquement sur les carcasses, entraînés par leur ferveur, leurs mains gesticulant comme celles d'agents de la circulation dopés à la caféine.

Le casque doré gueulait ses instructions. « Tiens-le droit, Raymond, espèce de connard ! Les vaches essayent de sauter la barrière. Estourbis-moi ces salopes, tu veux bien ! »

Galvanisées par l'odeur du sang, quelques vaches, dans une tentative désespérée de fuite, cherchaient vainement à sauter par-dessus la barrière. Raymond, un grand jeunot efflanqué, semblait perplexe devant la ruée des vaches qui fonçaient dangereusement vers lui.

« C'est de la négligence, Geordie ! cria Shank, en colère, à l'attention du casque doré. C'est une putain de négligence. Elles ont échappé à la cage et au pistolet d'abattage. C'est toi qui es responsable et tu as perdu le contrôle de la situation. Les bêtes sont en train de revenir à la ferme. Arrange-moi ça ! »

Sans hésitation, Geordie arracha le pistolet des mains de Raymond et, en dépit du danger, l'écarta d'une bourrade de la trajectoire des bêtes. Les gestes de Geordie étaient d'une rare efficacité.

Quelques secondes plus tard, le *spa spa spa* du pistolet se fit entendre à mesure que les petites balles de métal frappaient l'arrière du crâne des créatures, les privant de toute sensation corporelle.

Dès qu'une bête s'affaissait, elle était saisie par les bouchers, furieux d'avoir ainsi été humiliés en présence de Shank. La plupart avaient la gorge proprement tranchée, mais certaines n'ayant pas cette chance agonisaient sous les coups de couteau. Un réseau sanglant de veines complexes et de nerfs atrophiés traînait un peu partout.

« Regardez-les bouger, monsieur Goodman. C'est presque de la poésie en mouvement, dit Shank d'un ton admiratif. Vous savez, quelquefois je me demande si ce n'est pas le visage de leurs femmes, qu'ils voient dans ces vaches… »

Paul ne répondit pas. Il était abasourdi. Il n'avait encore jamais vu quoi que ce soit de ce genre, il n'avait jamais imaginé que c'était de là que venait sa grillade du samedi. Il se sentait honteux, dégoûté et plein de haine pour ces visages souriants. Sa seule option était de détourner le regard.

« S'il est une excellente façon de gérer sa colère, c'est bien l'abattage, continuait Shank. Je pourrais me faire une fortune en vendant cette thérapie, et ça marcherait ! Bien mieux que l'absurdité qui consiste à s'asseoir sur un divan pour raconter ses problèmes à un psy. Comment le fait de s'asseoir sur un divan, en plus d'être ridicule, peut-il faire le moindre bien ? Tout ça, c'est des balivernes. Vaudou magique et foutaises. Non, ça, c'est le vrai truc. Aucun de mes bouchers ne rentre chez lui en colère. Tout est soulagé ici, dans le Sanglant Jardin d'Éden. N'est-ce pas, Geordie ? »

Geordie se tourna pour lui faire face.

« C'est qui, cet idiot ? Encore un touriste venu faire un tour à Macabre World ? Et pourquoi est-ce qu'il me regarde comme ça ? Tu crois que je suis un monstre, pauvre idiot ? T'as jamais vu personne porter un échafaudage ? »

Incrédule, Paul constata avec horreur que Geordie était une jeune femme. Une sorte de paire de bretelles en acier enveloppait ses jambes et, à mesure qu'elle marchait sur lui d'un air aussi menaçant que les ténèbres en mouvement, sa claudication et sa rigidité devenaient plus évidentes. Ses yeux, sauvages et mortels comme des balles d'acier, lui figèrent la moelle. Des ombres, apparemment humaines, dansaient sur le mur derrière elle, suivant chacun de ses mouvements. Elle semblait avoir délibérément installé sur son visage une expression que personne ne pouvait ignorer : *Me faites pas chier*. Maintenant, ça disait à Paul : *Dégage de là ; les gens comme toi ne sont pas les bienvenus*.

« Mollo, Geordie, dit Shank, en s'amusant de la tête que faisait Paul. Calme-toi un peu. Je ne voudrais pas que tu zigouilles une future recrue dès le premier jour. Je te présente Mr Paul Goodman. Il a passé tous les tests. Presque. Il ne s'est pas évanoui une seule fois. Il ne s'est même pas chié dessus. Il vous a tous baisés. »

Shank riait d'un rire plein de dédain et de mépris envers Geordie et les ouvriers.

Il sortit un cigare d'un étui doré, le huma et l'alluma. Le tabac grésilla et, le temps d'une seconde, son visage disparut derrière un brouillard de fumée.

« Sans blague ? Il ne s'est pas chié dessus ? Parfait. Qu'est-ce qu'on attend, alors ? fit Geordie sans quitter Paul des yeux. Il est avec nous, ou contre nous. Le temps est venu pour Paul le Baptiste de découvrir s'il est un païen ou un boucher. Embarquez-le ! »

Ils lui tombèrent dessus de toutes parts, comme des fourmis. Ils l'empoignèrent et le jetèrent au sol. En une seconde, on lui arracha ses vêtements et on le trimballa comme un trophée, nu. Il se sentit devenir fou, comme dans un de ces cauchemars dont vous vous réveillez, paralysé par la peur de ce que votre esprit est capable de vous suggérer, persuadé que c'est réel, mais que, peut-être, ça n'a pas commencé à le devenir.

« Quoi ? Que faites-vous ? »

Son esprit ne fonctionnait plus très bien, comme s'il était enveloppé dans du mastic. Tout était doux et lui parvenait filtré, même les bruits. Il aurait voulu vomir, mais n'en avait pas l'énergie. Il se sentait la tête légère, comme s'il flottait en dérivant. Il cligna des yeux pour essayer de s'éclaircir les pensées. Il y avait des taches blanches derrière ses paupières. Elles virèrent au noir quand il ouvrit les yeux. Il les regardait danser sur le plafond. C'était quoi, ces taches ? C'était important, mais il n'arrivait pas à se souvenir en quoi. Peut-être que ça lui reviendrait, pensa-t-il, et il referma les yeux. Il hurla pour qu'on le relâche, mais la foule se contenta de crier plus fort et de rire, encouragée par sa peur et son impuissance. Il se sentait maintenant aussi humilié et aussi nu que les bêtes dont il avait assisté à la mort quelques minutes plus tôt.

« Le baptême. Le bap-bap-tême. Le baptême. Le bap-bap-tême, chantaient-ils. Baptême. Bap-bap-tême... »

Plus il luttait pour se dégager, plus leur emprise se resserrait. Il lutta contre le double réflexe de hurler et de donner des coups de pied. En quelques secondes, il fut épuisé et se sentit aussi mou que du papier trempé dans l'eau.

« Maintenant tu apprends, lui murmura Geordie à l'oreille. Tu peux te débattre, Idiot, mais tu ne peux pas gagner. Pas ici, pas dans cet endroit. Jamais, au grand jamais... »

Soudain, alors qu'il ne s'y attendait plus, la foule s'arrêta et le reposa délicatement sur le sol, comme s'il était quelqu'un de fragile, un petit bébé nouveau-né.

« John ! Alfred ! Prenez-lui les chevilles. Raymond, prends la main gauche je me charge de la droite. Les autres, reculez », ordonna Geordie.

« Qu'est-ce que vous allez... »

Mais avant que Paul n'ait eu le temps de formuler sa question, il se sentit monter dans les airs.

« Prêts, les gars ? demanda Geordie. À la une…

— Hé ! cria Paul d'une voix effrayée, en sentant qu'on le balançait d'avant en arrière. Qu'est-ce que vous… ?

— À la deux…

— Écoutez, okay, vous avez gagné. S'il vous plaît…

— J'espère que tu sais nager, Idiot. *À la trooooooooois* ! »

Il se souvint d'avoir navigué dans les airs, nu, et de la sensation véritablement exaltante que ressentent les oiseaux au moment du décollage. Un tourbillon de couleurs passa devant ses yeux. Il se souvint que son pénis ballotait d'un côté et de l'autre avec d'horribles bruits de claque, comme un pirate borgne clignerait de l'œil.

Ce n'est que lorsqu'il se rendit compte qu'ils l'avaient balancé du troisième étage et qu'il fonçait de plus en plus vite vers la mort, qu'il se mit à hurler.

Quelques lueurs d'espoir, sans doute stimulées par sa proximité avec la mort, mêlées à l'adrénaline étouffèrent un peu de sa peur. Sa vie ne défila pas en un clin d'œil comme on le prétend dans les expériences de mort clinique, mais quand il s'écrasa sur la moquette rouge qui s'étendait sous lui, ce qui le brisa instantanément, il se pissa dessus.

Rouge. Que serait le monde sans ça ? La plus attirante des couleurs, primaire dans sa supériorité. Les roses, les pommes, le vin et la Saint-Valentin. Les couchers de soleil pourpre et l'amour ardent. Le rouge est un élément et un attribut du pouvoir, de la vitalité, de la passion, de la colère et de l'excitation. Le rouge les gouverne. Mais sans aucun doute, le plus important : le rouge est la couleur du sang. Sans lui, nous ne sommes rien. C'est un donneur de vie.

Quand vous tombez à l'improviste sur une action,

au moment même où elle survient, tout mouvement est figé, le son ne se propage plus et ce que vous voyez n'est pas la réalité. C'est ce qui arriva à Paul quand il se retrouva en train de nager dans le sang – une mer de sang –, conscient que, s'il ne réagissait pas tout de suite, le donneur de vie se transformerait vite en ôteur de vie.

Sa tête creva la surface et il eut juste le temps de constater que le reste de son corps était entraîné vers le fond par le pouvoir magnétique du sang. Il était bon nageur, il adorait nager, mais l'épais liquide ne ressemblait pas à l'eau. Ça ressemblait plus à la vase des marais ; plus il se débattait, plus ça s'épaississait.

Les ouvriers s'étaient rassemblés autour de l'énorme réservoir et l'encourageaient chaque fois que sa tête émergeait. Il ne connaissait ni la profondeur, ni la largeur de la cuve, qui lui semblait infinie. Il pouvait cependant s'en faire une idée assez précise en imaginant tout le sang, coulant ou suintant, des gorges des vaches ou des moutons. Ce ne fut qu'à ce moment que son esprit se réveilla et qu'il comprit comment il avait percuté la surface rouge vif de cette piscine de sang animal, en faisant un plat magistral avant de couler comme une pierre, son corps ayant perdu d'un seul coup toute sa flottabilité.

Le sang le désorientait complètement, épuisait son instinct de survie, ce qui ne serait pas arrivé s'il était tombé dans la mer, dans une merveilleuse eau salée.

Chacun de ses halètements lui faisait cracher une goulée de sang. Il entendait la belle voix de Shank ordonnant qu'on le sorte de là, que ça avait assez duré, puis les paroles haineuses de Geordie assurant que non, les autres y étaient restés plus longtemps, qu'il fallait le mettre à l'épreuve, lui, cette espèce de connard d'Idiot.

« J'ai dit, dehors. Sortez-le de là *maintenant* », ordonna Shank, bien décidé à ne plus tolérer les défis de Geordie.

Des mains plongèrent dans le réservoir et en extirpèrent vivement un Paul dégoulinant. Il semblait sortir d'une matrice, tout sanglant et visqueux, glissant et se tortillant sur le sol, une chose morte qu'on aurait réussi à ranimer. Quand il se mit à tousser, de grosses bulles orange et roses émergèrent de sa gorge et de ses narines et, doucement mais sûrement, il se rendit compte qu'il était toujours en vie, plus ou moins.

« Tu fais preuve de favoritisme, Shank, accusa Geordie. Il lui restait encore dix secondes.

– Peut-être, répliqua Shank en sortant une montre de son gousset avant de sourire. Mais peut-être aussi que ta montre déconne ? Hein, Geordie ? »

Elle jeta un coup d'œil vers le corps inerte, à ses pieds, sur l'implacable plancher de bois dur. Elle savait qu'il y avait des lignes que même elle ne pouvait franchir. Mais aussi que d'autres devaient être franchies.

« Il n'a pas encore trinqué à notre santé, dit-elle avec un sourire sournois. C'est une tradition que personne ne peut nous refuser, même pas toi, Shank.

– Il le fera, répondit Shank après y avoir réfléchi. Je n'en ai pas le moindre doute. N'est-ce pas, monsieur Goodman ? »

Paul percevait les mots qui lui étaient adressés, sans parvenir à les comprendre. Des mains le redressèrent et l'appuyèrent contre l'énorme réservoir.

« Vous êtes presque chez vous, monsieur Goodman », dit Shank en le regardant droit dans les yeux, comme un entraîneur regarde son boxeur qui vient de ramasser une impitoyable raclée.

Tu as presque décroché le boulot, Paul, murmura dans sa tête la voix de sa mère. *Montre-leur l'homme que tu es, montre-le-leur pour de bon*, l'encourageait-elle. *Et n'oublie pas toute cette viande gratuite, chaque vendredi. Nous la montrerons à toute la rue. Steaks, saucisses, côtelettes...*

« Vas-y, Idiot, fit Geordie, interrompant ses pensées. (Elle brandissait une pinte de sang chaud devant la bouche de Paul.) Bois ça cul-sec, directement dans ton estomac. Bois-le, et le job est à toi. N'est-ce pas, Shank ? »

Shank ne répondit pas. Il n'y avait rien à répondre. Tous regardaient, tous se souvenaient de leur propre initiation dans la piscine de l'horreur et devant la pinte de la terreur. Il n'y avait jamais eu d'exception.

Tu peux le faire, fils, dit avec enthousiasme la voix chevrotante de sa mère. *Une grosse goulée et ce sera fini. Penses-y comme à une pinte de Guinness colorée. Tu peux le faire...*

« Fais-le, fais-le, fais-le, chantait la foule qui s'était maintenant rassemblée en cercle autour de lui. Fais-le, fais-le, fais-le... » Et ils continuaient encore et encore, hypnotisés par leur propre voix.

L'odeur rappelait celle des cubes Liebig. Paul aimait les cubes Liebig, surtout les soirs d'hiver. En amenant la pinte à ses lèvres, il se promit de ne plus jamais y toucher. Révulsé par l'odeur, il évitait de regarder derrière Geordie où, il le savait, se tenait un petit veau suspendu par le crâne, les pattes ballantes au-dessus d'une mare de sang, ce même sang au goût familier de fer et de sel qu'il avait maintenant sur les lèvres et qui lui rappelait son passé de bagarreur.

Tu peux le faire, disait une voix dans sa tête. Elle sonnait comme celle de Shank, mais c'était probablement la voix de sa mère. *Une grande goulée pour l'humanité...*

L'envie d'en finir l'avait envahi, comme si, dans son cerveau, de minuscules fils venaient de se découdre. Dans sa tête, il se tenait dans une région aride, écrasé par une chaleur torride, la peau écorchée par des tempêtes de sable. Il sentait sa langue gonfler à travers ses lèvres desséchées et parcheminées. Ce n'était qu'une question de secondes avant qu'il ne meure et que le sable ne vienne le recouvrir.

Et puis il aperçut l'oasis et ce fut la plus belle apparition de sa vie. Il but de son eau avec avidité. Elle avait un goût inédit et il l'avala d'un seul coup sans se soucier des drôles de grumeaux qui flottaient à la surface.

Soif. Soif. Soif...

« Vous êtes vraiment un bon, Goodman. Bien joué ! s'exclama Shank en approuvant de la tête. Putain de bien joué, monsieur Goodman ! »

La foule se joignit à lui en applaudissant et en congratulant Paul. Même ceux qui auraient voulu qu'il échoue, qui auraient souhaité le voir mourir sous leurs yeux, s'unirent, à contrecœur, aux félicitations.

Paul ne dit rien. Il n'arrivait pas à y croire. La pinte de sang lui pesait sur l'estomac comme un poing en colère.

Bien joué, fils, dit la voix de sa mère. *Nous sommes fiers de toi. Je t'ai préparé un bon bol de thé pour ton retour. Attends un peu que Maggie Mullan apprenne ça. Elle et sa misérable côtelette de porc du dimanche. Je suppose que tu ne prendras pas de bacon avec tes patates... ?*

« Raymond ? Emmène Mr Goodman aux douches et veille à ce qu'on lui donne un bleu pour rentrer chez lui. Il commence lundi matin à six heures tapantes. C'est entendu, monsieur Goodman ? »

Pour la première fois depuis qu'il avait pénétré sur ce territoire aussi terrifiant que merveilleux, Paul sourit.

« Entendu, monsieur Shank. Parfaitement entendu, bien sûr. Merci... Merci beaucoup. »

Ce n'est qu'une fois sorti des abattoirs que Paul se sentit libre. Il aspira l'air frais avec la même vigueur que lorsqu'il avait cru se noyer dans cette infecte mer de sang, au milieu de bruits insupportables et d'autres odeurs sinistres.

Le soir était maintenant tombé. Seuls les formes rugueuses des arbres, la lumière et le vrombissement de quelques véhicules rouillés arrivaient à s'imposer clairement à son esprit, le guidant non vers l'immensité des champs éclairés par la lune, mais vers les bois menaçants et ténébreux qui surplombaient l'abattoir. Des odeurs de cuisine flottaient dans le lointain et balisaient la fin du jour.

L'image de la mystérieuse Geordie et de ses jambes entravées pour toujours lui revint à l'esprit. Il savait qu'elle était en train de le mater par la fenêtre, mais, malgré l'envie qu'il en avait, il ne se retourna pas. C'est son visage qu'il aurait voulu voir. Était-il plein d'amertume ? De haine ? D'indifférence ? Il aurait voulu se retourner, mais il ne le fit pas. Il était juste heureux de rentrer chez lui.

2

Rêves de ténèbres
et mort délicieuse

*Dans les rêves commence la respon-
sabilité.*

W. B. Yeats, *Responsabilités*

*Il y avait une porte et je ne pouvais pas
l'ouvrir. Je ne pouvais pas toucher la poignée. Pourquoi ne pouvais-je pas sortir
de ma prison ? Qu'est-ce que l'enfer ?
L'enfer est lui-même, l'enfer est solitaire,
les autres silhouettes qui l'habitent ne
sont que des projections. Il n'y a rien
d'où s'échapper et rien à fuir. On est
toujours seul...*

T. S. Eliot, *The Cocktail Party*

Pour Philip Kennedy, les rêves servaient un objectif
précis. On prétend que les rêves n'ont pas de couleur,
mais Philip savait parfaitement que c'était faux. Ses
rêves étaient en rouge.

Parfois le rouge est aussi tranquille et presque aussi
apaisant que la cire coulant d'une bougie. Parfois il
couvre son front de sueur. Mais, toujours, il y a cette
horrible voix qui murmure et accuse : *Pourquoi ?
Pourquoi moi ? Pourquoi pourquoi pourquoi... ?*

Par la seule force de sa volonté, il desserra l'étau

41

d'acier du cauchemar et s'éveilla, le souffle court, dans les maigres ténèbres, comme s'il était lui-même un rêve, un spectre, une apparition.

Depuis quatre jours, il avait la migraine. Ce n'était pas sa première, loin de là, mais habituellement la douleur avait disparu au matin. Celle-là était différente. Elle lui avait laissé un relent de douleur différent de ce qu'il avait connu jusqu'alors. Il pensait que c'était le jeune homme qui était passé au magasin, deux jours plus tôt, pour se renseigner sur les queues de snooker qui avait déclenché ça. Sans compter, bien sûr, la maladroite et perfide dextérité de Cathleen…

Tout se mit à tourner quand les vestiges de sa nuit de beuverie se mirent à courir dans ses veines. Dans sa tête, il entendait le bruit reconnaissable entre tous d'un tire-bouchon s'enfonçant dans le goulot d'une bouteille. C'était une musique agréable, et la progression de ses pensées le ramenait toujours vers ce bruit imaginaire, jusqu'à ce que cet appel lancinant lui devienne intolérable.

Il se leva et tâtonna dans le noir vers un placard ouvert. Adroitement, il déplaça une planche, fouilla et attrapa une bouteille de whiskey à l'étiquette déchirée. Frénétiquement – mais habilement –, il mélangea l'eau croupie d'un broc rouillé à la bonne dose d'alcool – pas suffisamment pour qu'on puisse le sentir, mais assez pour lui donner un petit coup de fouet. *Un petit coup de pied dans le cul…*

Il fit passer l'alcool entre ses dents avant de l'avaler impatiemment et recommença l'opération jusqu'à ce qu'il en retrouve le goût et l'intense brûlure sur la langue, souhaitant pouvoir continuer à explorer la bouteille encore et encore, à s'étonner à l'infini de la simplicité de son pouvoir.

Le martèlement commençait lentement à baisser. En se dirigeant vers la fenêtre, Philip se sentit plus qu'abruti, diminué. *De l'air. J'ai besoin d'un peu d'air...*

Il ouvrit la fenêtre avec difficulté et mit la tête dehors, comme s'il se préparait pour la guillotine. Au-dessus de lui, le ciel était gris et tourmenté. Il voyait les nuages ventrus cavaler et pensa à la pluie. Il pensa à une plage...

À l'heure voulue, il se dirigea vers la boutique et, s'attachant à respecter la routine, passa devant la chambre de Cathleen pour se soulager aux toilettes, dans la pauvre lumière de ce réduit minable.

La boutique elle-même, fragile équilibre de placards et de tiroirs, était chichement éclairée et soigneusement rangée. Les étagères recouvertes de velours noir exposaient des pièces d'argenterie largement espacées. Cathleen ne croyait pas utile d'accumuler les objets de prix dans la boutique.

Les outils, à main et électriques, s'alignaient sur le mur du fond comme des trophées et des armes ; des manuels de bricolage émergeaient de caisses de bois. Autrefois, ils avaient appartenu aux hommes de la ville ; maintenant, ils étaient la propriété de Cathleen, qui les retenait en otage. Elle ne se servait jamais de ces outils, bien sûr, mais là n'était pas la question. Ce qu'elle avait, ils ne l'avaient pas. Elle s'était toujours moquée de leurs piètres excuses pour gagner deux jours, voire une semaine. La semaine devenait un mois et, avant longtemps, le fichier avait accumulé assez de pénalités de retard pour rendre inaccessible le remboursement.

Arracher leurs biens aux mauvais... *Ne jamais emprunter*, telle était sa devise. *Sois celle envers qui tout le monde a une dette. Entretiens les soupçons. Là réside le pouvoir. Le vrai pouvoir. Arracher leurs biens aux mauvais.* Elle aimait ce dernier dicton. Elle l'avait imaginé un dimanche à l'église. *Arracher leurs biens aux mauvais, à la racaille, parce que c'était ce qu'ils étaient et seraient toujours. La racaille.*

Les objets préférés de Philip étaient, de loin, les collections de livres anciens, certains même des éditions de tête : Nietzsche, Tolstoï et Kant, joue contre joue avec Shakespeare, Socrate, Shaw et Joyce.

Un de ses livres favoris, *The Ragged Trousered Philanthropist*[1], commençait à être un peu en guenilles – comme son héros – et son dos avait terni. C'était une édition originale et il aurait fallu en prendre soin davantage, mais il ne pouvait s'empêcher de le relire chaque fois qu'il en avait l'occasion.

Cathleen avait menacé de le brûler avec tous les autres, mais elle avait vite reculé en voyant l'orage se lever sur le visage de Philip. *Le temps est toujours imprévisible, surtout l'orage…*

The Ragged Trousered Philanthropist était placé à côté de *Don Quichotte*, son préféré.

Il aimait l'odeur des livres, ce parfum musqué d'opium qui ne manquait jamais de ramener les souvenirs lancinants de son enfance ; une enfance qu'il haïssait autant qu'elle l'effrayait, mais pour laquelle il aurait donné tout ce qu'il possédait.

Kennedy sortit dans la rue et enleva le volet rouillé de la devanture, laissant entrer un peu de lumière et révélant quelques autres objets « sauvés » des mains de leurs propriétaires : des costumes du dimanche alignés et exposés à la vue de tous comme des carcasses dans un abattoir – des millions de fils, un millier de boutons,

1. Ouvrage de Robert Tressel, dont le titre pourrait être traduit ainsi : *Le Philanthrope en guenilles.*

tout un univers d'histoires à fendre le cœur, capturées et exhibées pour humilier ceux qui en avaient été les propriétaires ; une armée de chandeliers et de lampes privés de lumière, chacun étiqueté de son prix et couvert d'une dentelle argentée de toiles d'araignées ; des chaussures de femme plus nombreuses que les bottes d'homme et des alliances faites pour des doigts délicats ; des piles et des piles de draps de lit accumulés du sol au plafond ressemblant à des piliers géants de tissu, le tout mélangé à d'innombrables souvenirs de famille.

Sans enthousiasme, il retourna au magasin, en direction de la cuisine.

La vaisselle sale s'entassait dans l'évier, figée par la graisse. Il décida de se faire un café avant de préparer le petit déjeuner pour Cathleen, son épouse malade.

La seule idée d'entrer dans sa chambre et de la voir assise sur son lit, les bas noués autour de ses grosses chevilles, le faisait frissonner. À l'occasion, elle lui lançait un clin d'œil, juste au moment où il quittait la chambre, un clin d'œil qui disait : *N'oublie pas le seau hygiénique, chéri. Je viens de passer une nuit terrible. Je devrais arrêter de me goinfrer de pruneaux, même si j'en raffole.* Tout ça en étalant ses énormes jambes d'un blanc maladif au travers du lit, en une revendication tacite de ses droits territoriaux.

Cathleen avait déjà survécu à deux maris ; tous les deux reposaient côte à côte, comme des presse livres, dans le cimetière local. Malheureusement pour Kennedy, il y avait peu de chances qu'un quatrième se pointe, ou une deuxième femme.

Ça faisait plus de deux ans qu'il était entré dans ce lit, mais il remerciait Dieu pour sa stérilité. En quelques années, Cathleen avait pris du poids dans des proportions incroyables, comme si elle se préparait à entrer dans le Guinness Book. En un temps record, son adorable frimousse avait disparu sous des couches de graisse, si bien que c'est à peine s'il pouvait reconnaître la femme qu'il avait rencontrée.

Sur la table de la cuisine, il trouva un régime de bananes dans une coupe de fruits. Elles étaient jaune sombre avec de grosses taches brunes. Des petites mouches voletaient erratiquement au-dessus. Sans y penser, il trancha une banane et la débita en dés avant de la mélanger à sa bouillie de son, cette horrible bouillie dégoûtante dont elle se servait pour *nettoyer sa tuyauterie.*

Maintenant que l'obscurité s'était dissipée, la lumière intense du hall révélait chacun de ses mouvements, tandis qu'il entrait, sans frapper, dans la chambre. Elle n'aimait pas qu'il entre sans frapper. Parfait.

Une faible lueur s'échappait du col d'une petite lampe de chevet, rivalisant avec le scintillement bleuté de l'écran de télé qu'elle n'éteignait jamais et qui flashait son ventre blanc et flétri. *Flash, flash, flash.* Sa jambe gauche était emprisonnée dans un plâtre, souvenir d'un récent accident.

La télévision marmonnait en arrière-fond, envoyant des images d'un programme culinaire filmé dans un endroit lointain et dégoulinant de pluie.

Les yeux montés sur tourelles de Cathleen ne laissaient passer aucun des mouvements de son mari. Ce fut elle qui parla la première.

« Je n'ai pas fermé… »

… *l'œil de la nuit*, se dit-il mentalement.

« … l'œil de la nuit, soupira-t-elle.

— Est-ce que tu avais pris tes somnifères ? demanda-t-il, bien qu'il n'en ai eu rien à foutre.

– Cette douleur est affreuse. On dirait qu'elle augmente. Les escarres sont... »

... presque intolérables.

« ... presque intolérables, gémit-elle. Ce matin, je me sentais déprimée, sans la moindre raison. Tu imagines. Pour quelle raison pourrais-je être déprimée ?

– Le dosage. Le Dr Moore devrait augmenter le dosage », répondit Kennedy, sans vraiment y penser.

On avait prescrit à Cathleen de l'insuline trois fois par jour ; elle devait surveiller sa glycémie. On lui avait déjà enlevé trois orteils au cours des six derniers mois, et Moore lui conseillait constamment de faire attention à sa nourriture si elle ne voulait pas que sa santé se détériore. Mais elle montrait plus d'intérêt pour les portions de gâteau et les boîtes de Quality Street qu'elle faisait passer avec des grands mugs de chocolat chaud, que pour les médicaments et les régimes végétariens.

« Je me demande ce que j'ai fait à Dieu... »

... pour qu'Il me mette une telle croix sur les épaules.

« ... pour qu'Il me mette une telle croix sur les épaules. »

Mentalement, Philip se représenta Cathleen clouée sur une croix. Les clous étaient rouillés par la sueur odorante qui suintait de son corps. Il se tenait à ses pieds, en tenue de soldat romain, la lance prête à finir le boulot. Elle demandait de l'eau et, avec un sourire, il lui balançait le contenu du seau hygiénique dans la figure.

Cathleen renifla d'un air soupçonneux.

« Tu as bu.

– Et toi tu as pissé, répliqua-t-il en regardant le seau débordant. Comment peux-tu sentir l'alcool par-dessus la puanteur de ta propre pisse ?

– Tu es le roi des salauds, siffla Cathleen. C'est toi

47

qui m'as mise dans cet état. Sans défense, dépendante de toi.

– C'est toi qui t'es mise dans ce lit de malade, pas moi, ricana Kennedy. Toi et ton nez.

– Veille à ce qu'on soit ouvert de bonne heure, aujourd'hui, répliqua-t-elle en ignorant le sous-entendu. C'est vendredi, et ces salopards ont de l'argent, le vendredi. Ne sois pas coulant avec eux comme tu l'as été avec Biddy Black, la semaine dernière. »

Biddy était la femme de ménage. Kennedy lui avait permis de récupérer l'alliance de son défunt mari sans lui prendre d'intérêts et sans se rendre compte qu'il avait été piégé par Cathleen qui le suspectait d'être trop faible. La maladie qui la rongeait et la clouait au lit n'amoindrissait pas son pouvoir d'un iota.

Comment ne s'était-il pas douté que cette salope de Biddy Black était à la solde de sa femme ? Sachant qu'il n'avait aucun argument à opposer, il garda le silence et ne laissa rien paraître.

Il posa le plateau sur la table de chevet et se prépara à quitter la pièce, ignorant délibérément la vaisselle de la veille.

« Je devrais peut-être embaucher un goûteur ? dit-elle, le visage tout ridé de soupçon, en jetant un coup d'œil au contenu graisseux du plateau. Peut-être n'est-ce qu'un effet de mon imagination, mais il y a comme un goût amer dans la nourriture que tu me prépares, ces derniers temps.

– Peut-être que l'amertume n'est pas dans la nourriture…

– Peut-être que tu ne m'as pas non plus fait tomber, me cassant presque le cou ? » Ses rides s'affaissèrent en forme d'ellipses colériques qui encadraient le centre de son visage.

« Arrête avec cette absurdité, fit Kennedy en secouant la tête. Ça faisait des mois que je disais de te méfier de ce tapis mal fixé en haut des escaliers. Dieu merci, ton poids a amorti la chute.

— Salaud, siffla-t-elle.

— Tu ne devrais pas jurer comme ça. C'est irrespectueux.

— Tu te crois très malin, hein ? Tu t'imagines que personne ne croira que c'est toi qui m'as poussée, que tu as essayé de me tuer ?

— Te tuer ? Ne sois pas si mélo. Cette chute t'embarrasse. C'est ton poids et ton manque d'attention qui en sont la cause. Un clou mal enfoncé, un bout de tapis qui dépasse. Tout le monde connaît ça, sourit Kennedy. Tu devrais arrêter de regarder ces vieux films d'Agatha Christie. Ils t'enflamment l'imagination. Pourquoi, au nom du Ciel, te voudrais-je du mal ?

— Tu le sais parfaitement…

— Sans blague ? Explique-moi ça.

— Ne fais pas l'idiot ! Tu sais que je possède quelque chose qui t'appartient. »

Le visage de Kennedy se durcit légèrement. « C'est vrai ? »

Cathleen évita son regard.

« Non…

— Parfait. C'est réglé. Pas de souci à se faire, donc. Maintenant, mange ton déjeuner. Je t'ai préparé tes pancakes juste comme tu les aimes. »

Elle haussa les épaules.

« Je n'ai pas faim.

— C'est idiot. Tu as besoin de reprendre des forces le plus tôt possible. Sans toi, le magasin est un désastre. Et puis j'ai besoin que tu m'aides à chercher un objet que j'ai apparemment… égaré. Tu sais comme ça peut

49

être agaçant d'être certain d'avoir mis quelque chose quelque part et de ne pas pouvoir remettre la main dessus. C'est sans doute ma mémoire, elle n'est plus aussi fiable qu'avant. C'est pour ça que j'ai besoin que tu m'aides à chercher dès que tu iras mieux. »

Il prit un couteau sur le plateau et découpa adroitement le pancake en quatre parts. « Ouvre grand la bouche. »

À contrecœur, Cathleen entrouvrit les lèvres. Kennedy y introduisit une portion de pancake.

« Ferme et mâche. Il faut toujours bien mâcher la nourriture. Tu ne voudrais pas t'étouffer, si ? »

Le carillon de la porte du magasin retentit.

« Faut que j'y aille, dit Kennedy en reposant le reste de pancake sur le plateau. Je t'apporterai ton déjeuner plus tard. Je t'ai fait ton plat favori. Une soupe de poulet. Miam miam. Ça devrait vite te remettre sur pied. » Il sourit, cligna de l'œil et referma doucement la porte derrière lui.

Cathleen se saisit rapidement du seau sous le lit et vomit tripes et boyaux.

3

Lucky

Dis-moi qui tu hantes, et je te dirai qui tu es.
Miguel de Cervantes, *Don Quichotte*

Garde tes peurs pour toi, mais partage ton courage avec les autres.
Robert Louis Stevenson

Paul arrivait devant l'entrée du Tin Hut – le billard et débit de boissons local – quand il entendit une voix familière demander : « Qu'est-ce que tu fous avec un manche à balai ? On est dans une salle de billard, mec. Pas au concours annuel de balayage de l'abattoir. »

Paul ne voulait pas penser à l'abattoir. Il serait de retour sur place dans moins de trente heures. Comme un prisonnier en liberté surveillée, il détestait l'idée, mais n'avait pas d'autre choix. Il était au chômage depuis presque un an – sa période sans travail la plus longue – et l'abattoir semblait bien être la meilleure occasion pour en finir. Il détestait l'idée de ce boulot, mais, paradoxalement, il se savait chanceux d'avoir pu l'obtenir. Sa situation financière était là pour le prouver, sans compter sa mère qui ne ratait jamais une occasion de lui faire remarquer qu'il devrait déjà être marié et en train de lui faire des petits-enfants. Bien sûr, ce n'était qu'un tas d'absurdités. La dernière chose que désirait sa mère, c'était bien la présence de nains de moins d'un mètre cinquante au visage caoutchouteux. Non qu'elle détestât les gosses ; c'était juste qu'elle ne pouvait plus les supporter, eux, leur odeur de merde et leurs bavardages incessants, comme si le seul gosse de sa vie l'avait épuisée pour toujours.

« Marrant que tu parles de l'abattoir, Lucky, parce que le temps que je te liquide, toi et les soi-disant autres prétendants au titre, et ce sera l'abattoir. Ne te fais aucune illusion là-dessus. Et c'est pas ton porte-bonheur qui te sauvera la mise. »

Lucky brandit son poignet et embrassa le bracelet d'or qui y était attaché. *Il n'y a qu'un seul Lucky*[1], proclamait-il fièrement.

« Je t'en ferai cadeau le jour où tu me battras au snooker. »

Ils entrèrent au Tin Hut en arborant tous deux un large sourire.

Une fois à l'intérieur, Lucky se proposa de payer à boire.

« Tu nous fais un miracle, Lucky ? Comment diable vas-tu te débrouiller pour trouver de quoi payer deux pintes ? sourit Paul.

– Bon, pour que ça marche, tu es censé m'arrêter, me bloquer la main avant qu'elle n'atteigne ma poche et dire – implorer, même – que, étant donné les circonstances, c'est à moi, Paul Goodman, de payer un verre à mon meilleur ami, Lucky Short, pour fêter la merveilleuse nouvelle de mon embauche aux abattoirs.

– Je vois. Mais que se passe-t-il si ton meilleur

1. *Lucky* : veinard.

52

ami n'a pas un sou jusqu'à sa prochaine paye, dans une semaine ?

– Le crédit, mon vieux poteau. Terry Browne sait que tu as du boulot et il se fera un plaisir de mettre ces deux pintes sur ton ardoise. »

Paul éclata de rire. « Tu ferais mieux de prier pour que je ne me fasse pas virer le premier jour, mon meilleur ami, parce que ce sera tes guibolles que Terry écrabouillera, pas les miennes. Maintenant, rends-toi utile. Inscris-nous pour la table du milieu. Je vais chercher les pintes. »

Pendant qu'il attendait que l'on tire les pintes, Paul regarda Lucky argumenter pour prendre le prochain tour à la meilleure table de l'établissement, celle du milieu. Elle n'avait que peu d'accrocs et était presque parfaitement équilibrée.

« Tu t'es fait enfler d'une pinte par cette feignasse de p'tite pute ? » dit le proprio, Terry Browne, un ancien boxeur et entraîneur.

Les gens que Terry n'aimait pas étaient des p'tites putes. Presque tous ceux qui étaient présents dans la salle avaient été des p'tites putes à un moment ou à un autre. Hier encore, Paul était une p'tite pute. Aujourd'hui, avec un boulot en vue, il était Paul, un client avec du crédit.

« Il est okay, Terry. C'est juste qu'il n'a pas eu beaucoup de bonnes passes dans la vie, répondit Paul avec un sourire.

– Des passes ? Les seules passes qui intéressent cette p'tite pute, c'est celles qu'il joue au snooker. Et encore, même celles-là, c'est de la merde. Est-ce qu'il va toujours au Boom Boom Rooms pour ses cours de danse ? Est-ce qu'il se prend toujours pour le nouveau Fred Astaire ? »

Paul fit signe que oui.

« Je devrais lui botter le cul, à cette p'tite pute. Je lui reproche de t'avoir éloigné de la boxe. Tu avais un gros potentiel. Un sacré potentiel.

– C'est pas Lucky qui m'en a éloigné. C'est juste que j'ai perdu tout intérêt à me faire cogner sur la gueule en moins de dix secondes chaque fois que j'entrais sur un ring », rigola Paul qui aurait bien voulu que les deux pintes soient déjà tirées.

Terry professait que tirer une pinte de Guinness était un art à part entière, et que Dieu vienne en aide à quiconque lui demandait de se grouiller, de détruire son chef-d'œuvre.

« Ne sois pas stupide, dit Terry avec humeur. Tu avais le potentiel. Tu l'as toujours. Ne laisse aucune de ces p'tites putes te dire le contraire, particulièrement cette p'tite pute de Lucky Short. Je n'ai jamais compris ce que tu pouvais trouver à ce bon dieu d'échec ambulant... »

Paul se contenta de sourire. Il n'y avait jamais rien à gagner à discuter avec Terry – son second prénom était Têtu. À la place, il regarda la merveilleuse mousse crémeuse de la Guinness durcir et se transformer en col de curé, pendant que son esprit vagabondait jusqu'aux souvenirs de sa première rencontre avec Lucky Short...

Imaginez que vous deviez vous trimballer le surnom de Willie Short[1] depuis vos années d'école jusqu'à celles, boutonneuses, de l'adolescence. Pouvez-vous imaginer une malédiction pire que celle-là ?

1. Willie le Court et, plus ennuyeux, Zizi Court. En fait, P'tite Bite.

54

Non. Ben, essayez maintenant d'imaginer que ce n'est pas un surnom, mais votre *vrai* nom.

Willie – Willie Short – ne pouvait pas passer son temps à se battre pour sa vie, sans parler de défendre un nom qu'il méprisait. Heureusement pour lui, il était doté d'une exceptionnelle force d'âme qui lui permettait de s'accommoder de permanentes humiliations. Même les filles dans la rue avaient pris l'habitude de le tabasser – généralement après avoir été chauffées à blanc par Emma Peel dans *Chapeau melon et bottes de cuir*. « Est-ce que ton zizi est court, Willie Short ? » le taquinaient-elles avec la férocité dont seules les filles sont capables.

Paul Goodman était le meilleur ami de Willie. En fait, il était son seul ami et il finissait par participer à toutes ses castagnes, comme les amis ont tendance à le faire. Pas une semaine sans que Paul ne se pointe avec un œil au beurre noir, une lèvre fendue ou quelque autre blessure prise pour le compte de Willie dont le cri de guerre était : « Je vais chercher Paul Goodman ! C'est un sacré boxeur ! Il a gagné une médaille d'argent aux Jeux olympiques… Il a foutu une branlée à Mangler Delaney… »

Et peu importe que Paul n'ait jamais participé aux Jeux olympiques et que la seule rencontre entre lui et le fameux Mangler se soit terminée par un remodelage de son visage à lui ; il était resté méconnaissable pendant deux semaines.

Paul et Willie s'étaient rencontrés par hasard et chacun d'eux avait une version différente de l'événement.

Un vendredi soir, Paul venait de se faire démolir le moral et le portrait par Mangler qui, manifestement jaloux de son joli visage, avait souhaité le rendre aussi laid que le sien.

Delaney était un jeune type à l'air mauvais, appelé à devenir le futur entrepreneur des pompes funèbres locales. Des années plus tard, Paul se demandait encore si ce combat n'avait pas été le seul et unique apprentissage de Delaney, orientant ses appétits vers sa véritable vocation : enterrer les morts.

Le visage constellé de bleus et d'écorchures, Paul s'était pointé au café du coin. Il n'avait pas vraiment faim, mais son moral avait besoin d'un petit coup de fouet. Ensuite, il pourrait rentrer chez lui, juste à temps pour son émission sportive favorite, *147*. Il ne manquait jamais cette émission où des joueurs de snooker essayaient d'atteindre le nombre magique de 147, d'immortaliser leurs noms et, en prime, de se faire offrir des vacances tous frais payés.

Le snooker était sa vraie passion, pas la boxe. La boxe était une épreuve imposée par sa mère qui l'avait gentiment inscrit au club local dans l'espoir erroné que ça pourrait d'une manière ou d'une autre en faire un homme. Il avait douze ans. Qui a envie d'être un homme à douze ans ? Tout ce que Paul voulait, c'était être un gosse.

Il y avait au moins quinze personnes avant lui dans la queue et il essaya de calculer rapidement le temps qu'il lui faudrait pour arriver au comptoir. Il priait le Ciel de ne pas tomber sur Annie Parson. Elle avait au moins cent ans et de vieux appareils acoustiques dans chacune des oreilles, ce qui vous forçait à crier à tue-tête. Les appareils étaient recouverts de petits morceaux de cérumen qui réduisaient les chances de se faire entendre à moins que zéro.

Annie était une vieille dame extrêmement laide avec des poils de nez comme des pattes d'araignée et une haleine immonde de tabac et de menthe mélangés. Un régiment de grains de beauté jonchait le peu de peau qui restait et l'on disait que si on arrivait à joindre tous les grains – comme dans le jeu – on verrait apparaître une image d'Elvis Presley. Les gens racontaient qu'elle était aussi forte pour lire sur les lèvres que dans les feuilles de thé. Paul ne croyait à rien de tout ça. Il savait juste qu'elle lui retournait l'estomac.

À mesure qu'il approchait du comptoir, il priait Dieu de lui accorder une grâce, du même genre que celle qu'il implorait pour Alex « Stormy » Jennings, son joueur de snooker favori qui concourait ce soir pour le nombre magique.

Ne laissez pas Annie me servir, mon Dieu. S'il Vous plaît, faites preuve de miséricorde...

Mais ce n'était pas un soir pour la miséricorde. Ni à la boxe, ni au café.

« Va falloir que tu parles fort, petit salaud ! J'entends pas un mot de c'que tu dis ! » tonna Annie dont la silhouette de naine, bien que perchée sur un cageot de lait, arrivait à peine au rebord du comptoir.

Oh, putain. Elle n'a pas de dents. Je vais gerber. Y a du jus au bout de son nez. C'est sûrement de la morve. Oh, putain...

« Plus fort, espèce de petit salaud !

– J'ai demandé un menu de poisson, lui hurla Paul en pleine figure. Ni sel ni vinaigre.

– Vulgaire ! Qui traites-tu de vulgaire, espèce de petit salaud. J'ai bien envie d'appeler notre Anthony ! Il va te montrer, espèce de petit salaud ! »

Le frère d'Annie, Anthony, le propriétaire du café, avait dans les quatre-vingt-dix ans et se déplaçait sur deux cannes. Il portait des fringues deux fois trop grandes et des chaussures grinçantes. On l'entendait arriver avant de le voir.

« Non ! J'ai juste dit ni sel ni vinaigre ! »

Derrière Paul, quelqu'un se mit à glousser. En quelques secondes, toute la queue fut pliée d'un fou rire contagieux.

« Embrasse-la, Paul. Fourre-lui ta langue dans la bouche ! » cria quelqu'un en faisant rire les autres de plus belle.

Paul se retourna, essayant de localiser le plaisantin.

Quelques minutes plus tard, Annie lui tendait un paquet fumant, noyé dans le sel et le vinaigre, qui dégoulinait à travers le papier. C'était aussi dégoûtant à voir que des couches de bébé souillées et probablement aussi impropre à la consommation.

« Surveille ton langage, à l'avenir, espèce de petit salaud ! Venir ici, la figure toute pleine de sang qui coule partout. C'est un établissement respectable, ici. La prochaine fois, tu ne seras pas servi ! Je sais lire sur les lèvres, tu sais ! »

Paul saisit vivement le paquet des mains blêmes d'Annie.

« Il n'y aura pas de prochaine fois, vieille sorcière ! La prochaine fois, j'irai chez Harry Blunt.

– Anthony ! *Anthooonnnyyy* ! hurla Annie. Le petit salaud a dit que j'avais le con poilu[1] ! Anthony ! *Anthooonnnyyy* ! »

L'assistance était secouée de rire pendant que Paul se frayait un chemin vers la sortie.

Résigné à louper *147*, Paul appuya son dos fatigué au mur du café et ouvrit son paquet. La vapeur lui jaillit au visage, lui faisant gargouiller l'estomac par avance. Il dévora le contenu comme un loup affamé et attendit.

« C'est toi qui m'as crié d'aller fourrer ma langue

1. La brave dame confond Harry Blunt et *hairy cunt* : con poilu.

dans la bouche d'Annie, n'est-ce pas ? Ne mens pas, ça ne fera qu'empirer les choses », dit Paul, en empoignant le gosse dès qu'il émergea du café.

Stupéfait, le gamin en laissa presque tomber son cornet de chips.

« Oui, répondit-il sans offrir de résistance. Je me suis dit que c'était marrant. Je suis désolé...

— Ben, ça ne l'était pas...

— T'as la gueule dans un sale état, dit le gamin. Ils étaient combien ?

— Tu veux peut-être que je fasse pareil avec la tienne ? Et puis qu'est-ce que tu racontes comme conneries ? Il n'y avait qu'un seul type sur le ring, Mangler Dealaney. C'est juste une mauvaise soirée.

— Ça, tu peux le dire. T'as la tête comme un ballon. Un vieux ballon tout sanglant.

— Est-ce que tu sais seulement qui est Mangler Delaney ? Il a eu la médaille d'argent aux Jeux olympiques, rien que ça. Et je me suis débrouillé pour tenir face à lui deux bonnes minutes.

— Deux *bonnes* minutes ! Eh, t'as du bol que ça soient pas deux mauvaises minutes, sourit le gamin en lui tendant sa main à serrer. Mon nom, c'est William. William Short.

— J'en ai rien à foutre, Willie. Maintenant dégage de là. Faut que je rentre chez moi. »

Paul voulait rentrer avant que le membre d'une des bandes du coin ne voie sa figure dévastée. Ils l'auraient perçu comme une cible facile. Sa vie ne se serait pas améliorée si le bruit courait qu'après tout il n'était pas si bon boxeur que ça. Le fait d'aller à la salle de boxe était la seule chose qui l'avait mis à l'abri de ces bandes. *Le fais pas chier ; c'est un boxeur*...

Paul savait qu'il pourrait dire adieu à ce doute profitable si n'importe lequel d'entre eux le voyait dans cet état.

« Mon vieux a un truc super à la maison. La crème magique, qu'il l'appelle. Une fois que tu en auras mis un peu, ta gueule sera comme neuve. Tu veux essayer ? » demanda Willie.

Non, Paul ne voulait pas essayer cette connerie. Il ne voulait même pas qu'on le voie en train de causer à un type de deuxième ordre.

« J'ai vu Badger Lumley et sa bande du côté d'Alexander Street, continua Willie. C'est là que tu crèches, non ? C'est là que sa bande se planque aussi. Mais rassure-toi. Mon père dit que c'est dans les bandes que les trouillards vont se cacher. »

Pendant une seconde, le doute et la peur se reflétèrent dans les yeux de Paul. Badger ne posait pas de problème. Mais avec sa bande… ? Il ne lui fallut pas longtemps pour comprendre que sa figure ferait un parfait chiffon rouge pour un taureau comme Badger. Il adorerait voir Paul comme une bête blessée.

« Où est-ce que t'habites ? demanda-t-il à contrecœur.

— King's Court, répondit Willie avec enthousiasme. C'est à deux minutes. Je te garantis que la crème fera le boulot.

— Garanti ?

— Croix de bois, croix de fer. »

Ils restèrent sur leurs gardes dans les rues mal éclairées. L'obscurité dissimulait les blessures de Paul, et il en était heureux. Si seulement cette nuisance à pattes voulait bien arrêter de poser des questions en faisant son stupide numéro de claquettes.

« T'as jamais vu Gene Kelly dans *Chantons sous la pluie* ? demanda Willie, nullement découragé par l'éclair de colère dans les yeux de Paul.

« – Coupe un peu ton robinet à paroles, murmura Paul, menaçant. On peut t'entendre à un mile. »

Au désespoir de Paul, Willie se mit à exécuter des voltes et des entrechats avant d'attaquer la mélodie. « I'm singin' in the rain. Just singin'in the rain. What a glorious feeling, I'm happy again. I'm laughing at clouds. So dark up above… »

Tout ce que je veux c'est qu'il se mette à tomber des cordes et que ce maniaque arrête de rebondir sous les réverbères. Il se prend vraiment pour Gene Kelly. Ça fait peur, vraiment peur.

« The sun's in my heart. And I'm ready for… »

Excédé, Paul agrippa Willie par la chemise. « Je sais pour quoi tu vas être prêt si tu la fermes pas. Tu attires l'attention sur nous, espèce de dingue. »

Abattu, Willie se mit à cheminer en silence.

Ça n'était pas à deux minutes, plutôt six ou sept, mais, quand ils arrivèrent chez Willie, Paul fut aussi soulagé que s'il avait atteint le sanctuaire d'un château.

« Attends ici, mon pote. J'en ai pour une seconde. »

Mon pote ? Non, ça, c'est pas dans le marché, se dit Paul en regardant la silhouette disparaître dans l'escalier. *La crème et adieu.*

La notion du temps de Willie n'avait que peu de rapport avec la réalité. La seconde devint une minute et la minute fit des petits ; au moment où Paul allait partir, Willie dévala l'escalier quatre à quatre.

« Désolé, mon pote. J'ai mis du temps à trouver. Il l'avait planquée, haleta Willie. Voilà, badigeonne-toi la figure. C'est putain de magique. Mon vieux ne jure que par ça.

– Que je me badigeonne ici ? Maintenant ? demanda Paul, incrédule. Que je rentre à la maison avec de la crème plein la figure comme une gonzesse en goguette ?

61

De quoi j'aurais l'air ? Est-ce que t'essayerais pas de m'embobiner, Willie ?

— Non, mon pote ! Je ferais jamais ça. C'est juste que mon vieux s'en sert tous les soirs. Il va devenir complètement dingue s'il ne la trouve pas.

— Complètement dingue ? C'est moi qui dois être complètement dingue d'avoir écouté un fou dangereux dans ton genre. »

En dépit de sa répugnance, conscient qu'il n'avait pas le choix, Paul se mit, lentement, à se passer la crème sur le visage. Ça lui semblait contre nature, féminin, mais il faisait confiance à Willie.

« On peut à peine voir la crème, mon pote. Dans la nuit, personne n'y fera attention. Je te le dis, mon vieux...

— ... ne jure que par ça, je sais. Et arrête de m'appeler mon pote. On n'est pas potes. Compris ?

— Okay, Paul, sourit Willie, pas découragé pour un rond.

— Comment ça se fait que tu connaisses mon nom ? Je te l'ai jamais dit.

— Tu rigoles ? Tout le monde te connaît. Paul Goodman. Le mec qu'il vaut mieux pas faire chier. »

Paul se sentit rougir et se demanda si c'était un effet de la crème.

« Bon... Ben, prends ta crème... Merci.

— Pas de problème, Paul. Tu veux que je t'accompagne chez toi ? Badger et sa bande doivent...

— Non ! Non... Je m'arrangerai. »

Ce n'est que la matin suivant, quand le miracle se produisit, que Paul apprécia tous effets de son étrange rencontre avec l'encore plus étrange William Short. Les enflures de son visage avaient mystérieusement disparu. Seules subsistaient quelques errafflures qui viraient au bleu foncé, révélant la raclée de la veille.

« Stupéfiant. Putain de stupéfiant… » murmura Paul en examinant d'un air ravi sa figure dans la glace. En fait, il était si ravi qu'il décida de passer par chez Willie pour le remercier.

Quand Willie le vit à sa porte, il ne put croire à son bonheur. Personne ne passait jamais le voir. Personne. L'événement était si surprenant que les voisins se mirent à la fenêtre pour être témoins d'un fait qu'ils pensaient impossible.

« Écoute, dit Paul d'un air penaud. Je voulais juste te remercier… Tu avais raison. Cette crème est magique. Moi aussi, je ne jure plus que par elle, maintenant. »

Ils éclatèrent de rire. Dans sa cuisine, la mère de Willie souriait. Ça faisait longtemps qu'elle n'avait pas entendu rire son fils. À l'étage, le père, qui se préparait à aller prendre son poste à l'usine, hocha la tête. Il avait toujours su que son fils s'en sortirait.

« Tu peux me donner le nom de cette crème ? Je vais en parler à mon entraîneur. Il va adorer ce truc.

— Tu la trouveras chez Thompson.

— Le pharmacien ?

— Oui, sur Clifton Street.

— Ça s'appelle comment ?

— Easy Shift. C'est de la pommade pour hémorroïdes.

— Hémoro quoi ? demanda Paul.

— Hémorroïdes. Tu sais, les *piles*[1].

— Les piles ? Les piles de quoi ? demanda Paul de plus en plus confus et souhaitant déjà n'avoir rien demandé.

— *Piles*. Tu sais, ces choses que les vieux ont dans le cul.

— Dans le cul… »

1. Intraduisible. *Piles* : hémorroïdes.

63

Paul se sentait de plus en plus désorienté.

« Putain, de quoi tu parles ? Qu'est-ce qu'ils ont dans le cul ?

— Les *piles*, les hémorroïdes. Des tas de veines enflées qui font comme des grappes de raisin. Les vieux s'en mettent dans le cul pour les faire désenfler. Mon père s'en met tous les soirs. Il ne jure que…

— *De la pommade pour le cul ?* Tu m'as fait me badigeonner la figure avec de la pommade pour le cul ? T'es dingue ou quoi ? Si ça vient à se savoir, on va m'appeler Face de Cul le reste de ma vie, espèce de cinglé de bâtard. »

Paul se rua sur Willie, mais trop tard. La porte d'entrée avait déjà claqué.

« Si jamais tu souffles un seul mot de ça, tu es mort, siffla Paul à travers la fente de la boîte aux lettres. Tu m'entends ?

— Tu es mon meilleur pote, Paul. Jamais je ne dirai le moindre mot. Je le jure… répondit Willie en se baissant pour parler à Paul de l'autre côté de la boîte. Dès que je t'ai vu, j'ai su que je te voulais pour ami, pour meilleur ami. Je suis si veinard… »

« Hier, j'ai fait un tour du côté de North Queen Street, dit Paul en tendant sa pinte à Lucky. Il y a un mont de piété qui a toute une collection de queues. Dans un mois, j'en achèterai une.

— Écoutez-moi ce Rockefeller, sourit Lucky. Arrange-toi pour m'offrir quelques pintes en attendant d'être assez riche pour enflammer le monde de ton fric. »

Serrant contre eux leurs pintes de Guinness, les deux amis s'installèrent stratégiquement dans le coin le plus éloigné, le dos contre l'un des deux poêles ventrus qui chauffaient le Tin Hut quand il faisait froid comme ce soir-là. Paul sentait la chaleur monter du ventre rebondi du poêle. En plus, ils étaient parfaitement placés pour observer les joueurs de snooker qui frappaient les billes ou s'échauffaient entre les rangées de tables.

« Le proprio, un vieux type avec des rouflaquettes à la Elvis, n'avait pas l'air très chaud quand je lui ai demandé le prix des queues, continua Paul. On aurait presque dit qu'il ne voulait vendre aucun des objets de la boutique.

– C'est Philip Kennedy. C'est pas lui, le proprio. C'est sa femme, dit Lucky en sirotant sa bière.

– N'empêche. Il pourrait quand même être content de faire une vente. Le commerce n'avait pas l'air de marcher très fort, pendant que j'y étais.

– Tu devais ne penser qu'à toi, cramant à l'avance tout ce fric dont tu ne sais pas quoi faire. De toute façon, si tu connaissais la femme de ce pauvre type, tu comprendrais pourquoi il a l'air d'un foutu miséreux. Cathleen "Zipper" Kennedy. Tu la connais ?

– Contrairement à toi, Lucky, j'ai autre chose à faire que de passer mon temps à essayer de connaître tout le monde en ville. »

Lucky prit une autre gorgée de Guinness. La seule chose meilleure qu'une bonne pinte de Guinness, c'est une bonne pinte de Guinness gratuite.

« Cathleen vient d'une famille aisée. On dit qu'elle ressemblait à Marilyn Monroe… en laide. Son père, Jacky Denver, était dans le commerce de ferraille. Plein jusqu'aux ouïes, le salaud. Il y a des années, il a acheté un vieux navire rouillé sur les quais, il l'a repeint et l'a revendu au dictateur d'un tout petit pays. Il a fait une fortune et la première page de tous les journaux. Bref, à sa mort il a laissé l'essentiel de son fric à l'Église, sans doute pour essayer de payer son entrée au paradis. Cathleen n'a eu que des miettes. C'est de ces miettes que vient le mont de piété. Pas grand-chose, si on considère ce que son père avait amassé. Tu peux imaginer comme l'amertume lui a rongé le cul pendant des années. Une princesse reléguée au rang de pauvresse.

– Ouais, elle est quand même beaucoup plus riche que la majorité des gens de la ville. C'est bien joué de sa part, réussit à dire Paul avant qu'un sourire narquois n'apparaisse sur le visage de son pote.

– Bien joué, tu dis ? »

Lucky prit le temps de siroter sa Guinness en lançant un regard acéré par-dessus son verre. Paul savait que ce regard ne pouvait dire qu'une seule chose : lui, Paul, venait de mettre le pied en plein dans la merde.

« Bien joué, tu dis ? répéta Lucky en reposant son verre sur la table avec le sourire du renard tenant un poulet dans sa gueule. Elle serait incapable de reconnaître un beau jeu même s'il lui mordait le cul. Tu sais pourquoi on l'appelle Zipper[1] ? »

Paul ne répondit pas. Il n'en savait rien.

« Elle était également l'un des plus importants usuriers de la ville. Une sacrée salope. Elle trimballait son rouleau de billets caché à l'intérieur d'un compartiment secret de ses serviettes hygiéniques fermé par une fermeture à glissière, histoire de dissuader les voleurs potentiels. Merde, il fallait être courageux pour s'aventurer là-dessous. Tu parles d'une putain de serviette ! »

Paul éclata de rire si fort qu'il en éternua un mélange de morve et de bière qu'il fut obligé de renifler bruyamment.

1. *Zipper* : fermeture à glissière.

« Arrête tes conneries ! Tu viens d'inventer ça, dit-il en s'essuyant avec la manche de sa chemise.

– Si j'étais capable d'inventer un truc pareil, je me ferais une fortune comme écrivain, sourit Lucky. On dit qu'elle trimballe toujours son fric comme ça, même après la ménopause. T'imagines un peu la gueule du croque-mort qui tombe là-dessus ? Une serviette hygiénique sur une vieille, et bourrée de fric en plus ! Putain ! J'adorerais être là quand ça arrivera. »

Ils continuèrent à rire, mais plus doucement, vu le regard que leur lançaient les joueurs de snooker.

« Tu veux entendre quelque chose d'encore plus drôle ? demanda Lucky.

– Plus drôle que Zipper ?

– On raconte que son mari, Philip, était membre d'une espèce de gang, il y a des années. J'ai entendu dire que c'était même un des chefs.

– Un gang ? Ce vieux mec ? Quel genre ?

– Un nom difficile à prononcer. Un de ces gangs secrets que tout le monde connaît ! Quelque chose comme "N-R-Key"[1]. Tu sais, un de ceux qui faisaient du grabuge, qui flinguaient les gens et tout.

– Sois pas idiot, ricana Paul. Ce vieux toucherait pas les toilettes en pissant. Cette fois, Lucky mon pote, tu pousses le bouchon un peu loin. Tu l'imagines vraiment un flingue à la main, tremblant comme une portion de flan ? Il se tirerait dans le pied d'abord.

– Je me contente de te raconter ce que j'ai entendu dire. C'était un sacré dur, à son époque. Ça arrive tout le temps, non ?

– Qu'est-ce qui arrive tout le temps ? fit Paul avec un large sourire. Que tu oublies de payer ton coup ?

1. Phonétiquement : En Ar Qui (Anarchy).

– Vas-y, rigole comme un putain de babouin. Ça va très bien à ton cul tout rouge. Le temps. C'est de ça que je te parle. Ça amollit les gens, non ? Toutes ces bagarres finissent par te fatiguer au bout d'un moment. Tu crois pas ? Les vieux os et les vieux réflexes ne répondent plus comme avant. Tu aspires à un peu de paix dans tes vieux jours. C'est vrai, ou pas ? De toute façon, c'est les plus calmes qu'il faut surveiller le plus. On juge pas un bouquin à sa couverture. »

Ils éclatèrent de rire.

Exception faite des fortes lumières qui surplombaient les tables, la salle de billard était sombre, recouverte de papier peint d'un vert passé et de parements infestés de termites. Une faible lueur suintait à travers des rideaux orange et recouvrait la pièce d'une brume couleur cuivre. Des râteliers de queues s'alignaient le long des murs comme des rangées de fusils. Un montage de photos vieillies, à la gloire de héros du snooker, recouvrait les murs.

« Maintenant, parle-moi encore de ces types de l'abattoir, demanda Lucky. Ils m'ont tout l'air d'une bande de ravagés. Dieu merci, c'est pas moi qui bosse là-dedans. Tu as réussi à voir Shank, le patron ? J'ai entendu dire que c'était un putain de dur à cuire.

– Si je l'ai vu ? C'est lui qui m'a fait visiter tout le merdier. Tu sais à quoi il ressemble ?

– Non. Étonne-moi.

– Tu te souviens de ce flic dans une vieille série télé ? Celui qui avait toujours une sucette au bec ? Une grosse tête chauve, massive et pleine de bosses ? J'arrive pas à me souvenir de son nom, mais c'est lui tout craché, en plus musclé. On dirait qu'on a pris deux hommes pour en fabriquer un.

– Ouais. Je crois que je connais la série. C'était

quoi son putain de nom, déjà ? L'Homme de fer, non ? fit Lucky, souriant avec satisfaction de sa science des choses inutiles. J'en suis sûr à cent pour cent. Son nom, c'est l'Homme de fer.

— Non. Celui-là, c'était celui en chaise roulante. En plus, il avait plein de cheveux.

— Merde ! T'as raison. J'suis bon pour me torturer la tronche jusqu'à ce que je retrouve le nom de ce putain de chauve. T'aurais pas dû m'en parler.

— C'est toi qui as demandé.

— T'as pu t'arranger pour voir Taps ? À quoi il ressemble ? J'ai entendu dire que King Kong avait l'air d'un nain à côté. Et son tatouage dans la bouche ? C'est vrai ce qu'on dit sur son sourire ? »

On racontait que Taps avait les mots TU MENS tatoués sur les gencives, visibles uniquement quand il souriait, son sourire se transformant immédiatement en calice de poison pour son destinataire.

« Il m'a pas souri, Dieu merci. Pour ce qui est du reste des ouvriers, je peux te dire un truc, Lucky boy, c'est que tu n'aurais pas tenu une minute là-dedans. Geordie t'aurait bouffé tout cru. »

Lucky finit sa Guinness et rota avant de déclarer :

« Tu seras peut-être étonné, Monsieur le Dur à Cuire, mais, sans être un boxeur, je pourrais bien lui shooter dans les couilles, à ton Geordie.

— Ça m'étonnerait beaucoup, vu que Geordie est une fille, rigola Paul. Une fille handicapée, par-dessus le marché.

— Une fille bossant dans un abattoir ? Et une handicapée ? Tu penses tout de même pas que je m'attaquerais à une petite infirme ? Tu n'as donc aucun respect pour un pote ?

69

– T'en fais pas. C'est pas ton genre de fille, de toute façon. En fait, elle est résolument effrayante.

– À regarder ? »

Paul réfléchit pendant un moment. « En fait, non… elle est plutôt jolie. Mais elle a l'air enragée, comme un truc qu'elle garderait enfermé dans une bouteille, prêt à exploser à tout moment. Elle a probablement délibérément choisi l'abattoir pour évacuer toute cette colère sur toutes les créatures qu'il y a là-dedans, humaines ou animales. »

Paul semblait songeur, comme s'il avait vaguement pensé à quelque chose et que cette pensée avait renoncé à s'installer plus d'une seconde avant de filer quand Lucky l'avait chassée en disant :

« À propose des abattoirs. Comment vas-tu te débrouiller pour sortir des steaks pour ma mère ? Elle te donnera la moitié de ce que lui prend Norton.

– Je n'ai pas encore travaillé une seule journée et tout le monde me court après pour avoir de la viande bon marché.

– Oui, mais je suis pas n'importe qui. Je suis ton…

– Meilleur ami. Oui, je connais le couplet. Je connais le scénario. Je vais voir ce que je peux faire. De toute façon, je ne suis pas sûr que je pourrai avoir beaucoup de viande. Ils n'ont pas l'air de tenir une boutique de charité, là-dedans.

– Tu y as droit, mon pote. Stevie Foster m'a dit que quand il bossait là-bas, il avait eu droit à toute la viande qu'il voulait. Des seaux de viande.

– Je n'accorderais pas beaucoup de crédit à ce que Stevie raconte. Il a dit à une fille de l'abattoir qu'il avait une bite de deux livres.

– Une bite de deux livres ? De *deux livres* ? Et moi qui croyais que c'était moi, le veinard ! »

Paul souriait en rapportant la conversation avec la fille étrange de la réception.

Cette fois, ce fut le tour de Lucky de presque s'étouffer.

« Oh, merde. Elle est bonne. Une bite de deux livres réduite à une bite à deux sous.

– Garde ça pour toi. Je veux pas le vexer.

– En parlant de Stevie, le voilà qui se pointe, dit Lucky en donnant un petit coup de coude à Paul. Tu devrais lui payer une pinte juste pour le remercier de t'avoir fait avoir le boulot.

– Vas-y mollo. J'ai presque atteint la limite de mon compte chez Terry. Je n'aurai pas un sou avant ma paye de la semaine prochaine, si je tiens le coup. »

Paul demanda qu'on serve une pinte à Stevie. Quelques instants plus tard, il en fut remercié d'un signe de la main.

« Je te parie qu'il te remercierait pas comme ça s'il savait que tu racontes à tout le monde qu'il a une bite de la taille d'une piécette, sourit Lucky, facétieux. Il ne sait pas que c'est lui qu'on jette pour jouer sa pinte à pile ou face.

– Très drôle. Laisse tomber. Okay ?

– La prochaine fois qu'on se disputera pour savoir qui jouera le premier au snooker, on jettera Stevie en l'air.

– Ça suffit, okay ? Il regarde dans notre direction. Je veux passer une soirée tranquille. Pas d'histoires.

– Ça nous fera du *change*[1] », sourit Lucky, refusant de laisser tomber le sujet.

Secouant la tête d'un air mécontent, Paul se saisit des verres vides et se dirigea vers le bar en essayant d'éviter Stevie, assis à une table éloignée.

1. Jeu de mots intraduisible entre *change* : changement, et *change* : monnaie.

71

« Merci pour la pinte », fit ce dernier, apparu comme par enchantement à côté de Paul et tenant, lui aussi, un verre vide à la main.

Au fond du bar, Lucky, la main sur son entrejambe, pointait l'autre dans la direction de Stevie en dessinant un cercle du pouce et de l'index.

Réprimant un fou rire, Paul remercia Stevie de lui avoir obtenu le boulot. Il décida de ne pas mentionner la drôle de fille qui tenait la réception, pas plus, bien sûr, qu'aucun des autres employés de l'abattoir.

« Une autre pinte, Stevie ? demanda-t-il en connaissant déjà la réponse avant même qu'un sourire ne s'épanouisse sur le visage de Stevie. Trois pintes, s'il te plaît, Terry. »

Terry lança un sale œil à Stevie. Encore une p'tite pute.

« Génial, mon pote, fit Stevie, ignorant le regard de Terry. On se voit la semaine prochaine. Je suis un peu à court d'argent. Alors, comment ça a marché aux abattoirs ? Aucun problème ? J'espère que tu leur as dit que tu me connaissais. J'ai pas mal d'influence dans cette boîte. J'étais sûr que la seule mention de mon nom te ferait avoir le boulot.

– Oui, tout s'est bien passé. J'ai vu Shank. Il m'a engagé, dit Paul, qui préféra ne pas mentionner la cérémonie du bain de sang.

– Tu as réussi à le voir ? demanda Stevie, le sourcil gauche arqué en point d'interrogation. Ça a dû être une expérience ?

– Une expérience ? La belle affaire. Il possède un abattoir. Pas de quoi en faire un plat », répondit Paul d'un ton bravache en sortant une cigarette qu'il alluma d'un air détaché.

Terry les interrompit en posant les verres sur le comptoir avant de s'éloigner en hochant la tête.

« Shank a fait de la taule, souffla Stevie. On dit qu'il ne quitte jamais l'abattoir parce qu'il est recherché dans d'autres pays pour meurtre et racket. »

Paul se dit que c'était encore une des vantardises de Stevie. « Dis pas de conneries. Ouais, Shank est un type intimidant et même un peu effrayant, mais un meurtrier… ? Allons donc ! »

Stevie but un peu de sa pinte et se lécha les lèvres pour profiter des restes de Guinness, avant de continuer.

« Tu connais Jack Daley, l'usurier ?

— Oui, répondit Paul. Bien sûr. Qui ne le connaît pas ? »

Daly était une brute. C'était le grand prêtre de la violence. Il adorait ça. Il en aimait le goût et le bruit, le pouvoir et ce qu'il pouvait faire aux plus faibles. C'était le genre d'ordure qu'on pourrait tuer avec la conscience pure, peut-être même en faisant naître un sourire sur le visage des dieux. En ville, peu de gens avaient échappé à ses poings.

« Bon, ben c'est une sardine[1] à côté de Shank. Daly adore ce type autant qu'il le craint.

— Daly craint Shank ? (Paul éclata de rire.) Arrête avec ça, tu veux ? Comment peux-tu savoir ça, putain ? »

Stevie jeta un coup d'œil derrière lui pour s'assurer que personne ne l'écoutait. « Je me souviens que, il y a des années, quand j'étais gosse, Daly est venu chercher mon père à la maison. Apparemment, mon vieux lui devait du fric, comme la plupart des gens à cette époque. Je me souviens que j'espionnais derrière la porte du salon et que j'ai vu Daly poser sa grosse main sur mon père en lui disant qu'il avait une heure pour abouler le fric, ou sinon… »

---

1. Jeu de mots avec *loan shark* : usurier, mais littéralement : requin de l'emprunt.

Stevie marqua une pause et, pendant dix secondes, on n'entendit plus que le bruit des billes de billard.

« Sinon quoi ? demanda Paul, que le cirque de Stevie énervait.

– Sinon Daly serait obligé de le travailler un peu au corps et de l'envoyer quelques jours à l'hosto… »

Stevie marqua une seconde pause.

« C'est la fin de l'histoire ou est-ce qu'il faut que je l'invente moi-même ? fit Paul, de plus en plus irrité.

– Ben, j'ai pas pu tout entendre, mais le seul mot que j'ai entendu a changé la physionomie de Daly et celle de la conversation.

– Et ce seul mot, c'est… ?

– Shank.

– Je vois le genre, rigola Paul d'un air moqueur. Shank a pris le contrôle des paiements de ton père, qui s'est retrouvé dans l'obligation de payer le double à Shank. Malin, ton vieux.

– Non. Pas exactement. Il semblerait que mon père a sauvé la vie d'un cousin de Shank pendant la guerre – il a même eu une médaille ou quelque chose comme ça – et Shank ne savait pas quoi faire pour lui rendre service. Daly n'est jamais revenu. En fait, chaque fois qu'il voyait mon père dans la rue, il changeait de trottoir, de peur d'offenser un ami de Shank. Tu comprends maintenant son pouvoir ?

– J'aurais préféré que tu ne m'aies rien dit. Maintenant, je vais me faire dessus chaque fois que je le verrai. »

Paul inhala une bouffée de cigarette et la garda longtemps dans ses poumons.

« Tu ne le verras plus, rigola Stevie. C'était probablement ta seule et unique fois. Pendant tout le temps que j'y suis resté, je ne l'ai vu qu'une fois, moi. »

Il prit une gorgée de bière avant de continuer.

« Qu'est-ce que tu penses de Violet ?

– Violet ?

– La réceptionniste.

– Ah, je vois. Ouais, elle est tout à fait agréable.

– Je sais qu'elle ne l'est pas à regarder, gloussa Stevie, mais tu devrais la voir au pieu ! Putain, elle n'en avait jamais assez. Le seul vrai problème, c'est qu'elle peut devenir vraiment méchante. C'est pour ça qu'ils l'appellent Violente Violet. Aussi charmante qu'un crocodile. Et elle n'a pas la langue dans sa poche, ça c'est sûr.

– Pour être honnête, je t'avouerai qu'elle m'a encore plus fait chier que Shank.

– Elle en a les moyens, non ? Ne serait-ce qu'en étant la fille de Shank.

– La fille de… ? »

Paul se sentit soulagé de n'avoir fait aucune remarque désagréable sur Shank en sa présence.

« Tu savais qu'elle s'était pratiquement tuée dans un accident de voiture, il y a quelques années ? Elle est passée directement à travers le pare-brise de la voiture de son oncle. C'est du pot qu'elle ait survécu. Le chirurgien a fait un boulot formidable sur son visage, mais il n'a pas pu enlever tous les millions de minuscules morceaux de verre incrustés dedans. Tu l'as remarqué, bien sûr ? »

En un horrible flash-back, Paul se revit à l'accueil, assis en face d'elle. Il se souvenait maintenant de l'étrange texture de sa peau, comme elle semblait… briller.

« Je blague pas, s'enthousiasma Stevie. Quand tu éteins la lumière, sa figure se transforme en une de ces boules à facettes qu'on voit pendues au plafond dans les vieux films disco. »

Paul s'imagina Stevie dans une imitation très personnelle de John Travolta. Il se demanda s'il savait quelque chose sur Geordie.

« Et cette fille qui est responsable des bouchers, dit-il d'un ton négligent. Jeanie, ou quelque chose comme ça. Tu la connais ?

– Jeanie ? J'ai beau réfléchir, je ne me souviens d'aucune Jeanie. Ça fait deux ans que je ne travaille plus là-dedans, c'est probablement une nouvelle. Désolé, mon pote, mais je ne me souviens d'aucune Jeanie.

– Elle… elle… doit avoir une patte folle. Elle marche drôlement.

– Elle marche drôlement… ? Oh ! Tu veux dire Geordie, pas Jeanie. Putain, comment peut-on l'oublier une fois qu'on l'a vue ? Elle marche comme un putain de Long John Silver bouffé par les termites. »

Paul sourit en se haïssant pour son hypocrisie, son acceptation silencieuse des paroles de Stevie.

« Hmm. Oui. Maintenant que tu le dis, je crois bien que son nom c'est Geordie.

– N'y pense même pas, mon pote. Le diable a cassé le moule après les avoir créées, elle et sa sœur.

– Sa sœur ?

– Oui. Violente Violet. T'as pas remarqué la ressemblance ? »

Paul y pensa pendant un instant.

« Je ne me suis pas approché d'aussi près.

– Parfait. Continue comme ça, mon pote. Deux vraies putains de cinglées, comme leur papa. La plus grosse connerie que j'ai faite, c'est de sortir avec Violet, fit Stevie en frissonnant. Garde ça pour toi, mon pote, mais cette furie a menacé de me couper la bite quand je lui ai dit que je ne voulais plus la voir.

– Putain…

– C'est pour ça que je suis parti. Elle a fait un enfer de ma vie. Reste à l'écart des deux, mon pote. C'est vraiment une drôle de famille... »

Avant que Paul ne puisse l'interroger davantage, Lucky se mit à signaler frénétiquement que la table était libre.

« Il faut que je retourne avec Lucky. Merci encore de ton aide, Stevie.

– De rien, mon pote. Contente-toi de rester à l'écart des sœurs Grimm et de garder ta bite dans la poche. »

4

Le goût de sa propre médecine

Les médecins auront à répondre de plus de vies dans l'autre monde que nous autres généraux.

Napoléon Bonaparte

Ne te mêle pas des affaires des sorciers, car ils sont subtils et prompts à la colère.

J. R. R. Tolkien,
Le Seigneur des anneaux

Cathleen perçut la luminosité avant de sentir la chaleur sur sa peau. Elle s'éveilla, comme au sortir du coma. Sa tête était encore douloureuse des saloperies contenues dans les analgésiques et qui avaient fini par infester son corps au-delà du tolérable. Finalement, parvenant enfin à mettre au point sa vision, elle fut quelque peu saisie de voir un jeune homme se tenir au pied de son lit.

« On peut savoir qui vous êtes ? demanda-t-elle en lui lançant un regard suspicieux. Et ce que vous faites dans ma chambre ? »

L'homme vérifiait quelque chose sur un carnet, tandis que ses doigts s'emparaient d'un stylo qui se mit à rouler d'avant en arrière comme s'il était animé d'une vie propre.

Essayant désespérément de secouer la léthargie de son corps réticent, Cathleen se demanda si Philip n'avait pas mis des somnifères dans sa soupe.

« Je vous le demande pour la dernière fois. Qu'est-ce que vous foutez dans ma chambre ? »

S'il l'entendit, il ne le laissa pas voir.

« Seriez-vous sourd ? Qui diable vous a donné l'autorisation d'entrer dans ma chambre ? Le salaud du rez-de-chaussée, sans doute. »

L'homme la regarda d'un air choqué, comme s'il n'était pas habitué à ce qu'on lui parle sur ce ton. Une heure plus tôt, Cathleen s'était servie du seau hygiénique, et il n'arrivait pas à dissimuler le dégoût sur son visage. L'odeur infecte de tabac froid et de graillon rivalisait avec la puanteur rance qui se dégageait du seau.

« Non, je ne suis pas sourd, madame Kennedy. Si vous vouliez me faire la grâce d'un peu de patience, je me ferais un plaisir de m'adresser à vous.

– Vous adresser à moi ? Parlez-moi tout de suite, ou foutez-moi le camp d'ici. Ça vous va comme patience ? »

Le visage de l'homme s'empourpra. Il ne pouvait croire une telle impertinence. C'est sûr que ces gens avaient des manières très rudimentaires.

« Je suis le Dr Ferguson. Le Dr Moore m'a demandé de m'occuper de vous pendant qu'il assiste à une conférence. Maintenant si vous ne désirez pas…

– Mais je désire, *monsieur*. C'est juste que je vous prenais plus pour un jeune homme à peine sorti de l'école que pour un médecin. Vous avez encore des boutons, bon Dieu. Avez-vous des papiers ? insista-t-elle. Pour ce que j'en sais, vous pourriez être le laveur de carreaux, ou un voleur. Sans doute travaillez-vous pour ce salopard de Philip. Vous êtes venu m'empoisonner, hein ? Vous croyez que je suis stupide ? »

Moore avait eu beau le prévenir des manières de Cathleen Kennedy, Ferguson n'en était pas moins choqué par son intolérable manque de respect. *Pourquoi Moore ne m'a-t-il pas affecté au service du week-end à l'hôpital au lieu de la tanière de ce vieux dragon ? Une vengeance, à n'en pas douter. Il veut me donner une leçon d'humilité. Il a plus en commun avec ce dragon, du fait de sa précieuse extraction ouvrière, que moi.*

« Êtes-vous sourd, ou aussi stupide que vous en avez l'air ? » fit Cathleen qui se demandait pourquoi il la regardait la bouche ouverte et sans dire un mot.

Un air de tolérance affectée sur son visage hagard, elle le dardait de l'œil furibond d'une maîtresse d'école sur le point d'administrer la canne.

Le visage de Ferguson, lui, avait viré du rose exaspéré au rouge furieux. À contrecœur, il sortit une carte de son portefeuille et la tendit à Cathleen pour inspection.

« Personne n'est venu vous empoisonner, madame Kennedy. Nous sommes ici pour vous aider.

– M'aider ? Ne me faites pas rire. »

À peine satisfaite, elle lui accorda la permission de continuer la lecture de son carnet et l'agitation nerveuse de son stylo.

« Je vois que vous avez été amputée de trois orteils, madame Kennedy », dit Ferguson en levant les yeux de son carnet. Le stylo glissa dans sa main droite pour griffonner quelque chose avant de revenir s'agiter entre ses doigts.

« Ne vaudrait-il pas mieux que vous regardiez par vous-même le pied en question, monsieur ? » Elle agita les deux orteils restants – le pouce et le plus petit – sous le nez de Ferguson. Les rescapés formaient le V de la victoire.

Dégoûté, Ferguson continua de griffonner.

« Moore prétendait que cette amputation me permettrait de rester un pas à l'écart de la mort, mais s'il m'en enlève encore un, je ne serai plus capable de faire un pas sous quelque forme que ce soit », dit Cathleen, avec une ironie amère, les yeux collés sur le visage du jeune toubib.

Elle lui rappelait quelqu'un, mais il n'arrivait pas à mettre un nom dessus...

« Si vous restez inactive, madame Kennedy, ou que vous cessez de surveiller votre consommation d'hydrates de carbone – l'alcool, en particulier –, le sucre de votre sang va vous ronger l'intérieur. Vos veines et vos artères vont se détériorer jusqu'à réduire et supprimer l'apport de sang à travers votre corps. Nous devrions être reconnaissants que ce soit l'autre jambe qui ait été atteinte. »

Merveilleux. C'était un discours sans complaisance, mais c'était celui qu'il fallait. Il était décidé à paraître professionnellement détaché des manifestations humaines d'émotions. Sans aucun doute, Moore l'avait bercée de scénarios optimistes sans fondement. Souvent, un bon coup de pied dans le postérieur était nécessaire.

Sentant qu'il avait toute l'attention de Cathleen, jouissant d'avoir maintenant pris le contrôle complet du dragon, Ferguson continua.

« Ce que vous voyez maintenant, madame Kennedy, est le résultat de l'ignorance complète de tous les avertissements qui vous ont été donnés pendant des années. Une partie de vous-même – la plus éloignée –, les orteils, a succombé en premier. Si vous continuez à ignorer nos conseils, ce seront vos doigts qui mourront, du fait que le sang ne viendra plus leur apporter d'oxygène ni en chasser les déchets, ou encore y apporter les globules blancs pour combattre l'infection. »

Satisfait de ce pronostic vital alarmant, Ferguson referma son carnet. Le stylo rejoignit la poche poitrine de sa veste de tweed. La patiente apprécierait certainement ce qui venait d'être dit, peut-être pas tout de suite, mais certainement plus tard. Moore avait beaucoup à apprendre des médecins modernes.

« Vous avez fini de faire des bruits de bouche, *monsieur* ? » dit Cathleen en attrapant une cigarette.

Ferguson fut décontenancé par le venin contenu dans sa voix. Il était sur le point de la réprimander pour la cigarette, mais y renonça rapidement.

« D'abord, je ne bois pas d'alcool. Je n'y ai jamais goûté. Alors, qu'est-ce qui vous permet l'audace de présumer quoi que ce soit sur moi, particulièrement en ce qui concerne *l'alcool* ? Hein ? Hein, *monsieur* ?

– Ben, je ne voulais certainement pas dire que...

– Mon cul ridé que vous ne vouliez pas le dire. Vous vouliez dire chacun des mots sortis de votre arrogante petite bouche. Mais permettez-moi de vous dire une chose, *monsieur*. Un couple de maris morts que je qualifierai d'erreurs et une centaine d'amis du genre serpent à sonnettes m'ont donné une connaissance universelle des petits foutriquets dans votre genre. Vous pointer chez moi avec tout le snobisme et la haine de votre soi-disant profession ne vous autorise pas à vous croire supérieur à moi sous quelque forme que ce soit. Mes orteils amputés en savent plus sur la médecine et les médecins que vous ne pourrez jamais en apprendre, *monsieur*. »

Au grand soulagement de Ferguson, Cathleen s'arrêta de parler. Il se sentait aussi épuisé que s'il sortait d'une terrible bataille avec le monstre. Il perçut une odeur de fumée sans pouvoir déterminer si elle venait de la cigarette qui dansait aux lèvres de Cathleen ou de son propre cul allumé par les flammes du dragon.

« Je ne suis là que pour vous aider, madame Kennedy. Cette chute aurait pu vous être fatale. Heureusement que votre époux était à la maison. Il m'a confié son intention de remplacer le vieux tapis des escaliers. C'est une bonne chose, mais comme je le lui ai dit, les accidents ménagers font plus de victimes que tous les crashs aériens réunis… »

Blablabla, se disait Cathleen, ignorant les interminables statistiques qui sortaient de la bouche du jeune docteur. S'il était venu lui donner des conseils, c'était raté. La seule chose qu'il lui donnait, c'était une migraine supplémentaire.

Elle alluma une autre cigarette et tâtonna à la recherche d'un cendrier sur la table de nuit, parfaitement consciente que Philip avait horreur qu'elle fume au lit. Quelque chose de bien caché sous la surface lui donnait parfois l'impression d'agir à la limite de la destruction, mais une destruction positive, du moins pour elle. Et tout ce qui comptait vraiment, c'était ce qui était positif et bénéfique à Cathleen Kennedy.

« Vous êtes le fils de Lizzy Ferguson, non ? » dit-elle en crachant une écharde de tabac, qui atterrit sur la belle veste de tweed de Ferguson, juste sous le stylo magique qui émergeait de la petite poche.

Perplexe, Ferguson hésita avant de répondre par

l'affirmative. Le silence était palpable, un silence tout à fait désagréable. Celui du calme précédant la tempête qui avale les navires et les précipite contre les récifs.

« Bien sûr que oui, dit Cathleen. Ça m'a pris un moment pour remettre ma mémoire en route, mais je savais bien que je finirais par y arriver. Vous croyez tous que les jours de cette vieille Cathleen sont comptés, mais il reste encore beaucoup d'énergie dans la vieille épave rouillée. »

Pour Ferguson, ça tournait au cauchemar. Moore l'avait délibérément envoyé se faire humilier par cette… cette créature.

« Lizzy McCambridge, qu'elle s'appelait avant. Une cliente régulière, la Lizzy. Bon Dieu, le nombre de trucs qu'elle m'a apportés… (Ses yeux semblaient vitreux de plaisir.) Marrant que vous ayez parlé d'alcool, *monsieur* Ferguson ; Lizzy aimait bien ça. Oui, c'est un fait. On racontait même qu'elle buvait jusque tard dans la nuit et qu'elle criait après les ombres et les fantômes. Elle sortait peu de chez elle à l'époque. Et quand elle le faisait, c'était la nuit et dans les petites rues qui mènent à l'arrière du pub où elle achetait son whiskey bon marché. Le brandy était alors un luxe qu'elle ne pouvait s'offrir. C'était avant qu'elle ne rencontre ce sac de fric de Ferguson, votre père. Elle éclusait son whiskey sec, comme un marin. On pouvait le sentir dans sa pisse. »

Cathleen gloussa. Elle aurait dû être comédienne.

La chaleur de la pièce commençait à être insupportable pour Ferguson, qui se mit à défaire lentement le bouton du haut de sa chemise parfaitement amidonnée, dans l'espoir de relâcher son nœud de cravate. Le col lui cisaillait le cou et la cravate lui broyait la gorge.

« Je me souviens du jour où elle s'est amenée en

pleurant. Elle haïssait ces randonnées nocturnes et ce jeune barman arrogant qui lui disait de ne pas s'en faire, vu qu'avec lui son petit secret était bien gardé. »

Ferguson vit la porte l'appeler, lui dire de partir tout de suite, pendant qu'il avait encore le choix.

« Est-ce que Lizzy arpente toujours les quais, *monsieur* Ferguson ? C'était son ancien terrain de chasse. Elle aimait les hommes, la Lizzy, et elle n'était pas trop farouche avec eux, si vous voyez ce que je veux dire. »

Elle lui adressa un clin d'œil complice qui disait : *T'en fais pas, fiston. Avec moi, le petit secret de ta mère est bien gardé. Mais peut-être pas pour longtemps...*

« Bon, de toute ma vie je n'ai jamais... marmonna un Ferguson dévasté.

— Contrairement à Lizzy, hein ? fit Cathleen avec un grand sourire. Faites toujours bien attention où vous posez votre merde, *monsieur* Ferguson. Un de ces jours, vous pourriez bien marcher dedans. »

Ferguson boucla violemment sa serviette et fonça vers la sortie.

« Cours mon lapin, cours, cours, cours ! cria Cathleen, en riant pendant qu'il dévalait l'escalier. Et fais bien gaffe à ne pas te prendre la porte dans le cul ! »

Elle finit pas s'arrêter de rire et décida que cette entrevue avait été le meilleur tonique qu'elle ait eu depuis des années. Et que les toubibs aillent au diable !

Dieu, qu'elle s'était régalée en voyant la gueule de cet arrogant petit connard. Elle avait adoré le dégonfler à coups de langue acerbe. *Je me demande s'il a vraiment compris qu'il était un bâtard ? Hmm. Heureusement, je peux encore le réjouir avec ça si jamais il se repointe.* En attendant, elle demanderait à Biddy de changer les draps. Une bonne rigolade est vraiment la meilleure médecine, convint-elle, en constatant que son lit était trempé. La preuve, elle s'était littéralement pissé dessus.

5

Famille de sang

Il n'y a pas d'apparences fiables.
Richard Brinsley Sheridan,
The School for Scandal

*Aucune passion ne prive aussi efficace-
ment l'esprit de toutes ses facultés d'agir
ou de raisonner que la peur.*
Edmund Burke, *A Philosophical Enquiry
into the Origin of Our Ideas
of the Sublime and Beautiful.*

Paul prenait son déjeuner, assis dans la remise délabrée des abattoirs – un instant de répit à l'écart de la
vapeur et du sang qui régnaient à l'intérieur –, seul si
l'on excepte la compagnie des bêtes qui y attendaient
leur exécution. De fins rais de lumière filtraient au
travers des trous du mur, éclairant faiblement leurs têtes.

Ce silence artificiel lui convenait parfaitement. C'était
comme regarder la télé le son coupé. On n'entendait
qu'un doux bruit de mastication – la sienne et celle
des bêtes. Des sacs-poubelle pleins d'yeux de vaches
étaient posés à quelques pas, friandises attendant d'être
expédiées outre-mer. Ils étaient fermés si étroitement
qu'on pouvait voir, en transparence sur le noir du

plastique, la couleur des yeux se transformer en un arc-en-ciel de globes. L'odeur lourde des bouses se mêlait à celle, enivrante, du foin et du grain moisi, et flottait dans l'air, presque visible, ponctuée par la puanteur âcre du sang frais.

Il y avait quelques semaines encore, il se demandait comment il était possible de manger dans un endroit pareil. Et maintenant il était là, à mâcher béatement son sandwich au corned beef et oignons, et à se consoler en se disant que c'était de la viande de cheval et qu'on ne tuait pas de chevaux dans cet abattoir. Ils avaient leurs principes. Les chevaux étaient faits pour la monte et les paris, pas pour être massacrés. Il n'avait jamais pu vraiment s'habituer aux regards des vaches, pas plus qu'à leurs bouches enflées et à leurs yeux tristes. Ils lui faisaient le même effet que les bébés sinistres qu'il avait vus dans le salon funéraire McCabe, un jour qu'il fouinait après l'école, huit ans plus tôt. Les bébés venaient tous de la même famille et ils étaient morts d'une maladie impitoyable qui sévissait dans les maisons sombres et humides. Mangler Delaney, qui travaillait pendant l'été comme apprenti croque-mort pour McCabe, leur avait pris, à lui et aux autres gamins de la ville, quatre bûches au chocolat ou deux pochettes-surprises pour leur permettre de se faufiler à l'intérieur et de jeter un coup d'œil sur les petits paquets de chair, leur peau bleue et criblée de trous et leurs yeux protubérants. C'était bien la scène la plus effrayante, la plus abominable, dont Paul ait jamais été témoin ; mais, s'il avait eu l'argent, il se serait fait un plaisir de recommencer encore et encore.

C'était il y a huit ans et il s'en souvenait comme si c'était hier.

Petit à petit, le silence s'installa dans la remise. Les

bruits de mastication s'éteignirent doucement. Paul sentit ses cheveux se dresser sur sa tête et la peau de ses bras se hérisser de chair de poule.

Il avait entendu un bruissement de pas et s'était arrêté de manger, retenant son souffle en essayant de localiser d'où il provenait.

Il se doutait que c'était elle et il l'imaginait, s'efforçant désespérément de ne pas faire le moindre bruit en marchant sur le foin sec, levant et reposant chacune de ses jambes inutiles. Il pouvait même voir l'angoisse se peindre sur son visage tandis qu'elle les maudissait, souhaitant qu'on les lui coupe au-dessus du genou.

Il éclaircit sa voix d'une toux vigoureuse. « Personne n'aime les mouchards. Ils sont ce qu'il y a de plus bas », dit-il à la vache qui lui faisait directement face. Dans les yeux noirs de la vache, la stupéfaction vint s'ajouter à la peur. « Les mouchards ont toujours quelque chose à cacher. C'est pour ça qu'ils se cachent et murmurent. De vrais foies blancs, Madame la Vache. »

Peut-être qu'il n'y avait personne, après tout ? Peut-être qu'il l'avait imaginé, ce bruit ? Il se sentit stupide de parler ainsi à une vache, de lui donner du Madame en espérant qu'elle lui réponde.

« Trop bon pour manger avec nous ? » finit-elle par dire d'une voix chargée de colère et de mépris.

Il ne se retourna pas. Il ne voulait pas l'effrayer et la faire fuir. Merde, il savait bien qu'il ne pourrait jamais lui faire peur.

« Non, juste trop paresseux. J'ai la flemme de marcher jusqu'à la cantine. »

Il sentit son poids sur le sol. Elle se dirigeait lentement vers lui. Elle était juste derrière maintenant. Pour autant qu'il puisse en juger. Il prit une bouchée de son sandwich et attendit.

« Tu as fait un bon bout de chemin depuis ton premier jour, Goodman, dit Violente Violet en sortant de l'ombre.

Elle portait un T-shirt qui disait : *It's funny until someone gets hurt. Then it's hilarious*[1].

Il en fut tout désappointé. Chaque matin, grâce à une série de manœuvres habiles, il avait su l'éviter. Il pensait – il espérait – que c'était Geordie. Il n'était pas très sûr de ce qu'il lui aurait dit, mais il lui aurait sûrement dit quelque chose, même s'il ne l'avait vue qu'une demi-douzaine de fois.

« Je ne savais pas que tu étais autorisée à quitter le bureau, Violet », dit-il sans enthousiasme. Il ne voulait pas entamer une conversation avec elle.

« Je vois encore la trouille dans tes yeux, le premier jour, Goodman. J'avais parié avec Shank que tu ne tiendrais pas plus d'une semaine, dit-elle d'un ton sarcastique.

– Ça prouve juste qu'on ne juge pas un livre à sa couverture », répliqua Paul en posant son sandwich par terre, l'appétit coupé.

Sans y être invitée, elle vint s'asseoir à côté de lui. « Tu me trouves repoussante, n'est-ce pas, Goodman ? Tu ne peux même pas me regarder en face, hein ? »

Paul la regarda en face et détourna rapidement les yeux ; elle le fixait avec une telle concentration qu'elle semblait vouloir lui forer des trous dans la figure.

« À moins que si ? La plupart des gens reculent en voyant mon visage, comme s'ils venaient d'avaler un verre d'eau de Javel. Mais tu es différent, Goodman. Tu désires le regarder, n'est-ce pas ? Il te rappelle quelque chose, hein ? »

1. « C'est marrant tant que ça ne fait de mal à personne. Après c'est hilarant. »

Des pensées éparses lui tourbillonnaient dans la tête, sans qu'il puisse en fixer une seule. Pendant un terrible instant, il faillit lui servir la phrase de Stevie Foster qui la comparait à une ancienne boule disco. Avec précaution, pas très sûr d'être capable de tenir une conversation avec elle, il répondit : « Des bébés étranges… »

Il y eut un silence. Aucun mot ne fut prononcé pendant que les dix secondes suivantes s'étiraient à l'infini.

« Des bébés étranges ? » Violet resta impassible avant de sourire lentement. « Des bébés étranges. J'aime ça, Goodman. Des bébés étranges… » C'était un vrai sourire, qui tendit la peau dévastée de son visage, faisant disparaître les trous et, pendant un instant aussi terriblement bref que révélateur, Paul put apercevoir la beauté qui y avait autrefois régné. Il comprenait maintenant son amertume, sa haine du monde ; lui aussi, il l'aurait haï, si les rôles avaient été inversés.

« Il faut que je retourne au boulot, Violet.

— Shank ne reviendra pas avant jeudi, Goodman. Relax. Quand il n'est pas là, c'est moi qui commande. De plus j'ai besoin que quelqu'un me donne un coup de main pour faire le stock. Shank pense qu'on nous pique de la viande. Personnellement, je pense que personne ne serait assez stupide pour voler Shank. Il le prendrait plutôt mal. »

Elle sourit de son sourire glacial et le surprit en ajoutant :

« Tu n'es pas sur la liste des suspects, Goodman. Tu peux donc cesser d'avoir l'air d'être à deux doigts de te chier dessus.

— Pourquoi Shank te passerait-il les commandes ? Pourquoi pas à l'un des casques dorés, comme Geordie par exemple ? Elle a plus d'autorité que toi sur les ouvriers et ils la respectent.

– Et toi, Goodman ? Est-ce que tu la respectes ? Une infirme ? J'imagine qu'un mec comme toi n'accepte pas facilement de recevoir des ordres d'une femme, encore moins d'une infirme.

– Ça ne m'ennuie pas le moins du monde. Je pense qu'elle fait parfaitement son boulot, au cœur des choses, sans jamais hésiter à mettre les mains dans le sang et la merde. Pas comme certaines personnes assises confortablement dans leur petit bureau. »

Il se sentait sur la défensive et se demandait pourquoi.

« Goodman ! Aurais-je touché un point sensible ? Ne me dis pas que tu en pinces pour une infirme ? C'est malsain...

– C'est toi qui es malsaine. Comment peux-tu parler comme ça ? Tu ne sais pas que tout le monde pense que... »

Il était sur le point de lui dire que tout le monde la considérait comme un monstre elle aussi, mais heureusement il retint sa langue à temps. C'est du moins ce qu'il croyait.

« Tout le monde pense... ? Oui, Goodman ? Tout le monde pense quoi ? »

Il se lécha les lèvres. Elles étaient sèches comme du parchemin. Ça ne servait pas à grand-chose de continuer à discuter.

« Rien.

– Sois pas trouillard, Goodman. Accouche. Shank m'a dit que tu étais un type honnête. Prouve-le. Tout le monde pense quoi, Goodman ? »

Son cœur battait à tout rompre, comme s'il venait d'avaler un gallon de thé.

« Rien. Je voulais juste être... »

– Honnête ? Hmm. Peut-être que Shank a raison, après tout. Un homme honnête. Qui pourrait croire à l'existence d'une telle créature ? Certainement pas moi. Pas le monstre à la gueule cassée. N'est-ce pas, Goodman ? »

Il se sentait anéanti. Il n'avait pas voulu la blesser. Elle l'avait juste mis en rogne.

« Je... Je ne voulais pas... Je me suis juste énervé quand tu t'es moquée de Geordie. Je n'aime pas entendre les gens se moquer des...

– Des infirmes ? »

Violet éclata de rire, au grand étonnement d'un groupe de vaches.

« J'aime autant te prévenir, Goodman, que si cette salope d'infirme se doute un seul instant que tu la considères comme une infirme, elle te tuera. »

Elle le regarda droit dans les yeux.

« Je suis sérieuse, Goodman. Ne fais aucune erreur. Il n'y a pas que son corps qui soit complètement bousillé. C'est comme ça que Shank la tient.

– Shank ? »

Le visage crispé, elle regardait Paul.

« Tu ne sais rien, n'est-ce pas ? Peut-être que tu es aussi bête que tous les autres.

– Qu'est-ce que je ne sais pas ?

– Que Geordie et Shank sont amants. »

Paul ressentit un pincement de jalousie. Il ne pouvait l'expliquer, mais il en reconnaissait le goût.

« Amants... ?

– Je sais. C'est dégoûtant. Ils baisent comme des lapins. »

Le mot « baiser » le frappa comme une hache. Sortant de la bouche de Violet, il avait une consonance obscène, répugnante.

« Mais… il est… C'est son père, votre père. Comment peux-tu dire des choses pareilles ? Même si je sais que tu essayes de me faire marcher, c'est immonde. »

Violet éclata d'un rire parfaitement glacial. « Est-ce que je te fais marcher ? Ou y a-t-il du vrai dans ce que je te dis ? »

Paul se leva pour partir.

« Je m'en fous. C'est vraiment pas mes oignons, mais tu ne devrais pas parler comme ça de ton père et de ta sœur.

– *Notre* père, Goodman, et que son nom soit sanctifié. Pour l'éternité des siècles… »

En quittant la remise, Paul sentait encore son rire rebondir sur sa nuque.

6

D'étranges rencontres,
bientôt familières

Ni fraude, ni duperie, ni méchanceté
n'ont encore interféré avec la vérité...
Miguel de Cervantes, *Don Quichotte*

L'innocent est celui qui n'explique rien.
Albert Camus

Kennedy entendit le carillon annoncer un acheteur potentiel, au moment où il s'apprêtait à monter le déjeuner de Cathleen. Il hésita entre monter la soupe ou voir d'abord le visiteur. Il décida de voir d'abord ce dernier – Cathleen voulait être au courant de chaque transaction.

Elle sera perturbée. Laissons la soupe refroidir...

« Oui ? » demanda-t-il, en faisant un effort pour distinguer les traits de la personne qui se tenait dans l'ombre du vestibule.

« J'ai appelé la semaine dernière pour les queues de snooker », dit Paul en s'avançant lentement dans le hall encombré.

Kennedy sentit comme une piqûre d'épingle dans la poitrine. Il y avait de légères nuances de gris dans l'ombre du vestibule, comme si quelqu'un se tenait dans l'obscurité derrière le jeune homme, en une espèce de hors champ.

« Snooker… ? Oh oui. Je me souviens. Oui… vous êtes venu au mauvais moment. Le docteur était en train d'examiner ma femme et tout était sens dessus dessous. J'ai été un peu grossier, si je me souviens bien, et je voudrais m'en excuser.

— C'est pas grave, dit Paul, soulagé. J'ai des jours comme ça, moi aussi.

— Queues de snooker… fit Kennedy en réintégrant son comptoir. Vous avez une marque particulière ?

— Quelque chose d'un peu supérieur à un manche à balai, tout en restant pas trop cher », répondit Paul en riant.

Kennedy hocha la tête, ouvrit une grande vitrine de verre et en sortit délicatement une queue.

« J'ai pas beaucoup de demandes pour ce genre d'article, en ce moment. Je me demandais si le snooker était passé de mode. »

Il posa la queue sur le comptoir avant de se retourner pour en prendre deux autres.

« Je doute que le snooker soit démodé un jour, fit Paul en manipulant la queue. La télé a beaucoup contribué à sa célébrité. Les gens ne le considèrent plus comme un simple jeu de bistrot. »

Kennedy sourit en posant les autres queues sur le comptoir.

« Je n'ai jamais considéré le snooker comme un simple jeu de bistrot. J'ai même fait quelques jolies parties dans le temps. C'était l'époque où j'avais plus de cheveux et moins de ventre.

— Où ça ? demanda Paul, qui avait du mal à imaginer ce vieil homme allongé sur une table en train de choquer les boules.

— On pouvait me trouver partout où ça jouait, qu'il pleuve ou qu'il vente. J'étais un vrai mordu.

– Qu'est-ce qui s'est passé ? La passion s'est évanouie ? Vous avez trop perdu ? »

Kennedy réfléchit un petit moment. « Je me suis marié… »

Paul éclata de rire. « Je ne crois pas que je laisserai jamais une femme se mettre entre moi et le snooker. Je ne vis que pour ça. »

Ce fut au tour de Kennedy de se réjouir, doucement et d'un rire un peu rouillé.

« Oh, c'est ce que vous croyez. Quand vous rencontrerez la bonne, croyez-moi, le snooker passera par la fenêtre. Alors, profitez-en tant que vous le pouvez. Le truc, c'est de tomber sur la bonne femme.

– C'est ce qui vous est arrivé, hein ? Vous avez rencontré la bonne ? »

Paul prit une des queues en main, la balança entre ses doigts, s'imprégnant de la trempe de son bois, espérant qu'elle lui communique quelque chose.

« Inutile de me dire quelle importance prépondérante dans votre jeu a la queue que vous utilisez, dit Kennedy, ignorant la question. (Il attrapa la dernière queue.) Celle-ci, peut-être ?

– Elle a vraiment la tête de l'emploi », fit Paul, admiratif, hypnotisé, même, par la beauté qu'il avait devant lui.

C'était une superbe pièce d'artisanat. Ses magnifiques veinures témoignaient du talent de son créateur et avaient dû en faire la fierté. Si Antonio Stradivari avait fabriqué des queues de billard, il aurait été fier de celle-ci.

« Combien ? demanda Paul, tout en sachant que ce splendide instrument était bien au-dessus de ses moyens.

– Très cher, admit Kennedy. Mais elle vaut bien son prix. Vous préférez les queues lourdes ou légères ? »

Paul ne l'entendait plus. Le Tin Hut était bourré de monde ; les équipes de télé étaient en train de monter leur matériel en attendant que Paul Goodman, la star du spectacle, fasse son entrée. Un coup de 147 était à la portée du jeune prodige. La foule attendait ça, presque autant que Paul lui-même.

« On pourrait arriver à une sorte d'arrangement, répéta Kennedy.

– Oh. Désolé. Vous m'avez dit quelque chose. Je crois que j'étais dans la lune, dit Paul, gêné.

– Je disais que nous pourrions arriver à une sorte d'accord. Des paiements mensuels, si ça vous convient ? »

Paul n'arrivait pas à y croire. C'était la queue qu'il avait cherchée toute sa vie – le Saint Graal du snooker –, et il n'aurait plus qu'à accepter des paiements mensuels ? Un doute lui vint. Et si c'était un piège de boutiquier ? Pourquoi une telle générosité envers un étranger ? Où était l'arnaque ? La queue avait-elle une fêlure ? Il se rendait compte aussi de l'importance psychologique de la transaction. Ne pas être à l'aise avec cette queue pourrait affecter ses performances.

Une ombre d'inquiétude passa sur le visage de Kennedy. Pourquoi le jeune homme le fixait-il avec une telle intensité ?

Le bruit d'un tapotement venant de l'étage interrompit les pensées de Kennedy, mais il l'ignora, et prit même du plaisir à cet acte d'indépendance. *Merde, femme. Ta soupe sera froide, comme toi...*

« La queue serait-elle défectueuse ? demanda Paul.

– Je ne fais que vous suggérer de penser à l'acquérir, fit Kennedy d'un air étonné. Est-ce que ça revient à dire que vous avez dans les mains un instrument défectueux ? Seriez-vous en train d'insinuer que je suis un individu louche ? (Il se fendit d'un sourire.) À l'occasion, quand on examine un objet et qu'une chose bizarre attire l'œil, ça ne signifie pas qu'il y a un défaut ; c'est plutôt une invite à y regarder de plus près. »

Paul réexamina la queue, la scruta avec suspicion et fut ravi de n'y trouver que beauté et perfection. « Je crois que nous allons faire affaire. »

Le tapotement du dessus se fit plus lourd, impatient, coléreux.

« Vous ne le regretterez pas, assura Kennedy en s'emparant du registre. Je souhaiterais que les paiements se fassent au début de chaque mois, de préférence un vendredi. Ça vous va ? »

Paul ne pouvait s'arrêter de sourire. En deux semaines, depuis ce nouveau boulot jusqu'à cette incroyable queue scandaleusement bon marché, sa vie avait viré au bleu.

« Je peux vous régler la première traite tout de suite. J'ai été payé hier.

— Le mois prochain sera parfait, dit Kennedy en griffonnant quelque chose sur son registre. Quel nom ?

— Paul Good...

— Non... J'ai juste besoin du prénom. Vous habitez du côté du Half-Bap[1]. »

Surpris, Paul sourit.

« Oui, en effet. Comment... ?

— Je vous attends le mois prochain. Le premier vendredi. Est-ce que ça vous convient ?

— Oui. Aucun problème. Et merci. Vous n'étiez pas obligé de faire ça. J'apprécie. »

Kennedy fixa Paul droit dans les yeux pendant une seconde avant de détourner le regard.

« Au premier vendredi, donc. Bonne journée. »

1. Quartier de Belfast.

Il regarda Paul quitter la boutique, couper dans York Street et disparaître entre les murs couleur de craie de Nelson Street et ceux rouge brique de Corporation Street.

« Bon sang, dit-il en se dirigeant vers l'escalier. Bon Dieu de bon sang… »

Il entra dans la chambre juste à temps pour voir Cathleen regrimper dans son lit.

Il posa la soupe froide à côté d'elle, pendant que Cathleen le regardait avec ce sourire suffisant qui lui était venu avec les années.

« Qui était dans la boutique ? » demanda-t-elle.

Kennedy l'ignora.

« Il a dû t'acheter ou te vendre un tas de trucs, vu le temps que tu es resté à blaguer en bas ! C'est une bonne chose que ces planchers bon marché soient aussi fins que des murs, sans ça je ne saurais jamais ce qui se passe. »

Il comprit qu'elle était en train de l'appâter.

« Bon, continua Cathleen. Et pourquoi as-tu refusé qu'il te paie ? Hé ! Réponds-moi, Philip Kennedy. Tu joues à quoi, là ? »

Debout au pied du lit, Kennedy sentait les jointures de ses doigts, serrés comme dans un étau, blanchir de colère. Ses mains cherchaient à s'emparer de quelque chose, ses ongles s'enfonçaient dans la peau de ses paumes.

« Tu espionnes les conversations, Cathleen ? Les oreilles collées au plancher ? C'est ça que tu es devenue, Cathleen ? Minable et pitoyable ?

– Je ne veux pas de cette soupe. Elle est froide. La faute de tous ces blabla en bas. Biddy me préparera quelque chose plus tard, répondit-elle.

– Tu la mangeras comme elle est. Si tu es capable de glisser hors de ton lit pour écouter au plancher, c'est que tu es assez costaud pour descendre les escaliers et te faire la soupe.

– Je sais bien que tu es en train de m'empoisonner lentement, espèce de salaud, mais ne sois pas assez stupide pour croire que tu obtiendras mon pardon. Tu peux demander à Dieu de te pardonner tes autres actions, mais pas celle-là. Tu m'entends, Philip Kennedy ? Pas celle-là. Je ne te pardonnerai jamais. Souviens-toi, je suis aussi quelqu'un dont il faut avoir peur, fit-elle avec un parfait petit ricanement.

– Peur ? Tu ne connais pas le véritable sens de ce mot. Tu parles comme s'il y avait un ordre des choses, comme si tu étais capable de les prédire, Cathleen. Mais on ne peut rien prédire. Il n'y a qu'un ordre, celui que nous imposons aux choses.

– Je *sais* que tu es en train de m'empoisonner, coupa-t-elle. De ça, je suis certaine.

– Pour l'instant, je me fous de tes soi-disant certitudes. Je trouve déjà difficile de gérer les miennes. Mange ta soupe. Tu te sentiras beaucoup mieux après. Fais-moi confiance.

– Ne me traite pas de haut ! » hurla-t-elle en lui balançant le bol et son contenu en pleine figure, lui entamant la peau.

Lentement, il sortit un mouchoir de sa poche et essuya la soupe et le sang sur ses joues et son menton.

« Tu es fatiguée, murmura-t-il, et Cathleen n'aurait pu dire si c'était à elle qu'il s'adressait. Mais ne t'avise pas de recommencer une chose aussi stupide. Je ne serai pas aussi patient.

– Sois content qu'il ne s'agisse pas d'une hachette, répliqua Cathleen. Maintenant, dégage de ma chambre et va te faire voir en enfer.

– En enfer ? Voilà un mot tout à fait approprié,

Cathleen. Essaye de te reposer. Le Dr Moore viendra te voir plus tard. On a tous besoin que tu sois sur pied le plus vite possible, n'est-ce pas ? »

Elle hurla quelque chose. Quelque chose de vulgaire et d'obscène, mais trop tard. Kennedy avait déjà refermé la porte derrière lui.

7

Habilement coincé dans les cordes

> *Il n'y a point de génie sans un grain de folie.*
> Sénèque, *De la tranquillité de l'âme*

> *La croyance en une source surnaturelle du mal n'est pas nécessaire, les hommes seuls sont capables de toutes les méchancetés.*
> Joseph Conrad,
> *Sous les yeux de l'Occident*

Un peu après onze heures, Paul fut appelé au bureau de Shank.

Perplexe, il pensa au million de raisons qui pouvaient justifier cette convocation : ni son comportement, ni sa ponctualité ne pouvaient être en cause. Il était toujours arrivé à l'heure et travaillait aussi dur que les autres ouvriers, il ne se plaignait jamais, même quand il fallait donner un coup de main pour enlever le fumier des enclos.

Il frappa avant d'entrer et Violet le regarda par-dessus son magazine. « Entre directement, Goodman. Ne passe pas par la case départ, ne sors pas de prison, ne touche pas cent... » fit-elle en lui balançant un sourire narquois qui mit aussitôt Paul sur ses gardes.

En passant dans l'autre pièce, il fut assez surpris de voir Shank nu jusqu'à la taille, trempé de sueur et bombardant un sac de sable de coups de poing meurtriers. Son corps de rhinocéros luisait et les veines de son cou saillaient comme des lacets de chaussures, tandis que celles de son front semblaient prêtes à exploser.

Un rhino, se dit Paul avec admiration, bien que son propre corps fût suffisamment impressionnant pour qu'il n'ait pas à en avoir honte. Il ne pouvait cependant s'empêcher d'éprouver une crainte respectueuse pour le physique ciselé de Shank et la quantité de muscles qui jouaient sous sa peau à chacun de ses mouvements.

On racontait qu'il buvait cinq pintes de sang le matin et que ce régime l'avait aidé à se bâtir cette masse d'intimidation. Au début, Paul avait écarté toutes ces conjectures comme autant de rumeurs, ragots et mythes. Maintenant ? Eh bien…

Taps, le garde du corps de Shank, semblait plongé dans un assortiment de magazines sportifs.

« Dégage, lui dit Shank. Va chercher quelque chose à manger. »

Quelques secondes plus tard, il se remit à cogner sur le sac. « Fermez soigneusement cette porte, s'il vous plaît, monsieur Goodman, dit-il, sans casser le rythme étonnamment fluide de ses mouvements. Il y a des yeux et des oreilles partout. »

La porte une fois fermée, Paul se sentit piégé. On aurait dit que les murs s'étaient légèrement resserrés.

« Je pense à moderniser cet abattoir, monsieur Goodman. Moderniser la conception et la façon de travailler, continua Shank. Derrière vous, dans ces boîtes, se trouve le début de cette modernisation. Ouvrez-en une. Dites-moi ce que vous en pensez. »

Docilement, Paul ouvrit l'une des nombreuses boîtes

empilées dans un coin de la pièce et en sortit un objet. C'était un fusil électrique.

« Vous remarquez une différence ? demanda Shank.

— Il semble plus léger que les nôtres.

— Exact, monsieur Goodman. Beaucoup plus léger. Autre chose ? »

Oh putain...

« Je crois... qu'il y a une poignée de plus que sur ceux que nous utilisons ici, répondit Paul d'un air emprunté.

— La différence principale, monsieur Goodman, dit Shank, sortant Paul de l'embarras, est qu'ils sont sans fil. (La voix de Shank exsudait la fierté.) Ils ne sont pas encore sur le marché. Ils sont même si secrets que c'est à peine s'ils existent. Ils nous ont été prêtés par l'usine pour que nous testions leur efficacité. Pas mal, non ?

— Incroyable, monsieur Shank, dit Paul en approuvant de la tête. Sans fil, cela signifie que l'ouvrier aura beaucoup plus de manœuvrabilité, qu'il ne pourra plus s'emmêler.

— Exact encore, monsieur Goodman. Vous pigez vite. Très vite, en fait.

— Ouais. Après un ou deux indices.

— J'apprécie qu'un homme sache rire de lui-même. Un peu comme moi, sourit Shank. J'ai appris que vous étiez boxeur, monsieur Goodman. C'est vrai ? »

Shank continuait à cogner sans pitié sur le vieux sac élimé. Sans prévenir, il lui expédia un tel punch qu'il l'envoya valdinguer dans une grande effusion d'air. Un mouvement parfaitement dénué d'émotion en dépit des efforts déployés.

En arrière-plan, on entendait de la musique classique. Bien que ce morceau lui fût familier, aussi familier que l'écho d'une chanson entendue des centaines de fois, Paul n'en connaissait pas le titre.

« Ça fait longtemps que je n'ai pas mis sérieusement les gants, monsieur Shank. Je n'ai plus beaucoup le temps. Le peu qui me reste me sert à... »

Shank renifla. Avec un bruit qui rappela à Paul le porc qu'ils avaient abattu, tôt le matin. « Vous n'avez pas le temps de vous maintenir en forme ? C'est absurde, monsieur Goodman ! Le corps est le navire dont dépend la victoire », fit Shank avec un sourire peu amical, un sourire qui sentait le défi.

Le sac de sable valdingua sous l'effet d'un uppercut du gauche.

« Le corps doit être conservé en parfaite condition et huilé avec du sang, de la sueur, mais jamais de larmes. Non, monsieur Goodman, jamais de larmes. Les larmes sont sacrilèges, elles sont la monnaie des couards. » Il frappa une fois de plus le malheureux sac et le remit rapidement en place avant de regarder Paul dans les yeux.

« Il y a des gens qui pensent que les poings sont le moyen de communication préféré des brutes et des voyous. C'est leur droit. Je me considère comme ni l'un ni l'autre. J'ai refusé ma propre jeunesse pour me préparer à l'âge adulte, monsieur Goodman, et ce fut une erreur, probablement la plus grosse erreur de ma vie. Désormais, je me suis donné pour mission de récupérer un peu de ce que j'ai perdu. Enlevez votre chemise. Montrez-moi vos talents.

– Ici ? Mais j'ai...

– Ne soyez pas timide, monsieur Goodman. Enlevez votre chemise. Exhibez un peu de chair. »

Paul enleva sa chemise à contrecœur.

« Pas mal, fit Shank en admirant son physique.

Vous êtes bien bâti, monsieur Goodman. Avec de bons conseils, vous pourriez atteindre tout votre potentiel. »

D'un swing violent, il expédia le sac vers Paul.

Instinctivement, Paul fit un pas de côté, laissant le sac l'effleurer avant d'effectuer une course parfaite qui le ramena droit vers Shank, lequel attendait son arrivée avec un sourire gourmand.

Bam ! Shank fit tonner le sac et le regarda revenir vers Paul en chancelant.

« Allez, monsieur Goodman ! Cognez-moi là-dessus ! cria-t-il en souriant de plus belle. Il y a plus de puissance dans mon… »

Le sac le frappa en pleine figure, lui faisant perdre l'équilibre. Avant qu'il eût le temps de se ressaisir, Paul lui renvoya violemment le sac, qui lui percuta le torse avec un claquement sec, claquement qui résonna joyeusement à travers la pièce.

Shank tituba, mais le sac le frappa à nouveau, en plein visage, et l'expédia valser contre le mur. Un homme moins costaud se serait certainement effondré, mais la force et l'orgueil le maintinrent à flot. Il avait l'air sonné et Paul se demanda s'il ne l'avait pas esquinté.

« Mets-le à mort, Goodman ! cria une voix depuis la porte. Ne reste pas planté là à fixer tes poings. Finis-le. Flanque-lui une bonne raclée ! »

La voix de Violet résonnait dans le silence de la pièce. Paul ne savait ni quoi dire, ni quoi faire.

« Vous auriez dû l'écouter, monsieur Goodman, dit Shank, qui avait récupéré son large sourire. Ne jamais montrer de pitié. C'est la couronne des imbéciles. Pas vrai, Violet ? Tu n'aurais pas eu pitié, n'est-ce pas ?

— Bien sûr que non, répondit-elle en venant s'asseoir dans le fauteuil de cuir de Shank. Je t'aurais tué, si j'en avais eu l'occasion. »

Paul avait l'air choqué par ce qu'il entendait.

« Au lieu de rêver à ce que tu aurais fait, vire ton cul de ma chaise, fit Shank en cessant de sourire. Tu le mettras dedans le jour où il aura la taille voulue. Maintenant, dégage. Monsieur Goodman et moi avons des choses à discuter. Et que je te prenne pas non plus à laisser traîner tes oreilles à la porte.

– Pas de danger, répliqua-t-elle en se frottant délibérément contre Paul en sortant. (Elle passa son index contre sa peau trempée de sueur et le suça.) Très salé… »

Paul sentit sa peau se hérisser.

Shank attendit que la porte soit fermée avant de parler. « Une sacrée fille, cette Violet. »

Paul se contenta d'approuver de la tête et de laisser Shank poursuivre. « Je crois que vous êtes devenu très ami avec elle. »

Pris au dépourvu, Paul répondit : « Je n'ai pas vraiment beaucoup pensé à me faire des amis, monsieur Shank. Je n'ai pas eu assez de temps pour ça. »

Il avait la gorge en papier de verre. Il était si contrarié qu'il sentait l'acidité de son estomac fermenter. Qu'est-ce qui avait bien pu donner à Shank cette idée grotesque d'amitié imaginaire ?

Ôtant ses gants de boxe, Shank se mit à se frotter vigoureusement la peau avec une serviette. De pâle, elle vira vite au cramoisi.

« Je ne mets pas votre hésitation sur le compte de la crainte ou d'un manque d'enthousiasme, monsieur Goodman. Je la respecte. Comme je le dis toujours, j'ai un don avec les gens ; pour les saisir comme pour les affûter. Pas de gaspillage, monsieur Goodman. Vous vous en souvenez ?

– Merci, mais… bafouilla Paul, qui sentait que la conversation prenait un tour tordu et se demandait s'il

110

fallait vraiment remercier Shank. Je ne sais vraiment pas quoi dire en ce qui concerne...

– J'ai le sentiment que vous n'êtes pas loin de penser à réussir de grandes choses, monsieur Goodman, le coupa Shank. Pouvez-vous imaginer vivre une vie si insignifiante qu'elle ne provoquerait pas la moindre ride dans le bassin de l'existence ? »

Paul ne put répondre autre chose que « Non ».

« Voyez-vous, monsieur Goodman, j'ai vécu toute ma vie selon les principes dispensés par ma mère, Dieu bénisse son âme. Elle ne croyait ni à l'ordre ni aux institutions. Elle ne croyait ni en la Justice, ni en l'Église, ni en l'État. Elle était la *seule* femme à qui j'aie jamais fait entièrement confiance. C'est elle qui m'a enseigné que l'on devait être autosuffisant pour douter de tout et ne croire personne si l'on voulait réaliser son potentiel. (Il s'essuya les mains avant de renfiler ses gants.) Quand j'étais encore un gamin, je portais des vestes trop grandes, des falzars qui tombaient mal et toutes sortes de fringues un peu disparates que je piquais chez les fripiers ou que mon frangin voulait bien me refiler. J'ai passé chaque jour de ma vie à souhaiter être riche, monsieur Goodman, et je n'ai jamais trahi ou abandonné ce souhait. Ça n'a pas été facile.

– J'en suis sûr, fit Paul.

– Aidez-moi à lacer ces gants », dit Shank en tendant les bras.

Une fois les gants lacés, Shank se mit à se colleter avec le sac. Il changeait sa tactique de frappe en une suite de mouvements dont la rapidité et la fluidité confondaient Paul, qui y voyait comme la touche délicate d'un artiste préparant sa toile avant d'attaquer le tableau. Heureusement pour lui, Shank continuait à parler, sans relâche.

111

« Je ne suis pas stupide. Je sais qu'il y a des gens, et, bien sûr, pas uniquement dans cet abattoir, qui donneraient avec plaisir leur bras droit pour épouser Violet, sachant qu'ils n'auraient plus le moindre souci d'argent pour le restant de leur vie. Ils sont prêts à dire un tas de mots ronflants pour prendre l'avantage. Mais vous, monsieur Goodman, vous êtes l'homme que je cherche : calme, sérieux, fort – aussi bien physiquement que mentalement –, et vous avez un esprit curieux mêlé à une foi brute, presque évangélique. Je me souviens de la façon dont vous scrutiez les peintures et les sculptures de ce bureau au moment où je vous ai engagé. Je me souviens également de la façon dont vous me regardiez compléter ce puzzle, en vous demandant probablement comment un homme tel que moi pouvait trouver le moindre divertissement dans un simple puzzle. (Il sourit à Paul d'un air entendu. Un sourire trop complice pour le mettre vraiment à l'aise.) Violet n'est peut-être pas parfaite. Elle est sujette à des mouvements d'humeur soudains et parfois brutaux, et elle cultive une préférence secrète pour la violence. Mais je pense que vous pourriez apprivoiser une bonne partie de sa sauvagerie, faire surgir son potentiel, ce que je n'ai pas réussi à faire. »

Sans quitter ses gants, il attrapa une bouteille d'eau et y but avidement.

Totalement abattu, Paul continua à absorber, sans un mot, le volume de sons qui sortait en continu de la bouche de Shank. Il était incapable d'exprimer une pensée rationnelle, comme s'il essayait de se punir de ne pas avoir ouvert la bouche quand il en avait encore l'occasion.

Shank poursuivit sans lui laisser le temps de se remettre. « Je veux bien reconnaître que, même avec beaucoup d'imagination, elle n'est pas la plus jolie fleur du jardin. Ça, je le sais. Mais même les mauvaises herbes ont leur place dans la glaise. N'est-ce pas juste, monsieur Goodman ? »

Paul avait l'impression qu'on venait de lui allumer un brasier à la base du crâne, qui était en train d'en chasser la lumière. Il se rendit compte que s'il ne parlait pas tout de suite, l'obscurité finirait par le rendre muet.

« Je suis désolé de vous décevoir, monsieur Shank, mais je n'éprouve aucun sentiment fort pour Violet. Je ne sais pas d'où vous sortez vos informations, mais elles sont fausses. »

Il s'était étonné lui-même. Où avait-il trouvé les bon dieu de couilles nécessaires pour parler au grand Shank sur ce ton ?

Un ruisseau de sueur lui coulait de l'échine jusqu'à la raie des fesses. Il avait une furieuse envie de se gratter le cul, mais il se retint. Shank aurait pu prendre ça pour une insulte.

Ce dernier hocha la tête, lentement, comme s'il essayait d'assimiler cette terrible nouvelle, et Paul ressentit une pointe de remords comme s'il avait trompé l'homme qui lui avait procuré du travail en lui donnant l'illusion que lui, Paul Goodman, était disponible pour sa fille, le fric et la respectabilité qui allaient avec, sans tenir compte du caractère douteux que cette respectabilité allait prendre à long terme.

« Il n'y a pas de pire imbécile qu'un vieil imbécile, monsieur Goodman. Je n'aurais rien dû prendre pour argent comptant. Aucun doute, j'ai mal interprété les signes et j'ai été puni pour ne pas être allé au fond des choses sur un sujet si important. Je vous remercie pour votre honnêteté, monsieur Goodman. D'autres auraient menti pour rester en bons termes avec moi. » Shank retira lentement ses gants et les accrocha sur un clou.

« Monsieur Shank. Il se trouve que j'ai un… sentiment, mais qu'il est… » Paul se sentit rougir. Il avait horreur de voir son visage le trahir ainsi. « Bon… il est pour… Geordie. »

Sidéré, Shank se mit à passer la main sur sa calvitie. « Geordie ? Geordie, monsieur Goodman ? Mais elle est… elle est cassée, pas entière, et je doute qu'elle soit en état de porter un bébé, ou de rendre un homme heureux au lit. »

Paul avait la peau en feu. Il ne trouvait pas les mots de Shank appropriés. C'était comme s'il discutait d'une des vaches de l'enclos, pas d'un être humain, et certainement pas de sa fille.

« Je n'ai pas dit que je voulais épouser Geordie, monsieur Shank, juste que j'avais… des sentiments pour elle. Ce n'est certainement pas réciproque. Pour être honnête, c'est à peine si elle me tolère.

— Vous tolérer ? Mais elle va vous adorer, monsieur Goodman ! Littéralement… Mon Dieu, comme elle va vous aimer ! Je n'ai jamais… Je veux dire… Geordie ? Eh bien, en voilà un dénouement. Geordie, Geordie, Geordie… (Shank continuait à répéter son nom comme un mantra.) Je n'aurais jamais cru voir le jour où quelqu'un aurait des sentiments pour Geordie. Dites-moi que ce n'est pas par pitié, monsieur Goodman. Non ! Ne me dites rien ! C'est pas mes putains d'oignons ! »

Ses yeux sombres et luisants comme les ailes d'un merle étincelaient facétieusement.

« Ça ne signifie pas que…

— Nous nous reverrons, monsieur Goodman. Très bientôt. Il y a beaucoup de choses à voir… »

Le visage luisant, Shank avait l'air de quelqu'un qui vient juste de découvrir un Évangile inconnu.

Paul referma la porte derrière lui, aussi soulagé que s'il s'était battu contre Shank et avait survécu. Il était trempé de sueur.

« Une infirme ? Tu n'es qu'un salopard malsain, Goodman », siffla Violet qui avait délibérément éteint la lumière du petit bureau et s'était planquée dans le noir pour mieux écouter leur conversation.

Paul garda le silence, son regard effrayé glissant vers sa tête qui, vue de près, paraissait impossible, vers son cou, si tendu qu'on aurait cru qu'il voulait se détacher de ses épaules.

« Une putain d'infirme ? sifflait Violet, en se levant lentement de sa chaise. Tu me préfères une infirme ? Tu n'es qu'un pitoyable connard. Tu la trouves fascinante, hein, salopard de pervers ? Tu n'aurais pas pu t'occuper de moi. Hé, Goodman ? Tu as la trouille d'une vraie femme, n'est-ce pas ? » Elle alluma la lumière, exposant du même coup toute la haine contenue dans ses yeux. Ils étaient tout humides. « Désormais, tu ne connaîtras plus la paix, Goodman. Pas de ma part. Si tu campes avec l'ennemi, tu mourras avec les enculés… »

Paul quitta rapidement la réception, se glissant le long du visage immobile de Violet, terrifié à l'idée de l'effleurer en sortant.

Cet étrange silence s'évanouit quand il pénétra dans la grande salle de l'abattoir, et il fut heureux d'y retrouver bruits, cris et jurons. Tout valait mieux que ce silence. Tout était préférable à la haine suintant du visage de Violet.

8

Un esprit obscur en quête de lumière

L'étreinte sexuelle ne peut être comparée qu'à la musique et la prière.
Havelock Hellis

La rencontre de deux personnes est comparable au mélange de deux substances chimiques : si quelque chose se produit, les deux éléments sont transformés.
Carl Gustav Jung,
L'Homme à la découverte de son âme

« Tu n'as même pas perdu un doigt depuis tout ce temps ? Ça tient du miracle, Goodman », fit la voix mordante de Geordie.

Paul leva un œil de la table de dépeçage.

« Je n'en ai pas l'intention. Alors, si j'étais toi, je ne retiendrais pas mon souffle.

— Tu ne seras jamais moi, alors ne retiens pas le tien, Goodman », répliqua-t-elle en se dirigeant maladroitement vers les escaliers qui menaient au bureau de Shank.

« Elle doit t'avoir à la bonne, Paul, ricana Raymond en peinant sur un morceau de viande résistant. Normalement, ce petit démon d'acier ne s'adresse aux êtres humains que pour leur crier des ordres. »

117

Au cours des semaines, Paul en avait assez appris sur Violet pour s'en tenir à l'écart. Dieu merci, à part quand elle le croisait par hasard dans la remise au cours d'une pause déjeuner, les contacts étaient rares. Paul y remédia rapidement en déjeunant à la cantine avec les autres, au grand dam de Violet. D'un autre côté, Geordie persistait à rester une énigme. Il avait horreur de l'admettre, mais elle avait pris dernièrement de plus en plus de place dans ses pensées, surtout la nuit. Il se demandait comment elle était, nue et tordue, déchirée entre chair et métal. Il aurait voulu savoir si sa peau était aussi froide que le métal qui l'assiégeait, il regrettait que ce ne fût pas elle qui ait interrompu son déjeuner dans la remise, l'autre jour. Il se demandait si Shank lui avait déjà parlé. Ou si Violet l'avait fait.

« Reste à l'écart de toute la bande, lui conseilla Raymond, réitérant ce que Stevie Foster lui avait déjà dit. La famille tout entière est une mauvaise nouvelle. Une très mauvaise nouvelle… »

Mais Geordie demeurait comme une démangeaison qui se faisait subtilement sentir. Il le savait, tôt ou tard il devrait la gratter.

« Est-ce que Geordie est déjà sortie avec quelqu'un ? Je ne l'ai jamais vue fréquenter, demanda-t-il en s'essuyant le front.

— Geordie ? Fréquenter ? (Raymond avait l'air stupéfait.) Tu plaisantes ? Qui d'un peu sensé voudrait sortir avec elle ? Tu as vu à quoi elle ressemble ?

— Réponds à ma question, persista Paul en jetant un coup d'œil vers le bureau de Shank.

— Honnêtement, je peux pas te le dire. Pourquoi ? T'as des goûts spéciaux ? rigola Raymond en frissonnant. T'as intérêt, mon pote. J'arrive même pas à me l'imaginer. Elle, à poil, avec tous ces bouts de ferraille qui lui sortent des guibolles ou – encore pire – de son cul de traviole. »

Paul sourit complaisamment en se haïssant pour son manque de courage.

Quand ils virent Geordie redescendre les escaliers et se diriger vers eux, les deux hommes se mirent précipitamment à hacher leurs piles de viande.

« T'es devenu une vraie concierge depuis que je t'ai mis avec Goodman, Raymond. Tu veux que je t'envoie à la brigade des queues ? »

La brigade des queues était le pire des boulots de l'abattoir. C'était là qu'on dépiautait à la main les queues de vaches de leurs poils et de leur merde pour les rendre bien propres à l'exportation.

« Non, Geordie. J'étais juste…

– T'étais juste en train de raconter des conneries, comme d'habitude. Fais gaffe à toi. Je t'avertirai pas une seconde fois, fit-elle en le fixant jusqu'à ce qu'il baisse les yeux. Goodman ? Shank veut que tu viennes avec moi prendre des trucs chez lui. Allons-y. »

Une fois de plus, Paul se sentit partagé entre des sentiments contradictoires de répugnance et d'excitation. Il reposa son couteau à découper en évitant le sourire narquois, genre plutôt-toi-que-moi, de Raymond.

Trois minutes plus tard, ils émergeaient de l'arrière de l'abattoir entre des montagnes de palettes tachées de sang et infestées de mouches.

« J'espère que tu es capable de conduire le Vieux Johnson », dit Geordie en lui balançant les clés.

Le Vieux Johnson était un énorme camion de l'armée qui avait réussi à sortir indemne de la Deuxième Guerre mondiale pour venir se faire déglinguer sans pitié par les chauffeurs de Shank. Une balle dans la boîte de vitesses aurait fait cesser les souffrances de la pauvre bête. Au lieu de ça, on le forçait à accomplir régulièrement l'impossible : tracter des tonnes de bidoche sur les quais à l'aller et multiplier les petits boulots au retour.

« Je… Je ne sais pas conduire… Jamais essayé, balbutia Paul d'un air gêné, avant de rajouter en guise de justification : J'en ai jamais eu besoin, en fait. J'ai jamais eu besoin de sortir de la ville.

— Dis-moi pourquoi ça ne m'étonne pas ? fit Geordie en secouant la tête. Une bande d'incapables, voilà ce que vous êtes. Jette-moi les clés. »

Quelques instants plus tard, elle amenait le camion sur l'autoroute en maudissant les embouteillages.

« Pas la peine de s'emmerder, murmura-t-elle en braquant brutalement à droite. Je connais un raccourci. »

Le petit sourire suffisant qui dansait sur ses lèvres la faisait ressembler à Shank et à Violet.

Ils roulèrent là où les petites routes divergeaient, coupant à travers des miles de terrain vague jusqu'à ce que le chemin devienne trop étroit pour la largeur du bahut, pour finalement s'arrêter devant un vieux pont abandonné dont la charpente de bois semblait largement au-delà de tout rafistolage.

« Tu n'es pas sérieuse, hein ? dit Paul. Jamais le camion n'arrivera à passer sur ce… »

Le bahut fit une embardée et s'arrêta à quelques centimètres de l'entrée du pont.

« Sérieuse ? Tu n'as pas idée à quel point je le suis. » Elle appuya doucement sur l'accélérateur et la structure de bois se mit à geindre sous l'énorme poids de l'avant du camion.

Paul sentit son estomac chavirer.

Le camion avança lentement mais sûrement, en dépit des bruits de protestation émis par la charpente du pont.

Les paupières étroitement fermées, Paul respirait

lentement par le nez, les ongles profondément enfoncés dans les paumes. Le bruit de l'eau gargouillant à quelques mètres au dessous lui donnait la nausée.

Sans prévenir, Geordie arrêta le camion en plein milieu du pont et se dégagea maladroitement de son siège.

« Qu'est-ce que tu fous ? demanda Paul, inquiet. On devrait déjà pas être sur ce pont. Il n'a pas été fait pour supporter le poids d'un camtar. Des voitures, à la rigueur, mais pas des camions.

– Est-ce que je t'ai demandé ton avis ? »

Elle ouvrit la porte, se laissa tomber sur les planches et s'assit sur la rambarde en laissant pendre ses jambes au-dessus du torrent.

« Pourquoi tu fais ça ? T'essayes de nous tuer ? murmura Paul, à voix basse de peur que ses mots ne fassent basculer l'engin dans la rivière.

– Est-ce que tu sens l'odeur de l'eau ? cria-t-elle d'une voix assez forte pour en couvrir le tumulte. Ça sent la merde, non ? Ça sent comme l'abattoir. Comme toi, Goodman. »

De l'autre côté du pare-brise, Paul ne distinguait pas son visage. Prudemment, il se glissa dans le siège du conducteur et passa la tête par la fenêtre.

« T'essayes de prouver quoi, Geordie ? Que t'as pas la trouille de mourir ? Okay. Tu l'as fait. On pourrait peut-être maintenant dégager de ce tas d'allumettes avant de piquer une tête vers la mort ?

– Ce camion ne bougera pas d'ici avant que tu viennes me rejoindre. C'est mon deal. À prendre ou à laisser. »

Paul hésita. Elle détourna son regard et se mit à contempler l'eau.

« Bordel de merde… marmonna-t-il en s'extrayant

121

avec précaution du véhicule avant de poser les pieds sur le pont. Satisfaite ? Bon, on pourrait peut-être virer ce monstre d'ici avant de prendre un bain vespéral ? »

Geordie se leva et marcha vers lui.

Malgré le bruit de la rivière, Paul entendait distinctement le métal de ses jambes frotter contre son jeans.

« Je me suis laissé dire que tu fouines et que tu poses beaucoup de questions à mon sujet. »

Malgré lui, Paul se sentit grimacer. Il essaya de se composer un masque, mais elle avait tout vu.

« Non… pas vraiment…

– Qu'est-ce que tu veux savoir ? »

Sa bouche était comme un couteau prêt à frapper, ses prunelles comme des aiguilles.

« Rien.

– Rien ? Tu es sûr ?

– Oui… Je suis sûr. »

Il sentait le pont vibrer légèrement sous ses pieds. Il était temps de se tirer d'ici. Salement temps.

La flotte bouillonnait, écumait autour des rochers en éclaboussant leurs visages et leurs vêtements. Paul essayait d'ignorer ce bruit qui lui mettait les nerfs à vif. Il avait toujours adoré nager, mais le cauchemar du bain de sang continuait à le hanter.

Geordie longeait le Vieux Johnson. Paul la vit bouger et disparaître habilement sur le côté. Et si elle avait l'intention de le faire passer par-dessus bord en prétendant que c'était un accident ? Les faire basculer, lui et le camion ? Tout le monde y croirait. Pourquoi pas ? Ils n'auraient pas vraiment le choix.

Le klaxon le fit sursauter.

« Qu'est-ce que tu fous, Goodman ? On n'a pas toute la putain de nuit ! » cria-t-elle de derrière le volant.

Les quarante minutes du voyage semblèrent à Paul

une éternité. Malgré les millions de questions qui lui démangeaient la langue, ils n'échangèrent pas le moindre mot. Une autodiscipline impitoyable l'empêcha de marmonner quoi que ce soit, et il fut soulagé d'apercevoir la maison posée en bordure d'un grand champ et flanquée d'une cathédrale d'arbres squelettiques.

Elle était exactement comme il l'avait imaginée : énorme et impressionnante, comme l'abattoir. On aurait dit que c'était le même architecte qui avait conçu les agencements et les structures de briques, et lui avait donné l'aspect monstrueusement inhabitable d'une tanière. Au-delà de la maison, vers l'ouest, un chemin de terre traversait la propriété comme un énorme serpent noir affamé.

Le camion tournait au ralenti tandis que l'obscurité avalait la maison et le champ.

« On n'est pas venus ici pour bayer aux corneilles, Goodman, dit Geordie en sortant brusquement. Amène donc ce vieux chariot à l'arrière du bahut. Shank a un chargement de couteaux neufs à ramener. »

Paul la suivit derrière la maison. Une énorme remise abritait un régiment de boîtes en carton, toutes numérotées et étiquetées selon leur contenu et leur destination.

« Tu en trouveras deux plus grandes dans le fond. L'une est marquée Couteaux, l'autre porte le chiffre sept. Attrape-les et fourre-les dans le bahut. Tu crois que tu peux y arriver tout seul ? » demanda-t-elle en filant dans l'autre sens sans attendre de réponse.

Au-dessus du jardin, un troupeau de nuages bas et noirs pendait d'un ciel qui, de gris, virait au rouille sombre.

Trente minutes plus tard, Paul jeta un œil vers la maison en se demandant avec angoisse si cette ligne de terre était l'unique issue de cet endroit sinistre.

Qu'est-ce qu'elle fabriquait ? Est-ce qu'elle pensait qu'il n'avait rien de mieux à faire qu'à l'attendre comme un esclave attend les ordres de son maître ?

« Par ici, Goodman. Tu ne pourras pas dire que je ne t'ai jamais rien offert. »

Elle sortait de nulle part et, à sa grande surprise, elle lui tendit une bière.

« C'est pour quoi ? » demanda-t-il d'une voix soupçonneuse. Était-ce une manière de faire la paix après la scène absurde du pont ?

« Si t'en veux pas, verse-la par terre, répliqua-t-elle en le regardant comme si ses yeux étaient des aiguilles prêtes à jaillir. Pourquoi tu ne peux pas simplement la boucler ? Des questions, toujours des questions. C'est ça ton problème, Goodman. Trop de questions. Beaucoup trop pour ta santé. »

À contrecœur, Paul approcha la bière de ses lèvres.

« Elle n'est pas empoisonnée, si c'est ça que tu penses. Je ne suis quand même pas si vache. » Elle riait, mais d'un rire peu convaincant qui se termina en aboiement.

Paul s'enhardit à prendre une goulée. Quelques secondes plus tard, la bouteille était vide.

« Tu crois m'impressionner, Goodman ? Regarde plutôt ça. » Sans se servir de ses mains, elle attrapa une bouteille pleine avec ses dents et balança vivement la tête en arrière. Au bout de quatre secondes, la bière était bue.

Elle posa la bouteille vide sur le sol et lécha le reste de bière sur ses lèvres en en laissant couler sur son menton.

Paul avait une envie folle de s'approcher, de toucher la trace humide et de l'essuyer. Il se contenta de dire : « Okay, c'est moi qui suis impressionné. Et si on rentrait ? »

Elle ignora la question et lui tendit une autre bière.

« On a plein de temps. Relax. Je ne suis pas Violet. Je ne mords pas. Promis. »

Il prit la bière et en avala la moitié avant de détacher la bouteille de ses lèvres. « Je ne devrais pas vraiment boire. J'pourrai pas lever le petit doigt, de retour à l'abattoir. » Il voulait être drôle, mais elle ne l'écoutait même pas.

« Violet dit que tu lui as reniflé les basques. Tu fantasmes sur elle ? » La bouteille lui cachait la bouche, difficile de voir si elle souriait en parlant.

« Violet ? Tu lui as… »

Il s'interrompit. *Alors, c'est ça le plan de Violet. Foutre la pagaille entre nous ?*

« Je ne fantasme sur personne dans cette boîte. (Il avait l'air sur la défensive.) J'ai pas beaucoup de temps à consacrer aux relations. Je m'entraîne au snooker chaque fois que je le peux. Je ne vois pas ce qui fait croire à Violet que je lui renifle ses putains de basques.

– Wow ! Tu te mets en rogne, Goodman. Je ne savais pas que tu en étais capable.

– C'est juste que j'aime pas que Violet raconte des craques sur moi.

– Elle n'a jamais hésité à en faire trop, notre Violet.

– C'est rien de le dire. »

Le vent augmentait. Il résonnait de façon étrange.

« Bon, et qu'est-ce qu'elle t'a raconté sur moi ? demanda Geordie.

– Qu'est-ce qui te fait croire qu'elle m'a parlé de toi ?

– Je sais que tu as discuté de moi avec Shank et ce n'est pas Shank qui me l'a dit. »

Paul ne s'attendait pas au tour que prenait soudain la conversation. L'expédition fournitures n'était qu'un piège soigneusement tendu. Quelqu'un des abattoirs l'avait mise au courant, c'était pour ça qu'elle l'avait entraîné ici, chez elle ; c'était pour ça qu'elle le remplissait de bière, qu'elle lui déliait la langue. Bien évidemment. S'il la laissait faire, il allait perdre son boulot, se retrouver sur le cul.

« Ce que je dis à Shank, c'est mes oignons. » Il n'aimait pas l'idée d'avoir à se défendre, mais une froide certitude lui disait de se montrer très prudent. Extrêmement prudent.

« Et tu n'as jamais posé de questions à des ouvriers ? Raymond, par exemple ? »

Chopé par les couilles ! « Écoute, t'as raison, j'aurais dû me limiter à mon travail. J'étais juste curieux. » Même pour lui, ça sonnait faiblard.

« Curieux à mon propos, ou à propos de ma violente frangine ? (Elle le fixa droit dans les yeux.) Tu sais ce que la curiosité a fait au chat, Goodman ? »

Elle porta la bouteille à ses lèvres et en sirota le contenu avant de la laisser tomber à ses pieds. Avant qu'il ne puisse répondre, elle reprit dans un murmure : « Violet est sans pitié, au-delà de toute mesure. Au début, quand nous nous sommes installés ici, nous avions des chats. Les chats, c'est inévitable, mettent des chatons au monde, Goodman, et Shank s'est bientôt rendu compte que le caractère impitoyable de Violet pouvait servir. Elle est devenue d'une extrême compétence dans l'art de noyer les chatons, mais son problème était – *est* toujours – de se contrôler. Après les chatons, ça a été le tour des chats... »

Paul sentit un frisson lui parcourir l'échine. Sa bière avait pris un goût de rouille – de rouille et de sang – et pourtant il avait désespérément envie d'une autre. Il lui fallait bien reconnaître que bière et cigarette faisaient un délicieux mélange.

« Maintenant, tu comprends pourquoi Shank ne permet jamais à Violet de travailler à l'abattage. Pour elle, tuer est un plaisir, pas un boulot. »

La bière avait un peu de mal à passer. Il pensait aux menaces de Violet et décida que le mieux était de ne pas les révéler à Geordie.

« On devrait peut-être retourner à l'abattoir avant qu'il ne fasse trop noir ? » demanda-t-il, histoire de changer de conversation. Il se disait aussi qu'elle ne tenait sans doute pas à traverser le pont d'allumettes dans l'obscurité.

« Elle avait l'habitude d'ouvrir le gaz dans la maison pendant qu'elle fumait les cigares de Shank. Calme comme la mer Rouge, sachant que quelqu'un finirait bien par craquer et fermer ce putain de robinet, dit-elle en ignorant les paroles de Paul. Elle peut aussi gerber sur commande, généralement sur moi. »

Paul eut une vision de Violet lui vomissant dessus, la tête en arrière en riant comme une *banshee*[1]. Pendant une terrible seconde, il crut sentir la puissante odeur du vomi et plongea le nez dans sa bouteille de bière.

« J'ai eu un chien comme ça, dit-il, en omettant de préciser qu'on avait dû l'abattre.

— J'ai horreur de l'admettre, continua Geordie, mais j'ai peur d'elle, de ses humeurs, de sa façon de porter des coups bas, et de sa répugnance à reconnaître la défaite. Je me suis rendu compte qu'il valait mieux la laisser gagner, sinon elle continue à te dégueuler dessus, encore et encore. »

---

1. La *banshee* ou *banshie* est un être légendaire, issu du folklore irlandais et écossais, et que l'on retrouve dans le folklore breton, voire celui du pays de Galles. Ses hurlements (appelés *keening*) annonceraient une mort prochaine.

S'était-elle rapprochée de lui ? Il ne l'avait même pas remarqué. Il pouvait sentir les odeurs de l'abattoir qui émanaient de son corps mêlées à cet effluve qui n'appartient qu'aux femmes et qui vous intoxique quand il est correctement utilisé. Étrangement, c'était une odeur confortable et protectrice, une odeur qu'il associait à sa mère avant que la nuit ne tombe.

« Emmène-toi avec ces bières, Goodman. On va s'asseoir par-là, à côté de cet arbre pourri. »

Ils s'appuyèrent contre le vieil arbre, mais pas trop près l'un de l'autre, comme par peur d'être contaminés.

« J'espère que t'es pas en train d'essayer de me saouler, patronne, dit Paul en riant, avant de le regretter quand il la vit se renfrogner.

– Tu crois que je suis démunie à ce point, Goodman ? Tu crois que tu es si spécial que ça ? »

Il songea à garder le silence, mais il en avait marre de faire des pointes sur une mince couche de glace. « Pourquoi ne pourrais-tu pas simplement la boucler ? Des questions, toujours des questions », dit-il en l'imitant.

Elle se figea. Ses yeux ordinairement implacables se fixèrent sur lui, maussades, confus.

Était-il allé trop loin ? Probablement. Peut-être devrait-il s'excuser ? Au lieu de ça, il attrapa une autre bière, l'ouvrit et la lui tendit avant d'en prendre une pour lui. Il sourit. « Elles sont tièdes. La prochaine fois que tu m'invites chez toi, arrange-toi pour faire le plein de glace. » Avec une délicieuse sensation de picotement, il attendit ce qu'elle allait dire – ou faire – ensuite. Il ne voulait pas l'admettre, mais ça ressemblait beaucoup à quelque chose de sexuel, proche de ce que ressent un artiste avant la touche finale, ou de l'état d'un joueur de snooker avant d'exécuter la dernière boule noire.

« Qui a dit qu'il y aurait une prochaine fois, Goodman ? » Elle sirotait sa bière, mais il vit que c'était pour masquer un sourire, un vrai sourire. Il aurait voulu arracher la bouteille de ses lèvres, l'empêcher de cacher ce qu'elle n'était pas habituée à faire.

Pas un mot ne fut échangé pendant les quelques minutes qui suivirent. La ville continuait à vivre au loin, bien au-delà de leurs préoccupations. Bientôt il ferait noir comme du charbon. Aucun d'eux ne semblait s'en soucier, comme si, en fait, ils n'attendaient que ça, comme si la grande cape de la nuit pouvait les aider à parler de ce dont ils n'osaient pas parler, à dire ce qu'ils n'avaient jamais osé dire à quiconque sauf à eux-mêmes, et en secret.

« C'est l'histoire d'un magicien qui monte sur scène et qui commence à arranger ses accessoires en racontant au public ce qu'il prépare, fit Paul en rompant le silence avant de se taper un coup de bière. Il dit qu'il va sortir un lapin du fond de son chapeau. Le type a à peine le temps d'exhiber son chapeau noir qu'un loustic dans l'assistance se met à gueuler : "Tu parles d'un putain d'exploit. Moi, je peux sortir un poil du fond de mon cul !" » Il avala une grosse gorgée de bière et attendit.

Geordie émit un petit bruit, genre trou dans une chambre à air, mais il sut qu'il l'avait eue.

« En l'absence d'illusion, la réalité fonctionne souvent parfaitement. Demande à n'importe quel magicien. Vas-y. Laisse-toi aller. Tu meurs d'envie de te pisser dessus de rire, non ? Vas-y... »

Elle sortit de sa chemise une petite boîte en cuivre et en fit sauter le couvercle avec un léger bruit. Une seconde plus tard, elle roulait une cigarette, collant tel un cow-boy les bordures du papier d'un coup de langue.

Intrigué, Paul la regardait, fasciné par son adresse à rouler aussi parfaitement une cigarette à la main.

« Voilà », dit-elle en lui tendant la clope pendant que son autre main travaillait déjà à en rouler une deuxième.

Il l'alluma, inhala la fumée, la forçant à descendre profondément en lui. « Putain ! C'est quoi, ce putain de truc ? »

Cette fois, le rire de Geordie fut aussi sonore que naturel.

« Quoi ? plaida-t-il. Qu'est-ce qu'il y a de si drôle ? C'est quoi, ce putain de truc ? »

Réprimant son fou rire, elle répondit : « Marijuana, Goodman. Ne me dis pas que tu n'en as jamais fumé, tu serais bien le seul au monde. » Elle rit à nouveau en voyant naître sur son visage une terreur inattendue.

« De la putain de beuh ! On peut aller en taule pour ça. Attends un peu que Lucky l'apprenne. Il ne voudra jamais y croire. » Incrédule, Paul fixait la cigarette entre ses doigts comme une bombe sur le point d'exploser.

« C'est pas si grave que ça, Goodman. Tu savais que le Christ fumait de la marie-jeanne ?

– Quoi ?

– Véridique. Il est dit, dans Jean, que quand le Christ est allé sur la montagne, il y avait de l'herbe partout… »

Elle gloussait de façon incontrôlable. L'herbe détendait ses inhibitions et, pour un moment, dissipait ses frayeurs et ses angoisses.

Paul commençait lui aussi à glousser, dérouté par la lente ascension de la drogue dans son corps, cette sensation envahissante d'euphorie et d'optimisme. Il posa les mains sur le sol comme pour se stabiliser.

Il avait l'impression bizarre de flotter au-dessus de son corps. C'était formidable. Il remarqua toutefois que les mots qu'il prononçait avaient un son étrange, un peu comme si on en avait limé les bords.

Moitié saoul, moitié stone, il regarda Geordie inhaler une méga bouffée. Elle lui renvoya son sourire sans qu'il s'en aperçoive ; il planait et éprouvait de plus en plus de difficultés à rester en contact avec le sol. Il se demanda ce qui se passerait si le vent se levait. Est-ce qu'il l'enlèverait et l'entraînerait jusqu'à la mer comme un gros ballon ?

« C'est géant, ce truc, pouffa-t-il.

— Je sais. Dès que ça touche les récepteurs de ton cerveau, ça marche en moins d'une minute. Surtout quand c'est arrosé d'un peu d'acide.

— D'acide ? J'espère que ça ne va pas me brûler et me laisser un grand trou dans l'estomac ? »

Il voyait deux Geordie. L'une lui était familière. Triste et coléreuse. L'autre était heureuse, souriante, mignonne et jolie, presque belle. Elle lui plaisait encore mieux.

« Tu me plais encore mieux, dit-il en caressant son visage souriant.

— Non, ce genre d'acide ne brûle pas, du moins pas comme tu l'entends », dit-elle en riant doucement, comme si, cette fois, elle ne cherchait pas à le blesser, comme si elle désirait qu'il continue à lui caresser le visage.

« Pourquoi ce truc ? Pourquoi pas s'en tenir à une bonne bière ?

— Parce que la marijuana est complètement naturelle et qu'elle soulage une multitude d'affections. Le dosage est facile et il procure juste ce qu'il faut pour être efficace. Les effets secondaires sont tout à fait agréables, comme tu vas t'en rendre compte. Sans être un remède miracle, ça soulage également le mal de dos et la migraine. Je doute que ça fasse marcher droit les boiteux, ou que les infirmes... »

Subjugué par la voix de Geordie, Paul entremêla ses

doigts aux siens. Ils allaient parfaitement ensemble. Mieux que des gants. Presque comme des aimants. Le parfum de la marijuana se mêlait aux odeurs laissées par une journée de travail.

La lumière du jour mourut peu à peu, jusqu'à disparaître totalement pour faire place à une obscurité rampante. Les phares des rares voitures qui passaient sur le chemin éclairaient brièvement la maison et la faisaient paraître déserte et hantée. Un décor pour fantômes. Des fantômes nus…

Il se tourna sur le côté et examina son profil jusqu'à ce qu'elle le remarque et lui rende son regard.

« Tu avais tout prévu depuis le début, hein ? Avoue-le. Tu as eu envie de moi le jour où tu m'as repéré.

— Ha ! C'est ce que tu crois, fit-elle en laissant la fumée s'évanouir dans l'air.

— Je vais t'embrasser, dit-il d'une voix beaucoup moins sûre. Est-ce que tu comptes m'en empêcher ? »

Elle ne répondit pas, se contentant de téter sa cigarette dont la braise éclairait les contours de son visage.

Il l'embrassa légèrement sur la joue avant de glisser maladroitement vers ses lèvres. Il perçut une bouffée de parfum et se demanda si c'était ce qu'elle avait fait tout le temps qu'elle était restée dans la maison : s'asperger de parfum ? Avait-elle prévu tout ça, connaissait-elle ses sentiments ? Il l'embrassa plus fort, essayant désespérément de forcer sa bouche avec sa langue, mais elle résista.

« Ça suffit, Goodman », dit-elle gentiment, mais assez fermement pour dégonfler sa demi-érection.

Furieux de sa défaite, il fit mine de s'en aller.

« Reste où tu es, Goodman. On s'en ira quand je l'aurai décidé.

– Bien, chef. J'attendrai. Ne me fouette pas, chef. Je serai un esclave docile, chef. Je ne veux pas… »

Elle roula sur lui et l'embrassa sur la bouche, durement, ouvrant ses lèvres avec sa langue telle une dague, la faisant aller et venir frénétiquement, comme le bec d'un petit oiseau cherchant à s'échapper. Sa salive avait le goût de bière et de rouge à lèvres, mêlé à celui légèrement écœurant de la marijuana, une mixture aussi puissante que divine dont il n'arrivait pas à se rassasier. Un doux ronronnement montait de sa gorge et donnait une tonalité torride à ce qui aurait pu n'être qu'un banal baiser.

Il se sentit submergé par le désir. La tête dans les nuages, il essaya de défaire son jeans, mais la cage métallique qui l'entourait montait une garde aussi inébranlable qu'une ceinture de chasteté.

Il marmonna quelque chose d'inaudible avant de rouler sur elle et de s'attaquer à sa chemise en faisant sauter deux boutons dans sa hâte.

« Je n'arrive pas à enlever cette putain de chemise, gémit-il. Aide-moi, bordel.

– Non, souffla-t-elle en secouant la tête. Débrouille-toi. »

Quelques boutons supplémentaires sautèrent avant qu'il ne reste plus que son soutien-gorge entre lui et ses seins.

« Le temps que je vienne à bout de ce truc et je serai trop crevé pour faire autre chose… »

Elle tira une dernière bouffée de son joint, l'expédia dans les airs et le regarda tourbillonner dans l'obscurité. « Je suppose que maintenant je n'ai plus le choix ? Je vais le faire. De toute évidence, tu n'as encore jamais fait ça, Goodman. » En un clin d'œil le soutien-gorge disparut et sa poitrine apparut, les tétons fièrement dressés dans leur gangue de sueur.

« Oh… parvint-il à proférer.

– C'est le mot juste, Goodman », répliqua-t-elle d'un ton prosaïque.

Il se mit à l'embrasser dans le cou en faisant doucement descendre la langue entre ses seins. Il avait l'impression que ses tétons le regardaient en se demandant ce qui le retardait. C'était vraiment déconcertant. Il avait même l'impression que le gauche lui faisait de l'œil. *Viens m'attraper*, disait-il.

« Cette marijuana fait vraiment des drôles de trucs… » marmonna-t-il alors que le téton droit gloussait délicieusement pendant que sa langue le massait. *Arrête ça ! J'adore ! Tu me tues, mon garçon ! J'adore ça !* criait le téton.

Il la voulait nue, maintenant. Non, il la voulait comme il l'avait imaginée la nuit dernière, la main serrée sur son pénis : il la voulait nue dans son berceau d'acier, complètement à sa merci. Il voulait voir ses jambes mutilées, nues, couvertes de leur échafaudage. Il voulait voir la tache sombre de ses poils, entre ses jambes estropiées, implorant d'être caressée par ses doigts inquisiteurs.

Finalement, ses doigts épuisés parvinrent à déboutonner le haut du jeans. Ses murmures et ses gémissements l'incitaient à aller plus loin, et il glissa un pouce sous le jeans et le haut de sa culotte. Il hésita une seconde, comme s'il s'agissait d'une barrière électrique le mettant au défi de la franchir.

Le courage revenant, il fit glisser avec précaution ses doigts, aussi impatients que méfiants. Il espérait que, centimètre après centimètre, il finirait par atteindre sa toison pubienne. Après ça, bon, il pourrait penser que…

La main de Geordie l'arrêta et lui fit gentiment rebrousser chemin. Sans un mot, elle l'embrassa un peu plus fort.

Comme si de rien n'était, les doigts de Paul recommencèrent à descendre la piste, espérant sans doute agir assez doucement pour qu'elle ne remarque rien avant qu'il ne soit trop tard.

Il retint son souffle. En quelques secondes, il atteignit la rugosité de la toison et il crut que son cœur allait exploser. Cette fois, elle ne l'arrêta pas, ce qui ajouta à son trouble. Ça ne faisait pas partie de son plan. *Est-elle en train de me mettre au pied du mur ? Sait-elle que je me fais pratiquement dessus de trouille parce que je n'ai aucune idée de ce que je vais trouver là, en bas, est-ce que ce sera estropié, y aura-t-il aussi un échafaudage, est-ce que ce sera en bouillie comme un gâteau écrasé ?*

Brusquement, il retira ses doigts et elle le poussa violemment sur le côté. « Dégage de là, espèce de salaud. Pauvre allumeur sans couilles. Tu crois que mon con est infirme aussi ? Tu penses qu'il est déformé, abîmé, boiteux, handicapé, et tous ces autres mots que vous employez, toi et les gens dans ton genre ? » D'un geste vif, elle se couvrit la poitrine. « Arrête de me regarder. Tout de suite ! »

Abasourdi, Paul se mit à bégayer.

« C'est moi, l'allumeur ? C'est toi qui as enlevé ma main la première fois. Comment t'appelles ça ? Hein ? J'étais en… érection…

– Bon, ben tu peux te la garder, ta bite. Contente-toi de la fermer. J'en peux plus d'entendre ta voix geignarde, comme j'en ai marre d'entendre tous les autres geignards dans ton genre. Je te colle à la brigade des queues à partir de demain. » Elle remit son soutien-gorge d'un air gêné.

« Non, tu ne le feras pas, rétorqua-t-il d'un air de défi. Tu peux te coller ta brigade des queues au cul et le boulot avec. Il y a un tas d'autres boulots ailleurs que dans ton abattoir de merde. Moi, je serai un jour champion du monde. Et toi, tu seras quoi ? Une putain d'allumeuse manipulatrice bourrée d'auto-apitoiement ? C'est ta limite et... »

Il se souvint de s'être réveillé, mais pas de s'être endormi. Dans sa bouche, un goût de sang et de boue s'additionnait aux autres. Il avait l'impression que sa tête avait été partagée en deux. La douleur était insupportable.

« Ça va, Goodman ? demanda un visage qui ressemblait à celui de Geordie, sauf qu'il avait été multiplié par six qui bougeaient tous dans des directions différentes.

– Qu'est... Qu'est-ce qui s'est passé ? Oh... Bon Dieu... Ma tête. »

Il la tâta précautionneusement en priant pour qu'elle soit toujours entière. Ses cheveux étaient collés par l'humidité. Du sang.

« Tu as trébuché. Sur cette grosse racine. » Geordie s'était agenouillée à côté de lui.

Il la regarda d'un air soupçonneux en désignant le soi-disant objet du délit. « Tu veux parler de cette grosse racine ? »

Elle fit signe que oui.

« Cette grosse racine-là, celle qui ne pourrait même pas faire trébucher un lapin ?

– Oui, murmura-t-elle de façon peu convaincante.

– Je croyais que c'était Violet, la violente ? Celle qui donnait des coups bas ? De quoi tu t'es servie ? D'une barre de fer ?

136

« – J'ai pas pu m'en empêcher. Tu m'as fait perdre la tête en disant des choses pareilles. Je croyais que tu m'aimais bien. »

Il se toucha à nouveau le crâne.

« C'est le cas… mais si c'est pour me faire casser la tête…

– Tiens. Voilà qui va calmer la douleur », dit-elle en lui tendant un joint.

Il refusa d'un geste vif. « Non. Non merci… C'est avec ça que tout a commencé. Et puis il est vraiment temps de rentrer. Ma mère a besoin qu'on lui dise quand prendre ses médicaments pour la nuit. (Il se sentit rougir.) Ça a l'air un peu idiot, non ? Le grand fils à sa maman. »

Elle se tut un instant.

« Non. Tu devrais être reconnaissant d'avoir encore une mère. La mienne est morte en me mettant au monde. Je ne l'ai jamais connue.

– Je… Je n'avais pas l'intention de…

– C'est à Shank que j'en veux, le coupa-t-elle. Il savait que c'était dangereux pour elle d'avoir un autre enfant après Violet, mais il a insisté. Il voulait un garçon, quelqu'un qui perpétue son nom.

– C'est pour ça que Violet et toi ne l'appelez jamais père ? À cause de votre mère ? »

Elle attendit quelques secondes avant de répondre. « Non, c'est lui qui n'a jamais accepté qu'on lui colle cette étiquette. Il nous en voulait pour la mort de notre mère, il nous en voulait de ne pas être des garçons. C'est pour ça qu'il m'a appelée Geordie. Il se disait peut-être que j'allais me transformer en mâle. De toute façon, Shank est dans le déni en ce qui me concerne. Pire, Violet et moi souffrons toutes les deux d'une espèce d'invalidité. Je suis née avec une forme de dystrophie musculaire caractérisée par une dégradation progressive des muscles. Dans quelques années, je serai en chaise roulante. En ce qui concerne Violet, à part sa tête farcie, sa haine et sa violence, c'est la plus veinarde de nous deux. Elle est une vraie femme. »

Elle inhala une longue bouffée de cigarette et laissa sortir lentement la fumée par le nez en même temps qu'un léger soupir de soulagement. « Pendant long-temps, j'ai cru que Shank avait peut-être raison et que j'étais un garçon. Ce n'est que dernièrement que j'ai commencé à me transformer en quelque chose qui ressemble à une femme ; des petits monticules sur la poitrine, du poil qui pousse dans des endroits intéres-sants… (Ses lèvres formèrent une moue désinvolte.) Je ne me souviens plus du moment exact où je me suis rendu compte que j'étais différente, mais en même temps que je prenais confiance, j'ai compris que la seule façon de dealer avec ça, c'était de me prouver que j'étais capable d'affronter tout ce qui m'arriverait. Je l'ai pris comme un défi. Mais ça n'a pas marché aujourd'hui. J'ai eu peur de ce que tu allais penser de ma nudité. J'étais terrifiée à l'idée qu'elle puisse t'effrayer, te répugner. »

Paul ne savait pas quoi dire. Il prit la cigarette et inhala en pensant que Geordie se trompait sur la marijuana : il y avait des douleurs qui ne pouvaient être éradiquées.

« Si Shank l'avait pu, il m'aurait noyée aussi aisément que Violet noyait les chatons. Ce n'est que bien des années après que j'ai découvert qu'il avait forcé ma mère à prendre ces cachets soi-disant révolutionnaires dont tout le monde parlait. Des cachets supposés lui donner des forces, l'aider à donner à Shank le fils qu'il désirait si désespérément et si égoïstement. Ces cachets furent, bien sûr, une catastrophe. On ne sait combien de milliers de bébés sont nés avec des infirmités terribles à côté desquelles la mienne et celle de Violet ne sont que de la rigolade... »

La rosée commençait à imprégner la terre et le gris du ciel s'était peu à peu transformé en noir intense, au sein duquel le rougeoiement de leurs cigarettes éclairait la pâleur de leurs visages.

« On dit que toutes les filles cherchent un homme qui ressemble à leur cher vieux papa. (Ses lèvres dessinèrent la forme d'un sourire, un sourire aussi glacial que feint.) J'espère que tu ne ressembles pas à mon cher vieux papa. Je ne sais pas pourquoi je t'ai raconté tout ça, Goodman. Tu es bien la seule personne à qui j'aie jamais parlé aussi librement. Ne t'avise pas de le répéter. Je ne suis pas Violet, mais j'en suis pas loin... »

La menace ne semblait pas bien dangereuse. Il n'y avait plus trace de méchanceté dans ses paroles, comme si elle était mentalement et physiquement épuisée.

Paul aurait voulu une autre bière. Il avait la gorge sèche comme de l'amadou. Le mélange d'alcool et d'herbe avait dévasté ses inhibitions ; il s'attaquait maintenant à sa langue, en la déliant.

« On trimballe tous nos cauchemars, Geordie, mais on sourit en faisant semblant de trouver le monde parfait, même si on sait à quel point il est foutu. Je me souviendrai toujours de ce samedi matin où je m'étais réveillé tôt pour mieux me faufiler dans la chambre de mes parents et creuser un tunnel entre leurs corps endormis. Leur lit était comme un énorme radeau. Je nous imaginais tous les trois comme les Robinson Suisses. Mais, ce jour-là, tout avait changé en pire. C'était le jour où il n'est pas rentré à la maison...

– Ça arrive tout le temps, Goodman, que les hommes

– les pères – abandonnent leur famille. Je suis sûre qu'il devait avoir…

– Non. Tu ne comprends pas. Mon père ne nous a pas laissé tomber. Il n'aurait jamais fait une chose pareille. Il lui est arrivé quelque chose, quelque chose de terrible, quand j'étais gosse, il y a des années. »

Elle se raidit et rapprocha son visage du sien. « Quoi ? Quelle chose terrible ? »

Paul aspira une grosse bouffée d'air avant de la relâcher lentement.

« Je me souviens vaguement de l'avoir vu monter dans une voiture avec un groupe d'hommes. Il pleuvait, ce jour-là. Je me souviens de la pluie qui tambourinait contre les fenêtres et qui déformait son visage. Je ne pouvais pas le voir assez clairement, mais je crois qu'il nous regardait, ma mère et moi. Je n'étais qu'un gamin, mais je me souviens de cette scène comme si c'était hier.

– Quelle voiture ? Est-ce que tu connaissais ces hommes ?

– Non, mais je suis quasiment certain que ma mère les connaissait. Je me souviens qu'un jour où je lui posais la question, elle m'a mis les mains sur le visage comme elle le faisait quand j'étais bébé. "Ton père était un homme très honorable. Pas un grand homme, mais un homme très honorable, et ce n'est pas si fréquent. C'était aussi un homme courageux. Si tu as entendu dire qu'il nous a abandonnés, c'est un mensonge. Ton père ne nous a pas abandonnés. Ne t'inquiète pas et ne me pose jamais de question, jamais." »

Il y eut un nouveau silence. Le froid fit légèrement frissonner Paul.

« Elle t'a peut-être dit ça pour te rassurer. Elle était peut-être gênée de te dire qu'il l'avait plaquée. Ça arrive tout le temps, Goodman. Je connais un couple de cousins…

– Je savais que tu dirais ça. Tout le monde le pense. Mais je sais que mon père ne nous a pas abandonnés. Tous ses vêtements et toutes ses affaires sont encore à la maison. Ma mère les garde enfermés dans la chambre à donner. Pourquoi serait-il parti sans ses affaires ? Et si ma mère croit vraiment qu'il l'a larguée, pourquoi les garde-t-elle comme un saint sacrement ? Ça n'aurait aucun sens, n'est-ce pas ? Quelque chose est arrivé, quelque chose de terrible. En tant que son fils, je le sais ; je le sens.

– N'en dis pas plus, Goodman. Je crois que nous en avons tous les deux assez dit.

– C'est ma mère qui m'inquiète le plus. Elle est déprimée et elle fait des trucs bizarres, des trucs vraiment embarrassants. (Il se sentit rougir.) Des nuits, il m'arrive de la trouver dans la cour, sur ma vieille balançoire, en train de parler toute seule.

– Si c'est ce qu'elle fait de pire, dit Geordie en riant, crois-moi, c'est que dalle. Je parle tout le temps toute seule.

– Elle est toujours toute nue.

– Oh… Bon… C'est pas grand-chose, en fait… Juste des poils et des trous… On a tous les mêmes, non ?

– T'imagines ma gêne ? Tous les voisins en train de regarder ça ? Une putain d'horreur. Je la hais quand elle déprime. Tu parles d'un égoïsme ! Je sais qu'elle est seule et je peux comprendre la solitude, enfin presque. C'est un triste état, bourré d'idées noires. Je sais bien que je devrais essayer de l'aider, mais la seule chose qui me soucie, c'est tous ces putains de voisins et leur façon de mater. »

Il resta un instant en proie à des sursauts de colère

entretenus par des souvenirs empoisonnés. Ils finirent par partir aussi vite qu'ils étaient venus. Seule lui restait une pointe de culpabilité, pour avoir pensé haïr sa mère.

Geordie fit un geste vers lui, comme pour le toucher. « Tu ne peux pas t'en vouloir pour sa dépression. Ni pour ce qui concerne les voisins. Ma foi, si j'étais toi, je me baladerais dans la cour les fesses à l'air, comme elle. Je sauterais sur la balançoire, comme elle, et j'agiterais ma bite. Du coup, ces salopards de fouineurs auraient quelque chose à voir. »

Malgré lui, Paul éclata de rire.

« Il n'y aura pas grand-chose à agiter.

— Ne sois pas modeste, Goodman. Souviens-toi que je t'ai vu nu, le premier jour de boulot. C'était pas mal du tout, rigola-t-elle.

— Espèce de salope. Je n'oublierai jamais cette journée.

— Elle t'a endurci, non ? »

Ils restèrent assis, sans rien se dire, jouissant du privilège durement conquis de pouvoir communiquer sans se parler et de s'abandonner au silence.

La lune les éclairait d'une faible lueur bleue, comme une ampoule entourée d'une feuille de papier. L'humidité commençait à tomber. Pourtant, ils s'attardaient encore, comme s'ils avaient tous deux conscience de vivre un instant magique, un instant qu'ils n'oublieraient jamais, un instant unique, de ceux que l'on garde pour l'époque où il ne reste que les souvenirs.

Ce ne fut que vingt minutes plus tard qu'ils firent mouvement vers le Vieux Johnson.

« Crois-moi, un jour viendra où tu conduiras la vieille bête, Goodman », sourit Geordie en ouvrant la porte du bahut.

Instinctivement, Paul chercha à l'aider à monter, mais reçut en retour un regard cinglant.

« Arrête. Je suis infirme, mais pas invalide. Ce jour n'est pas arrivé. Pas encore, du moins... »

Ces paroles lui firent dresser les cheveux sur la nuque. Cherchait-elle à l'avertir de l'inévitable, en lui donnant une chance de changer d'avis et de filer pendant qu'il était encore temps ? Que ferait-il quand son corps finirait par céder et qu'il serait enfermé dans une chaise roulante pour la vie ?

9

À la rencontre de l'homme

Les choses arrivent comme elles devaient arriver. C'est une vérité que tu découvriras si tu regardes de plus près.
Marc Aurèle, *Méditations*

Brouillerie d'amants, renouvellement d'amour.

Térence, *Adrienne*

Trois semaines s'étaient écoulées, et la relation de Paul et de Geordie se renforçait. Il se surprenait à être impatient d'aller travailler, simplement parce qu'elle serait là. Mais au plus profond de lui-même quelque chose le tracassait, une voix l'accusait de couardise et d'hypocrisie. Il devait présenter Geordie à tous les gens qu'il connaissait et se demandait si, secrètement, il n'avait pas honte de son apparence physique. En lui-même, il avait décidé que l'on ne pouvait pas avoir honte de quelqu'un dont on tombait amoureux. Toutefois, le tracas persistait et la petite voix accusatrice l'accompagnait chaque nuit jusque dans son lit.

« Tu veux venir ce soir avec moi, après le travail ? » demanda-t-il d'une voix qu'il voulait désespérément naturelle.

Geordie l'examina d'un air soupçonneux.

« Où et pourquoi ? C'est la première fois que tu me demandes de t'accompagner quelque part.

— Oh, chez le prêteur sur gages, seulement, chez Mr Kennedy. Je suis sûr que tu l'aimeras. Il a été très gentil avec moi ces derniers temps.

— Pourquoi pas ta mère ?

— Quoi ?

— Pourquoi pas ta mère ? répéta-t-elle. Pourquoi tu ne veux pas que je rencontre ta mère, ou Lucky, par exemple ? »

Il se sentit rougir.

« Je... Bon... Tu vois...

— Non, pour être franche, Goodman, je ne vois pas. La vérité, c'est que tu as honte d'être vu en ma compagnie, honte de mon aspect, honte de ma démarche. Tu n'es pas gêné par le noir de la remise ou l'intimité de ma maison, n'est-ce pas ?

— Non », marmonna-t-il en souhaitant ne pas avoir ouvert la bouche. Les vers étaient en train d'en sortir et ils refusaient d'y rentrer.

« Je vais te dire une bonne chose, Goodman, si tu as honte de moi, tu n'es pas non plus le type avec qui je veux être. Je ne souhaite plus ta compagnie.

— C'est pas ça, Geordie. C'est...

— C'est le visage d'un étranger que je regarde. Je ne te reconnais pas. La haine est en train de m'envahir. Si j'étais toi, je disparaîtrais de ma vue. Tout de suite, avant que quelqu'un te voie me parler. Toutes les chances que tu avais de m'avoir viennent juste d'exploser. »

Tout était en train de s'évanouir. Une récompense de couard pour des agissements de couard.

« Tout ça est nouveau pour moi, Geordie. Je n'ai encore jamais été avec une fille. Je ne sais toujours

146

pas comment m'y prendre avec elles, avec toi. Donne-moi seulement une autre chance. Je te jure que tu ne le regretteras pas. »

Elle l'examina, le visage pénétré d'une juste colère, les bras croisés. Elle attendit dix bonnes secondes avant de répondre.

« En ce qui me concerne, Goodman, tu es en probation. Encore une erreur et...

– Il n'y aura pas d'autre erreur. Je te le promets.

– Okay. Mais ne déconne pas. (Son regard renfrogné se radoucit doucement.) Bon, où est ce magasin de prêt que tu voulais tant me faire visiter ?

– À côté de Sailor Town. Pas loin de chez moi.

– Mais que vont dire Maman et Lucky ? Ils vont sûrement avoir le cœur brisé si je ne vais pas les voir en premier, chuchota-t-elle d'une voix moqueuse.

– On va y aller d'abord. Lucky devrait être à...

– Je plaisantais, Goodman. Maman et Lucky vont devoir attendre d'être honorés de ma présence, sourit-elle. Qui sait ? Peut-être que Maman et Shank vont tomber amoureux l'un de l'autre ? Ce serait marrant, non ? Qu'ils se retrouvent avec un petit bébé, modèle Geordie-Paulie.

– C'est pas drôle.

– Non ? Moi je trouve ça hilarant. (Elle s'approcha de lui et lui lécha rapidement le visage.) Tu es trempé de sueur, Goodman. Parfait. Prends ça comme une bonne leçon. Mais n'oublie pas : probation veut dire plus de conneries. Pigé ? »

Il hocha la tête et relâcha l'air qu'il stockait dans ses poumons.

Ils s'arrêtèrent à la boutique du prêteur sur le chemin du retour. La prochaine échéance ne tombait que dans deux jours, mais en la payant tout de suite, Paul s'évitait d'avoir à y retourner le vendredi, ce qui l'aurait empêché de s'entraîner pour le tournoi important du samedi, à Whitewell Snooker Hall.

Il avait mis deux ans pour atteindre ce palier d'une carrière soigneusement planifiée. Il voulait être au mieux de sa forme. Joe Watson, le manager de quelques-uns des plus grands noms du snooker, allait venir pour repérer les futurs joueurs potentiels et, en ce qui concernait Paul, le snooker était précisément son futur, son seul espoir d'échapper à la corvée sans âme de son existence.

« J'étais sur le point de fermer, fit Kennedy, aimable malgré la pointe de nervosité perceptible dans sa voix. Cinq minutes de plus et j'étais parti. Et qui est cette belle jeune fille ? Vous ne m'avez jamais dit que vous sortiez avec quelqu'un d'aussi adorable, Paul, ajouta-t-il en regardant Geordie avec le sourire.

– Je vous présente Geordie. Elle est… Nous sommes…

– Ensemble, je crois que c'est ce que Paul essayait de dire, monsieur Kennedy. Vous savez à quel point il est timide pour ce genre de choses, dit Geordie. Paul parle sans cesse de vous. C'est un plaisir de vous rencontrer, ajouta-t-elle en lui tendant la main.

– Non, Geordie, le plaisir est pour moi, répondit Kennedy en serrant la main qu'on lui tendait. Honte à vous, Paul, de ne m'avoir jamais parlé de cette belle jeune femme.

– Oui, approuva Geordie. Honte à toi, Paul, espèce de méchant garçon.

– Est-ce que je peux vous offrir une tasse de thé ou quelque chose de chaud ? Un sandwich, peut-être ? J'ai un excellent saumon dans le frigo. Vous en voulez un peu ? demanda Kennedy, dont le regard passait de Paul à Geordie.

— Non, vraiment, monsieur Kennedy. Je voulais juste vous apporter mon échéance. Il y a un grand match samedi et j'ai besoin d'entraînement. »

Il sortit une enveloppe de sa poche et la tendit à Kennedy, qui l'empocha sans l'ouvrir pour en vérifier le contenu.

« Geordie ? Est-ce que quelque chose vous tente ?

— Bon, le temps nous le dira », répondit-elle d'un ton effronté.

Paul fut le seul à ne pas rire.

« Un grand match, Paul. Où est-ce que ça se passe ? »

Kennedy se dirigea vers la porte et tira le rideau.

« À Whitewell. »

Paul se rendit compte que Kennedy était impressionné. Même le vieux bonhomme avait entendu parler de Whitewell.

« Whitewell ? C'est vraiment important. On dit que Joe Watson s'y montre de temps à autre pour empocher des talents potentiels. »

Ce fut au tour de Paul d'être impressionné par la science de Kennedy.

« Vous en savez plus sur le snooker que vous voulez bien le dire, monsieur Kennedy. Je suis sûr que vous avez rencontré quelques vieux maîtres à votre époque.

— Écoutez-le, Geordie. Il essaye de me faire passer pour un ancien. Je ne suis pas si vieux que ça. J'ai juste eu une rude existence, rigola Kennedy, qui semblait singulièrement à l'aise en discutant snooker et sandwichs au saumon avec eux. J'ai quelques vieilles photos à vous montrer, bien que je doute que vous puissiez y reconnaître quelqu'un. C'était bien avant votre temps, j'en ai peur. »

Sans attendre de réponse, il disparut dans la pièce du fond, d'où il émergea quelques minutes plus tard, couvert de poussière et de toiles d'araignées.

« C'est un peu crado, là-bas derrière. J'ai jamais eu l'occasion de… » marmonna-t-il en guise d'excuse, avant d'installer un vieil album de photos sur le comptoir. Il essuya soigneusement la poussière accumulée sur les feuilles de matière plastique pour mettre à jour des photos marquées par le temps et le manque de soins. Une seconde plus tard, aussi habilement qu'un magicien ou qu'un donneur de cartes professionnel, il les avait sorties et les tenait en éventail.

« En fait, j'en avais là qui n'attendaient que vous. Je me disais que vous pourriez être intéressé par leur histoire, que vous pourriez apprécier l'époque et l'endroit… »

Avec précaution, Paul prit la première série de photos. « Qu'est-ce que c'est que cette salle ? Ce n'est pas vous, si ? » La photo montrait un jeune homme d'une trentaine d'années, la silhouette penchée au-dessus d'une table de billard. Il souriait au photographe.

« Elle a été prise à votre club, le Tin Hut », répondit Kennedy, qui semblait sourire à ses souvenirs ; des souvenirs morts depuis longtemps, miraculeusement ressuscités par la voix du jeune homme qui se tenait devant lui.

« Vous plaisantez ? Bordel, l'endroit était déjà merdique à l'époque.

— Oui, approuva Kennedy. C'était vraiment à chier, mais on trouvait que c'était le plus chouette du monde. Quand on y entrait, on était comme des guerriers prêts au combat. On était peut-être copains, avant de jouer, mais une fois la partie commencée… pas de quartier. »

Paul savait exactement ce que Kennedy voulait dire. C'était ce qu'il ressentait avant le début de chaque partie : impitoyable, chacun pour soi, tout le butin au vainqueur et malheur au vaincu. Un peu comme si un esprit – bon ou mauvais – s'était glissé en vous et ne pouvait être exorcisé que par l'issue de la partie, vainqueur de préférence.

« Ces photos devraient être accrochées sur les murs du Tin Hut, monsieur Kennedy. Je suis sûr que le comité serait prêt à vous les acheter. Elles sont géniales. Un grand morceau d'histoire. »

Un tapotement impatient venant de l'étage se fit entendre. Paul se dit qu'il avait déjà entendu ce bruit, la première fois qu'il était venu dans la boutique.

« Ne faites pas attention, conseilla Kennedy en voyant Paul et Geordie lever les yeux vers le plafond. C'est juste un vieil oiseau coincé dans le grenier. Il va bien falloir que je me décide à lui tordre le cou, un de ces jours. »

Paul sourit gentiment, en dépit du sentiment de gêne provoqué par la dureté soudaine de la voix de Kennedy.

« Bon, je crois qu'il est temps de partir. Il nous reste une ou deux courses à faire avant de rentrer.

– J'ai quelque chose pour vous. Attendez donc encore quelques minutes. Je vais tâcher de faire vite. »

Kennedy se dirigea vers les escaliers et quitta la pièce.

« Alors ? Qu'est-ce que tu penses de lui ? demanda Paul.

– Je ne le connais que depuis dix minutes et tu veux que je porte un jugement ? J'ai appris à faire gaffe à mes opinions préconçues, si tu vois ce que je veux dire…

– Je croyais que cette histoire était réglée.

– Tu croyais ça, Goodman ? Tu as encore un bon bout de chemin à faire avant que je ne te fasse à nouveau confiance. »

151

Pendant quelques secondes, le silence de la pièce ne fut brisé que par le tic-tac d'une pendule en bois. Paul se sentait mal à l'aise, comme si quelqu'un ou quelque chose était en train de l'observer. Il eut l'impression d'entendre le bruit étouffé d'une dispute venant de l'étage et décida qu'il valait mieux fiche le camp. Il se faisait tard et il était sûr que Kennedy comprendrait.

« Allons-y, dit Paul en se dirigeant vers la porte. Il faut que je sois au Tin Hut avant...

– Désolé. Ce truc pèse une tonne », fit Kennedy juste au moment où Paul mettait la main sur la poignée de la porte.

Il commença à faire sauter les petits crochets de cuivre de la grosse boîte en acajou qu'il avait posée sur le comptoir.

« Un jour, vous vous en servirez sur votre propre table de billard. Je n'en ai pas le moindre doute, mon garçon. »

La boîte contenait une famille complète de billes de snooker, luisantes, immaculées, toutes emballées séparément dans de la soie.

« Mon Dieu... Elles sont magnifiques... (Paul en était sans voix. Elles étaient belles à couper le souffle.) Elles doivent valoir une fortune...

– Un peu plus qu'une fortune, mon garçon. Elles sont ce qu'il y a de mieux. Du pur ivoire. Rien à voir avec les saloperies de série dont on se sert aujourd'hui. »

Hypnotisé, Paul voulait simplement les toucher, en sentir la beauté contre sa peau.

« On a massacré douze éléphants pour fabriquer cette collection, précisa Kennedy. Douze grosses bêtes. Vous pouvez imaginer ça ? Bien sûr, de nos jours on ne pourrait plus se procurer ce genre de choses, je ne dis pas que je suis d'accord avec le massacre des éléphants. Mais...

– Sublimes... murmura Paul, les yeux fixés sur ces sphères sans défaut, ces parfaits objets de son désir. Si puissantes que l'on se sent invincible rien qu'en les regardant. »

Geordie était stupéfaite. Elle avait un peu de mal à comprendre tout ce cirque.

« Elles sont à vous, suffit de le demander », dit Kennedy.

Paul en resta tout interdit.

« Je ne peux pas me les offrir, monsieur Kennedy. Peut-être un jour, quand je serai devenu un grand joueur. Mais je n'y compte pas trop. Vous les aurez probablement vendues dix fois avant ça.

– Je ne parle pas de vous les vendre, mais de vous les donner.

– Donner ? Je... Je ne comprends pas... »

Kennedy rayonnait. Il ne s'était pas attendu à une telle réaction. C'était encore mieux, sans rapport avec le prix de l'objet.

« Il n'y a rien à comprendre. Maintenant, si vous le permettez, je suis désolé d'avoir à vous demander de partir. Il se fait tard, et je crois entendre ce vieil oiseau ennuyeux voleter un peu partout. (Il sourit en désignant la boîte.) J'espère que ça ne vous ennuie pas de les porter, mais je suis sûr que la motivation allégera leur poids. Ne croyez-vous pas ? »

Tétanisé, Paul ne put que hocher la tête.

« Je suis sûr que vous êtes fière de lui, Geordie.

– Fière ? Oh, bien sûr que je le suis, répondit-elle d'un ton moqueur en battant amoureusement des cils. Si fière de mon Paul...

– Eh bien, ce fut un plaisir de vous connaître, Geordie. Vous êtes ici chez vous. D'accord ?

– Vous allez regretter vos paroles, monsieur Kennedy, fit Geordie avec un large sourire. J'adore faire des affaires et je suis sûre qu'il y a ici des tas de choses qui m'intéressent. Et maintenant que vous savez que je connais Paul et à quel point je suis fière de lui, je suis certaine d'obtenir une petite réduction à mon prochain passage.

– Vous pouvez l'être, répondit-il en souriant. Revenez quand vous voulez, Geordie. Maintenant, bonne nuit à vous deux. »

Paul attendit d'être assez loin de la boutique pour demander :

« Tu l'aimes bien, maintenant ?

– Hmm, fit-elle d'un ton vague. Je sais pas. Un peu trop gentil, peut-être. Il en fait un peu trop dans le genre. Les gens gentils me rendent toujours soupçonneuse.

– Non. Il est toujours comme ça, fit Paul, sur la défensive. C'est vraiment un type bien.

– Bien pour toi équivaut à étrange pour moi. Il ne m'a pratiquement jamais regardée, alors qu'il pouvait à peine te lâcher des yeux.

– Qu'est-ce que tu veux dire ?

– Que le jury n'a pas encore statué sur le cas de Mr Kennedy. À demain matin.

– Quoi ? Tu rentres déjà chez toi ?

– Ne laisse pas les punaises te mordre, fit-elle en traversant la rue.

– Pas de baiser du soir ?

– Période de probation, Goodman. »

Il la regarda disparaître entre les murs tordus de la rue. Il se sentait seul. « Je ne déconnerai plus jamais, Geordie, marmonna-t-il. Je te le promets... »

Kennedy ne l'a pas regardée une seule fois parce que, à ses yeux, son infirmité était invisible. Elle aurait eu des raisons de se plaindre s'il l'avait dévisagée. Il était dans une situation impossible. Il a agi avec classe. Pas aussi bêtement que moi, se dit Paul, tourmenté par sa propre stupidité. Il avait de la chance de connaître des gens comme Kennedy et Geordie. Il avait pris une leçon, ce soir. Une de celles qu'on n'oublie pas de sitôt.

La pluie tombait doucement. On aurait dit qu'une grosse averse se préparait. Il avait intérêt à se grouiller s'il ne voulait pas arriver trempé. Les billes de snooker étaient lourdes, mais l'adrénaline de l'attente les faisait flotter, comme des ballons de toutes les couleurs de l'arc-en-ciel. *Incroyable*, se dit-il en serrant la boîte en acajou contre lui comme un voleur fuyant dans la nuit. *Que diable a-t-il bien pu se passer dans la tête de ce vieil homme ?*

10

Le chasseur dans la forêt

Tôt ou tard, Dieu châtie les coupables.
Miguel de Cervantes, *Don Quichotte*

Si vous descendez dans les bois aujourd'hui, vous êtes sûr d'avoir une grosse surprise...

Jimmy Kennedy,
The Teddy Bear's Picnic

De l'autre côté de la route, Lucky regardait les petits insectes rebondir sur les phares que la lueur ambrée attirait comme le whiskey attire les ivrognes.

Putain, mais qu'est-ce qui le retient ? Il m'a dit qu'il finissait à cinq heures. Lucky avait une telle envie de chier qu'il n'était pas sûr d'arriver à se contenir.

Encore une clope. S'il n'est pas sorti dans cinq minutes, qu'il aille se faire foutre. Je l'appellerai chez lui dans la soirée.

Quelques minutes plus tard, le mégot de cigarette rebondissait sur le sol, rejoignant une ribambelle d'autres qui gisaient à ses pieds comme des cartouches tirées dans un vieux film de guerre.

Enfin ! Les ouvriers commençaient à sortir par les grandes portes métalliques de l'abattoir. Lucky tendit le cou pour mieux voir, maudissant les camions qui lui passaient devant en grondant.

Et, alors même qu'il avait abandonné tout espoir, Paul, la veste flottant sur les épaules, émergea de la cohue.

« Paul ! Hé, Goodman, espèce de salopard ! » gueula Lucky en agitant frénétiquement les bras pour couvrir le vacarme de la circulation.

Paul se tenait devant la porte. Il regardait sa montre sans entendre les appels de Lucky.

« Salopard de sourdingue », marmonna Lucky en s'engageant sur la route saturée.

Au bénéfice d'un trou dans le trafic, il vit que Paul était rejoint par quelqu'un qui sortait aussi de l'abattoir. Ils avaient l'air de bavarder en riant. Une seconde plus tard, ils tournaient tous les deux en direction de la vieille usine à gaz.

« Putain, mais qu'est-ce… ? » fit-il, incrédule, en essayant de reconnaître la personne. Il n'aurait pas pu dire s'il s'agissait d'un homme ou d'une femme, mais cette personne se déplaçait bizarrement, maladroitement, un peu comme un robot apprenant à faire ses premiers pas.

Il songea à crier à nouveau le nom de Paul, mais l'orgueil lui ferma hermétiquement la bouche. À la place, il se mit à suivre sournoisement le couple en s'abritant dans l'ombre des hauts murs de l'usine.

« Putain, j'y crois pas. C'est quoi, ce truc ? » sifflat-il, juste au moment où Paul et l'étranger s'arrêtaient et scrutaient l'obscurité… dans sa direction !

Est-ce qu'ils l'avaient vu ? Putain. Maintenant, il avait vraiment l'air d'un crétin. Que dirait Paul s'il le prenait à mater comme un pervers ?

Mais Paul ne l'avait pas vu. Il plaqua l'étranger

contre le mur et, devant un Lucky en état de choc, commença à l'embrasser.

Momentanément abasourdi, Lucky dut se résoudre à regarder son meilleur ami se comporter comme un serpent ondulant en pleine chaleur.

« Salaud… » Pourquoi Paul ne lui avait-il pas dit qu'il fréquentait une fille ? Pourquoi en faire un secret ?

Il se retira, rebroussa chemin en se maudissant de ne pas avoir eu les couilles d'affronter son pote, ici et maintenant.

Il retraversa la route, sans plus se soucier des voitures qui lui frôlaient dangereusement les miches. Il avait les yeux injectés de sang et la cervelle sens dessus dessous.

« Meilleur pote, mon cul, espèce de salopard de faux jeton… » Il continua à jurer et à râler sans s'apercevoir qu'il s'était gouré de route et que ce n'était plus vers chez lui qu'il se dirigeait.

Immobile, le corps de la chouette se confondait parfaitement avec l'arbre malade. De petits morceaux de viande et de sang tachaient le bec de l'oiseau – l'insecte de nuit suicidaire s'en était approché de beaucoup trop près.

Les yeux de la chouette perçaient la nuit, observaient, surveillaient.

Non loin de l'ombre portée de l'arbre, la tête d'un rat se sentant épié s'agitait convulsivement. Le rat avait déjà perdu son copain, cette nuit même, à cause de ces yeux, mais son estomac terrorisé lui disait qu'il n'avait qu'une alternative : rester et mourir ; sortir et peut-être…

Le rongeur étique se déplaça rapidement. En dépit du froid, ses petites pattes brûlaient. Il y avait de la nourriture en vue, très près. Il la sentait, il pouvait même en éprouver le goût. Il savait que les yeux suivaient chacun de ses gestes, mais il n'en avait plus rien à faire. S'il ne mangeait pas, il allait mourir ; de toute façon.

Il traversa un tas de fruits pourris juste au moment où la chouette, le bec toujours sanglant mais sec, attaquait en piqué. Elle nettoierait son bec plus tard, après la tuerie, avant d'aller se reposer pour le reste de la nuit. Elle n'avait pas vraiment faim, mais la proie avait manqué de respect. Maintenant, elle allait payer.

Les serres s'ouvrirent à mi-vol et à la vitesse de l'éclair, comme un couteau à cran d'arrêt filant vers sa cible et s'abattant avec une précision mathématique.

Le rat savait qu'elle arrivait, mais il continua à se nourrir, emplissant son estomac d'un mélange de peur et de nourriture, comme s'il savait que c'était là son dernier souper, le dernier plaisir qu'il s'offrait et qu'il comptait bien le savourer en défiant la mort jusqu'à la fin.

Sans prévenir, l'oiseau se figea à mi-vol, à quelques pouces de sa cible, les plumes en plein désordre. Quelque chose l'avait surpris, puis terrifié, et il avait fui le rat pour aller se réfugier dans l'obscurité.

« Saloperie à plumes… » Lucky avançait dans les taillis sans se soucier des épines. La chouette l'avait surpris autant qu'il l'avait surprise. Il avait fait un bond et son cœur lui était sauvagement remonté dans la gorge. Mais ce n'était pas le pire. Le pire, c'est qu'il avait perdu le peu de contrôle qu'il avait sur son ventre et sur ses intestins.

Très vite, il défit la ceinture de son jeans et s'accroupit en se maudissant de s'être ainsi laissé surprendre.

La chouette hulula et il frissonna en pensant aux fantômes et à toutes les créatures bizarres qui se planquaient dans les bois. « Va te faire foutre, espèce de saloperie hululante. »

Cette partie de la forêt était connue sous le nom de Warriors Field[1]. La légende disait que c'était là qu'étaient ensevelis les centaines de combattants massacrés par les Vikings.

On disait que les corps avaient pourri jusqu'au plus profond de la terre en fertilisant le sol, et que le sang s'était infiltré dans l'insatiable blessure du monde. Les coquelicots qui poussaient chaque année étaient si beaux, si rouges, que certains croyaient qu'ils étaient teintés de sang. On disait aussi que la nuit, on pouvait y entendre les cris des vaincus implorant la clémence mêlés aux rugissements impitoyables des vainqueurs qui la leur refusaient.

Il se sentait un peu honteux de chier ainsi en public, mais il n'avait pas le choix. Quelques années plus tôt, avant ses dix ans, ça ne l'aurait pas du tout gêné d'être ainsi pris à chier en plein air.

Sous ses pieds, il pouvait distinguer, parfaitement imprimées dans la boue, les empreintes d'autres passants. Elles avaient l'air fraîches, même dans la lumière déclinante, et il se demanda depuis combien de temps ils étaient passés. Quand il était gosse, il adorait ce sentiment de solitude un peu effrayante que lui donnait la forêt – mais jamais dans ces circonstances. Au-dessus, la pleine lune, brillante comme ces projecteurs géants que l'on voyait dans les vieux films de guerre, émergeait des nuages d'encre et, en illuminant d'un seul coup la forêt entière, lui donna soudain le sentiment de ne plus être à l'abri. Un rayon blanchâtre se refléta sur la carrosserie rouillée d'une vieille bagnole immobile dont

1. Le champ des guerriers.

la silhouette se détachait dans les graminées comme une grande baleine échouée.

La forme de la lune lui rappelait une des statues de femme qu'il avait vues un jour dans un bouquin, toute nue et grassouillette, juste comme son propre cul à l'instant présent. L'air épais se chargeait de promesses de pluie et de quelque chose d'autre, quelque chose qu'il n'arrivait pas à définir. Pas encore, tout au moins…

Il avait presque fini et se mit à chercher de quoi s'essuyer. Il pouvait utiliser une poignée de feuilles, mais ça ne lui disait rien. Un jour, quand il était gosse, il s'était torché par erreur avec une poignée d'orties et il n'avait plus pu s'asseoir pendant une semaine. Non, pas de putains d'herbes. Mais il n'avait aucune envie de se mettre à marcher comme John Wayne.

Il devait bien y avoir *quelque chose* dont il pourrait se servir.

D'habitude, la forêt était pleine de vieux journaux et de papiers d'emballage. *Mais pas ce soir, bien sûr.* On avait dû la nettoyer juste avant qu'il ne décide de venir y chier.

Si seulement il n'était pas allé chercher Paul. Il serait encore au Tin Hut à vider des pintes escroquées à un cousin qu'il n'avait plus vu depuis des lustres.

Que ne donnerait-il pas pour être là-bas, dans les toilettes du club avec du bon papier et sans ce putain de vent qui lui soufflait dans le cul !

« Je peux pas croire qu'il n'y ait rien… » maugréa-t-il, en se disant qu'il fallait qu'il se grouille de prendre une décision. Ses mollets commençaient à fatiguer, il sentait les crampes arriver lentement.

C'était quoi, ça ? Un léger murmure lui caressa l'oreille et lui fit dresser les cheveux sur la nuque. *Sans doute un animal. Un lièvre.* Il essayait bien de se persuader que c'était son imagination qui lui jouait des tours, mais le bruit se faisait plus lourd, plus présent, comme si on piétinait des feuilles humides. *Un blaireau ?* Son imagination s'embrasa. *Des rats ? Oh, Seigneur !* Il avait toujours eu horreur des rats. Il se souvint du cadavre d'un sans-abri qu'il avait trouvé un jour en bas des docks. Les rats avaient vécu sur sa figure pendant deux jours, ils avaient niché dedans jusqu'à ce qu'on ne puisse plus le reconnaître qu'aux haillons qu'il portait. *Oh, putain !*

L'idée d'être retrouvé mort, à moitié nu et couvert de sa propre merde le galvanisa. Il se dressa et se reculotta sans prendre le temps de se nettoyer, prêt à dégager à toutes pompes. Il n'allait quand même pas se laisser bouffer par ces petits salopards.

Les trois silhouettes apparurent, comme par magie, à quelques pas de lui. Il se figea sur place, terrorisé à l'idée que ce puisse être quelqu'un qu'il connaissait, quelqu'un de la ville. Sûr qu'ils allaient rigoler un bon coup avant d'aller le raconter à tout le monde. Il ne pourrait plus jamais vivre en ville.

Tout ça à cause de cet enfoiré de Paul.

Les trois silhouettes parlaient – se disputaient ? – bruyamment sans qu'on puisse les comprendre. On aurait dit des hommes, sans que l'on puisse en être certain. L'un deux avait l'air d'être complètement nu. Lucky crut voir la ligne d'une échine osseuse se terminant par la paire de fesses molles d'un cul hérissé de poils rugueux.

Instinctivement, il s'arrêta de respirer en voyant une des silhouettes bousculer violemment une autre, et recommencer. Mais il ne s'agissait pas d'une bousculade. La lune émergea à nouveau des nuages juste à temps pour refléter l'éclat mortel qui brillait dans la main de l'homme et qui plongeait encore et encore. Lucky essaya d'échapper aux hurlements, des hurlements horribles de bête blessée, en se bouchant les oreilles, mais il était incapable de faire le moindre geste.

Il aurait aussi voulu échapper au spectacle de ce bout de métal qui entrait et sortait avec un bruit sourd et écœurant, mais la scène était si étrangement fascinante qu'il ne pouvait en détourner les yeux, et, pétrifié, il regarda le corps s'effondrer et disparaître dans l'ombre de la nuit.

Certains événements sont si éloignés de la norme, si improbables qu'ils en deviennent surréels. C'est ce genre d'expérience que Lucky était en train de vivre alors, attendant que le silence réinvestisse la forêt, il retenait son souffle en observant dans les moindres détails l'horreur qui se déroulait devant lui.

Quand il fermait les yeux, des vagues de sang surgissaient derrière ses paupières et, en dépit du froid, de petites gouttes de sueur perlaient sur tout son corps tandis que des étincelles multicolores lui dansaient dans la tête. Il avait peur de finir par s'évanouir.

Comme l'une des silhouettes quittait la scène, il entendit les mots « pelle » et « faites-le vite, on n'a pas toute la putain de nuit ».

Putain de nuit... putain de nuit.

Il avait envie de vomir, mais la force du désespoir obligeait la nourriture et l'alcool à rester en place.

Celui qui tenait le couteau alluma une clope, et cette petite lueur – dans l'esprit de Lucky – illumina toute la forêt en détruisant sa planque du même coup.

À tout moment, le maniaque pouvait se retourner et le voir tapi comme un animal, un animal qui en savait désormais trop. Lucky apercevait sa silhouette se détacher dans la lumière fragmentée et elle irradiait quelque chose de terrifiant.

Comme la peur lui aiguisait les sens, il eut l'impression de sortir de son corps. Il remarqua le style de vêtements de l'homme. Immaculés. Il portait des chaussures qui brillaient au clair de lune et il se souvint d'une phrase que son père lui disait toujours : *Le cirage de tes chaussures en dit long sur toi.*

À présent, il arrivait à percevoir l'odeur de l'homme ; un mélange d'after-shave, de sueur et quelque chose d'autre qu'il n'arrivait pas à identifier, mais qui amplifiait le frisson de peur qui le traversait et l'avertissait qu'il était en présence du mal à l'état pur, et que, peut-être, il était déjà mort et en enfer.

Il avait de telles fourmis dans les jambes qu'il lui serait rapidement impossible de garder cette position plus longtemps, même en sachant que son salut résidait dans son immobilité. Dans un instant, tout serait fini.

Il se redressa, s'attendant à être empoigné, à sentir le couteau qui déchirerait les chairs. Son corps serait abandonné, dévoré par les bêtes sauvages et personne ne saurait jamais la vérité. On dirait qu'il était simplement parti de chez lui. Il l'avait déjà fait deux fois quand il était plus jeune.

Va te faire foutre, Paul, espèce d'enfoiré...

Il tenta désespérément d'orienter positivement ses pensées, de se dire que de telles choses n'arrivaient qu'aux autres, mais la face sombre de son cerveau se moquait de sa naïveté, lui disait qu'il était justement ce quelqu'un d'autre et qu'il ferait mieux de se mettre en paix avec Dieu, vu que l'inévitable était en train de fondre sur lui et sur son cul merdeux.

L'homme fit un pas en avant et Lucky retint son

165

souffle alors que l'obscurité revenait le couvrir, comme une mère au moment du coucher.

Un instant, il eut l'impression de manquer d'air, comme s'il était en apnée, sous l'eau ; la douleur commençait à lui monter à la tête. Son visage vira au cramoisi, menaçant d'exploser, comme son estomac un peu plus tôt, en plein sur les chaussures de Mister Killer, ces chaussures qui en disaient tant sur lui.

La pluie se mit soudain à tomber, lui trempant le visage. Magnifique. Il avait toujours aimé la pluie ; maintenant, il l'adorait. Elle était venue le sauver. Elle allait chasser le tueur et amener le tonnerre qui le frapperait d'un éclair de justice.

Ce ne fut que lorsqu'elle cessa qu'il s'aperçut que ce n'était pas de l'eau, mais de l'urine, qui sortait de l'horrible queue que Mister Killer pointait sur lui. L'averse jaune se conclut par le zip d'une braguette qu'on refermait.

Les vêtements de Lucky étaient complètement trempés ; sa chemise glacée lui collait à la peau. Dans le noir, immobile, il regarda l'homme retourner d'où il était venu.

Il ne put se retenir et le bruit, ce bruit terriblement embarrassant, résonna comme un coup de feu dans une pièce vide. C'était les nerfs qui l'avaient fait péter, rien d'autre, mais il détesta le bruit de ce pet plus qu'aucun autre de toute son existence.

« Qui est là ? » murmura Mister Killer, en laissant instinctivement tomber la cigarette qu'il s'apprêtait à allumer.

Un vol de corbeaux s'abattit dans le champ, leurs plumes luisant comme si une flaque d'huile noire venait de se déposer sur la lune. *Un meurtre de corbeau. N'est-ce pas comme ça que l'on nomme un rassemble-*

ment de corbeaux[1] ? Lucky frissonna en se demandant si c'était un présage et son sang se mit à pulser en vrombissant. Le tueur allait l'entendre, il en était sûr, *pump, pump, pump…*

« Allez. C'est bon. Vraiment. C'était juste pour rigoler, dit Mister Killer, à voix haute cette fois. On est des vieux potes. On s'est juste disputés, c'est tout. J'ai envoyé chercher une ambulance. Il va bien. C'est juste qu'on a un peu dérapé… »

Il s'avançait sans faire de bruit sur les feuilles humides ; le martèlement dans la tête de Lucky résonnait de plus en plus fort.

« Honnêtement, je ne vais pas te faire de mal. On va juste un peu bavarder. Okay ? »

Lucky avait du mal à respirer et se demandait s'il n'allait pas faire une crise cardiaque. Son père en avait tout un historique.

« Putain ! J'arrive pas à le croire. Des kilomètres de putain de forêt et il faut que j'aille marcher dans la merde d'un putain de connard ! »

Lucky se sentit rougir de honte. Il était sur le point de se faire tuer et il trouvait le moyen d'être gêné parce que quelqu'un venait de marcher dans sa merde encore chaude.

« Mes putains de godasses ! hurla Mister Killer, comme si l'on venait de lui planter un poignard dans la gorge. C'est toi, hein ? C'est pour ça que tu es venu ici. Pour chier. Hein, que c'est ça ? Ta merde est encore molle et chaude, salopard. (Il s'avança de quelques pas.) Maintenant, j'ai une idée de ton odeur, sale enfoiré. Je vais être comme un chien de chasse

---

1. Référence à une croyance populaire selon laquelle les corbeaux se rassemblent pour juger et tuer l'un des leurs.

sur ta piste de merde. T'es encore là, hein ? J'en suis sûr. Je te sens. Je peux même t'entendre essayer de retenir ta respiration. Mais c'est impossible, hein ? En fait, plus tu penses à la contrôler et plus elle échappe à ton contrôle. Ma voix te fout la trouille. C'est vrai, non ? Je me rapproche de plus en plus... »

Lucky sentit ses nerfs se mettre à vibrer alors qu'il tentait d'établir une relation solide avec son environnement. Un gloussement naquit au fond de son estomac et il sut qu'il n'allait pas tarder à rigoler comme un dément. Rapidement, il réfléchit à ses choix. Il fallait qu'il prenne une décision, et qu'il la prenne maintenant.

« Fee fay foe fum, j'sens la merde dans ce cul-là[1] », fredonna Mister Killer, en avançant dans sa direction.

Avec d'infinies précautions, Lucky se releva. *Tu peux le faire. Tu peux le baiser, ce salaud, cette bête sauvage. Respire profondément. Tranquillement. Expire. Contrôle ta respiration. Bien. Très bien. Maintenant, tiens-toi prêt, lentement, sans faire de bruit. Attends ! Pas de panique. Tranquillement... Attends qu'il ouvre sa putain de grande gueule. Attends...*

« C'est fini, les conneries. T'es vraiment en train de... »

Cours ! Cours comme si t'avais le diable au cul ! Cours comme t'as jamais couru dans ta pauvre vie de tordu !

Le bruit surprit Mister Killer, lui fit perdre l'équilibre, mais pas pour longtemps. Il se mit à cavaler en direction des craquements de bois morts et de feuilles qui marquaient le passage de Lucky.

« Tu m'as vraiment foutu en rogne, ce coup-ci, se mit-il à gueuler. Je vais te choper et te tuer. *Leeeeennnteeemeent.* »

---

1. Parodie de *Charlie Brown*, une chanson des Coasters : « *Fee fay foe fum, I smell smoke in the class room...* »

Le dernier mot s'accrochait à Lucky, à ses cheveux, à la peau de son dos. Il ne savait plus où il était. L'obscurité, les arbres, tout semblait jouer un rôle dans sa capture lorsqu'il trébucha au milieu des racines pourries des arbres morts.

Il voulait se lever et se remettre à courir, mais il n'avait plus l'énergie pour ça. Battu, il n'en avait plus rien à foutre. Il voulait juste en finir, et vite. Le tueur commencerait sans doute par le couper en morceaux avant de l'enterrer. Sa disparition resterait un mystère, un sujet de discussions pour les semaines à venir.

« Je sais que tu t'es arrêté », dit Mister Killer.

La voix fit sursauter Lucky, qui se roula en boule dans l'espoir d'entrer tout entier dans le tronc de l'arbre creux qu'il étreignait.

« C'est parfait. Tu me fous en rogne quand tu cours. Mais c'est bon. On a arrêté de courir, hein ? (Mister Killer laissa rouler sa voix, écoutant l'écho revenir vers lui comme un pigeon voyageur.) Écoute, je suis désolé de t'avoir fait peur. Putain, tu m'as foutu les foies aussi, à te cacher dans le noir. (Il essaya de rigoler, mais ça sonnait rouillé et déglingué.) On va faire un marché. Tu t'excuses de m'avoir foutu une telle trouille et moi, je m'excuse de t'avoir foutu la pétoche. »

Lucky pouvait à nouveau sentir son odeur. Il refusa d'ouvrir les yeux. Il savait que Mister Killer le regardait en face, un couteau coincé entre ses dents pourries et son haleine fétide.

Une poignée de feuilles mortes cascada vers le sol où elle s'éparpilla autour de lui comme un vol de moineau, comme si elle voulait lui servir de camouflage. Dans le silence de l'obscurité, il entendit le bruit de centaines de minuscules fibres se brisant à mesure que les pas se rapprochaient.

Mister Killer avançait lentement, à l'écoute de tous les bruits de la forêt. Mais le seul craquement audible était celui des feuilles se remettant en place.

« Cet enfoiré est peut-être là, à me regarder ? murmura-t-il, une ombre de défaitisme dans la voix. On peut toujours l'espérer… »

Au moment où il allait partir, un éclat de lumière lui attira l'œil. Il se baissa et le ramassa.

Il regarda sa trouvaille de plus près, se servant de l'éclairage de la lune. Un sourire apparut sur son visage.

« Okay, t'as gagné. Pour l'instant. Mais tu ferais mieux de continuer à cavaler jusqu'à t'apercevoir que c'est parfaitement inutile, parce qu'un jour, je te retrouverai… »

Pendant une seconde, Lucky faillit ne pas bouger et se laisser glisser dans une béate inconscience comme s'il luttait contre une part de lui-même qui voulait encore croire aux temps heureux de l'enfance, quand les monstres et les croque-mitaines n'existaient pas. Mais, il le savait, s'il voulait survivre à ce cauchemar, il avait intérêt à rassembler le peu de forces qui lui restaient encore.

La vieille forêt attendait calmement qu'il s'en aille. Seuls quelques animaux rompaient sporadiquement le silence. Il était entouré de choses vivantes, mais lui, il était mort. Il le savait. Ce n'était plus qu'une question de temps.

11

Les chuchotements
ne s'éteignent jamais

Tous pour un, un pour tous.
Alexandre Dumas,
Les Trois Mousquetaires

*Dans une bagarre, ce n'est pas néces-
sairement la taille du chien qui compte,
c'est sa volonté à se battre.*
Dwight D. Eisenhower, *Dogs*

« *J'ai besoin que tu viennes chez moi, tout de suite* »,
siffla la voix de Lucky au téléphone.

Paul redoutait ça depuis un moment. Lucky allait
lui faire le coup de la culpabilité, en demandant, en
implorant même, de savoir ce qu'il avait fait ces derniers temps.

« Je rentre juste du boulot. Il va falloir que t'attendes
jusqu'à…

– *Non, ça peut pas attendre, putain de merde. Tu
peux quand même m'accorder quelques minutes de ton
temps précieux ? J'ai besoin de toi...* »

La voix de Lucky sonnait un peu de traviolle.

« C'est quoi, ce gros mystère ?

– *J'veux pas en parler au téléphone.*

– Sois pas con. T'as l'air de… »

La ligne fut coupée.

Pendant quelques secondes, Paul fixa le récepteur avant de le reposer dans son berceau. Avait-il détecté une sorte d'inquiétude dans la voix de Lucky ? Qu'est-ce que cet idiot avait encore bien pu faire ? Sûrement un truc au Tin Hut. Je parie qu'il s'est ouvert une ardoise sous mon nom, ce putain de branleur. Nan, Terry l'aurait pas laissé faire. Quoi alors ? Paul se racla les méninges en essayant d'imaginer le pire des scénarios. Avait-il emprunté du fric ? Et alors ? Il attendait quoi, qu'il paye à sa place ?

Les rues crasseuses et bordées de murs en lambeaux dégageaient une forte impression de vide et d'abandon. Pas même le reflet de l'ombre d'un badaud aux fenêtres. La pluie tombait drue dans cette sorte de silence que l'on attribue généralement à la neige. La soirée n'était pas froide, mais Paul sentait un frisson de découragement lui parcourir l'échine.

Il ne lui fallut que quelques minutes pour arriver à la porte de la maison de Lucky. Il frappa, mais n'obtint pas de réponse. Il crut cependant voir bouger un rideau. Il frappa à nouveau, plus fort cette fois. Il jeta un coup d'œil sur sa montre. Quel que soit le sujet de cette rencontre, il espérait qu'elle serait brève.

La porte s'ouvrit. Lucky apparut et jeta un œil prudent dans la rue mal éclairée.

Irrité par ce comportement, Paul demanda d'un ton détaché :

« Qu'est-ce qui se passe ?

— Ferme la porte derrière toi. Fais gaffe à ce qu'elle soit bien fermée.

— Ça va durer longtemps, cette entrevue secrète ? J'ai pas que ça à foutre. Faut que je m'entraîne, moi.

172

– Snooker, snooker, snooker… Tu peux pas penser à autre chose une putain de minute ? »

Lucky se dirigea vers la cuisine. Paul le suivit à contrecœur. Il y avait quelque chose qui coinçait dans la voix de son pote, dans toute son attitude.

Son sourire de convenance disparut dès qu'il vit clairement le visage de Lucky.

« T'as une gueule de déterré. Qu'est-ce qui va pas ?

– Assieds-toi et prends une bière. Tu vas en avoir besoin, lui conseilla Lucky en prenant une bière dans le frigo. Moi, j'ai besoin de quelque chose de plus fort. »

Il sortit une bouteille de Jameson du placard de la cuisine.

« Ça fait un bout de temps que je ne t'ai pas vu boire de ce truc », remarqua Paul d'un ton las.

La dernière fois que Lucky avait bu du whiskey, il avait planté un tel souk au Tin Hut que Paul et lui en avaient été bannis pour trois longs mois. Il avait promis à Paul de ne jamais y retoucher.

« Ça fait un bout de temps que je ne t'ai pas vu boire de ce truc, répéta Lucky d'une voix railleuse. Tu commences à radoter comme une vieille femme. »

Paul prit une petite gorgée de sa bière. Il voulait garder la tête claire en attendant que Lucky se décide à dire ou à faire quoi que ce soit.

« Je suis allé te chercher, jeudi soir, à la sortie des abattoirs, fit Lucky en tripotant nerveusement sa bouteille.

– Les abattoirs ? Pourquoi ? demanda Paul d'un air étonné.

– Pourquoi ? Parce que ça faisait une semaine que je ne t'avais pas vu. Voilà pourquoi, bordel. Je voulais qu'on aille boire un coup tous les deux. J'avais même emprunté quelques thunes pour l'occasion, fit Lucky avec un sourire lamentable qui plongea Paul dans des torrents de culpabilité.

– Je sais que j'ai pas été souvent là, ces derniers temps, camarade, mais j'ai eu un tas de trucs à faire aux abattoirs. T'en fais pas, on se rattrapera.

– C'est la première fois que tu me mens, accusa Lucky en sirotant son whiskey. Je suppose que c'est ce qui arrive quand on laisse une femme se mettre entre nous. Ça fait combien qu'on est potes ? Dix, douze ans ? Tu vois une gonzesse, et je suis jeté sur le bord de la route comme un chien crevé. C'est pas correct, camarade. Pas correct du tout.

– Écoute. Tu ne devrais pas toucher à ce truc. Souviens-toi de la dernière fois…

– Ferme ta gueule, tu veux ! Pour une fois, arrête un peu de me bavocher ta morale et pense à moi. »

Il sécha son verre avant de le remplir à nouveau.

Paul savait que la suite, quelle qu'elle puisse être, n'allait pas lui plaire. Il en était presque à espérer qu'une bagarre éclate entre lui et son meilleur ami pour pouvoir se tirer, ne pas en entendre plus, ne pas être impliqué. Il y a encore une semaine, ce genre d'idée aurait été inimaginable. Mais c'était avant qu'il ne rencontre Geordie…

« Okay. On fait comme tu veux », répondit-il, cherchant désespérément à rester calme. Il s'enfonça dans son siège, alluma une cigarette et s'abîma dans la contemplation de la fumée montant vers le plafond.

« Je suis allé te chercher au boulot et je t'ai vu. Je t'ai vu arriver depuis l'entrée, avoua Lucky.

– Ah bon ? Et pourquoi tu n'as pas appelé ?

– C'est ce que j'ai fait. Tu ne m'as pas entendu, ou tu as fait semblant de ne pas m'entendre. Tu étais avec une fille, ou du moins ce que j'ai pris pour une fille ! »

Paul sentit que son cœur manquait un battement.

« Combien de temps tu es resté à nous épier, dans le noir ?

– Vous épier ? Qui a épié quoi que ce soit, bordel de merde ? C'est la bière qui te monte à la tête, ou t'es devenu complètement parano ? »

Paul se représenta son pote caché dans l'ombre, choqué par le corps de Geordie, ricanant. Il essaya de se calmer, mais il sentait le sang lui monter dangereusement à la tête. D'habitude, c'était le genre de sensation qui lui venait en grimpant sur le ring, quelques secondes avant le combat, et qui le faisait passer à l'état animal. Il détestait ça, mais, bizarrement, il était heureux que ça lui revienne. Lucky ne saurait jamais ce qui l'avait frappé s'il s'avisait de prononcer un mot malheureux.

« Okay, tu ne nous épiais pas. Faut juste que tu m'expliques comment tu m'as vu en ignorant ce que tu voyais. » Son visage s'était durci. Ses poings s'étaient serrés et il aurait adoré que Lucky – son pote d'enfance – se décide enfin à prononcer un mot malheureux. Il se serait fait un plaisir de l'écrabouiller pour lui apprendre à jouer les espions.

Lucky se versa un autre verre et regarda le liquide ambré monter jusqu'au bord. Il le fixa un long moment avant de parler.

« J'étais… J'étais sacrément jaloux. Okay ? T'es content, maintenant ? J'étais jaloux à crever de vous voir ensemble. C'est moi, ton pote. Pas elle. »

Soudain la colère de Paul fit place au remords.

« Bon, Lucky… T'as toujours été mon meilleur pote. C'est évident et ça ne changera jamais. C'est pas parce que je vois une fille que…

– J'ai vu quelqu'un se faire assassiner, fit Lucky si doucement que c'est à peine si Paul l'entendit.

– Quoi ? Tu as bien dit *assassiner* ? Tu as vu quelqu'un se faire tabasser...

– Non, j'ai dit assassiner. *Assassiner*. Mort. La gorge tranchée... Le corps lardé de coups de couteau... »

Dans la pièce soudain silencieuse, le rythme du cœur de Paul monta d'un bon cran.

« Tu avais bu ? Peut-être que tu...

– Putain, je te dis qu'ils l'ont assassiné ! Tu comprends pas ? Je l'ai vu et j'étais sobre comme un caillou. Okay, peut-être pas comme un caillou, mais bien assez pour savoir ce que j'ai vu. »

Paul passa sa langue sur ses lèvres soudain sèches.

« Pourquoi c'est pas dans les journaux ou à la télé ? Ça aurait sûrement dû être dans...

– Ils l'ont enterré sur place, à Warriors Field. Voilà pourquoi.

– Enterré ? Tu es sûr que tu les as vus l'enterrer ?

– Non, j'ai cavalé aussi vite que mes putains de jambes le pouvaient. J'étais seul... terrifié. Je voulais juste sauver ma peau et j'ai couru et couru comme un dératé. Mais ils parlaient d'aller chercher des pelles...

– Ils ?

– Ils étaient deux. Peut-être plus. J'en suis pas sûr. »

Paul essayait de se servir de sa tête.

« Écoute, okay, disons que tu as raison. Mais il n'y a rien que toi ou moi puissions faire. On ne peut pas être impliqués. Si tu vas chez les flics, t'es mort. T'es au courant, je suppose ?

– Le tueur sait que quelqu'un l'a vu, murmura Lucky.

– Quoi ? Qu'est-ce que ça veut dire ? Tu m'as dit que tu t'étais carapaté.

– Bien sûr que oui, putain de branleur, mais j'ai glissé et je suis tombé sur le cul. J'ai pas pu faire

176

autrement que de me cacher. Il s'est approché très près de moi, il m'a appelé...

– Dis-moi que t'es en train de me faire marcher...

– ... et toi, dis-moi que tout va aller au poil. Pas la peine de se cacher. On est juste en train de se payer une tranche de rigolade... »

Paul faillit s'étrangler.

« Il ne t'a pas vu, n'est-ce pas ? Sinon, tu ne serais pas ici. Tout ce que tu as à faire, c'est de la fermer. Compris ?

– Je sais qui l'a fait.

– Quoi ?

– Je connais le meurtrier. »

Paul se passa à nouveau la langue sur les lèvres. Elles étaient comme du papier de verre.

« Ne me dis pas son nom. Je ne veux pas le savoir. De toute façon, tu ne peux pas en être vraiment...

– Kojak.

– Quoi ?

– Tu sais, ce flic chauve dans un vieux feuilleton télé ? Celui qui suce toujours une sucette. Une grosse tête chauve. C'était pas comme ça que tu le décrivais quand on arrivait pas à se souvenir de son putain de nom ? Tu te souviens ? Bon, ben ce vieux Kojak m'a foutu une chiasse pire qu'une vache à deux têtes.

– Tu veux dire que c'était Shank ? Attention, même pour plaisanter, c'est dangereux.

– C'est pas une plaisanterie. Je sais ce que j'ai vu.

– Il faisait noir, fit Paul en secouant la tête. Tu peux pas en être sûr à cent pour cent.

– Noir ? C'est vrai, mais ce salopard était si près que je pouvais presque le toucher. Tu veux que je te décrive sa bite ? J'ai eu une vue imprenable sur la bête – pardon pour le jeu de mots – pendant qu'il me pissait

177

dessus. La prochaine fois que tu le vois, demande-lui s'il est circoncis. Moi, j'en suis déjà sûr. »

Quelque chose de visqueux, de glacial, s'était frayé un chemin à l'intérieur de Paul et était venu se nicher dans son ventre. Il avait la trouille de bouger, comme si tout son sang avait été siphonné de sa tête vers ses pieds.

« Putain, mais est-ce que tu te rends compte du pétrin dans lequel tu t'es mis ? »

Lucky ne répondit pas. S'abstint de tout commentaire et de toute excuse. Son visage était aussi expressif qu'un bloc de marbre. Seul, le whiskey donnait un peu de couleur à sa peau.

« T'en as parlé à qui d'autre ? Dis-moi la vérité, fit Paul, raide d'angoisse à l'avance.

— Je suis pas stupide. T'es le premier. Pas un mot à quiconque. Pourquoi j'aurais fait ça ? J'ai même pas pu dormir. J'arrêtais pas d'entendre le pauvre type hurler. Horrible, mais moins que de continuer à entendre le chuchotement de cet enfoiré de Shank…

— T'es mort. Tu sais ça ? Si Shank apprend, ou devine, que tu sais qu'il est impliqué dans un meurtre, t'es mort.

— C'est ça. Continue à parler de ma mort. On dirait presque que tu veux me voir crever. Si je n'étais pas allé te chercher cette putain de nuit…

— Arrête. T'as compris ? N'essaye pas de me faire le coup de la culpabilité. C'est tes agissements à la con qui t'ont foutu dans la merde. Tu te rends compte de ce qui te pend au nez ? J'ai déjà vu Shank, de près et en putain de tête à tête, et crois-moi, c'est pas beau à voir.

— Je me suis donc baisé tout seul, fit Lucky d'un ton léger. Dans les putains de bois. T'en as encore, des paroles réconfortantes dans ce genre ? »

Paul se rendit compte que paniquer Lucky ne ferait que jeter de l'huile sur le feu.

« Écoute, on ne sait même pas si c'est vrai. Il se peut que tu te sois gouré, que tu aies cru voir Shank à cause de sa réputation. Il faisait nuit, non ? L'obscurité ne t'a sûrement pas aidé. Tes yeux ont pu te jouer des tours. Et pourquoi personne n'en a parlé ? Pas même un murmure ?

— Je sais que tu dis tout ça pour me rassurer, mon pote, et franchement j'apprécie. Désolé pour ce que je t'ai dit à propos de ta disparition et toutes ces conneries. Ça n'avait vraiment aucun sens. Mais tu ne fais que te raccrocher à un semblant d'espoir. Tu veux que je te dise quelque chose, quelque chose de si drôle que tu t'en pisseras dessus de rire ? »

Non, Paul ne voulait pas. Ce qu'il aurait voulu, c'était être au Pin Hut et rigoler en jouant au snooker. Il aurait voulu être à des kilomètres de là, loin, très loin de Lucky.

« J'ai perdu ma chaîne en or. Mon porte-bonheur. »

Paul sentit les muscles de son visage s'affaisser.

« Celui avec ton nom gravé dessus ? »

À contrecœur, Lucky approuva de la tête.

« Qui a dit que Dieu n'avait pas le sens de l'humour ?

— Oh putain… Où ? Ne me dis pas que tu l'as perdu dans la forêt ?

— Okay, je te dis pas que je l'ai perdu dans la forêt.

— Arrête de déconner avec ça.

— J'ai dû le perdre dans la panique, pendant que je courais. Ce n'est qu'en arrivant chez moi que je m'en suis aperçu. »

Paul attrapa une bière. Il l'avala frénétiquement et sentit le gaz lui écorcher la gorge. Il se mit à tousser et à cracher si bien qu'un peu de bière lui sortit par le nez.

« Merde…

– Ça va, camarade ? demanda Lucky. Prends une autre gorgée, plus doucement, cette fois…

– Tu es sûr de m'avoir tout dit ? Vraiment sûr ? On ne peut plus reculer, maintenant. Tu m'as pratiquement dit que tu as vu Shank assassiner un pauvre connard dans les bois. J'espère que tu n'as rien de pire à m'annoncer. »

Lucky toussa pour s'éclaircir la gorge. Il jeta un coup d'œil au reste de whiskey dans la bouteille.

« J'ai… Je crois que Shank a ramassé ma chaîne… J'en suis pas sûr à cent pour cent, mais… »

Une boule d'angoisse enflamma le ventre de Paul avec la force d'un laxatif surpuissant. Il avait envie de se précipiter aux toilettes.

« Il l'a ramassée… ?

– C'est comme un flash-back. J'en suis pas certain, mais j'ai un flash-back où je vois Shank la balancer devant ses yeux en souriant.

– Ça suffit, siffla Paul. Je ne veux plus rien entendre de cette histoire. Je ne veux même plus entendre prononcer son nom, jamais. »

Pendant un instant, Paul crut que Lucky allait se mettre à pleurer. Merde, il était lui-même sur le point de pleurer. Mais ça changerait quoi ?

« Qu'est-ce que tu vas faire ? fit Lucky avec un éclat de soupçon dans la voix. Tu vas pas… ?

– Je ne vais pas quoi ? Vas-y, dis-le. Te dénoncer à Shank ? Espèce d'enfoiré. C'est ça que tu penses de moi ? T'as peut être raison, après tout. Peut-être que je devrais te balancer. Il m'adorerait si je le faisais. Il me traite déjà comme le fils qu'il n'a pas eu.

– Je suis désolé, mon pote… Je… J'ai juste les foies… C'est tout.

– Les foies ? T'as raison. Tu devrais t'en chier dessus, jusqu'aux oreilles, même. »

Sa colère vira vite au remords.

« Je suis désolé, Lucky. Je sais que tu as les chocottes. Je les ai aussi, et sacrément. Mais c'est pas ça qui va nous aider, si ?

– Non.

– Va falloir qu'on trouve quelque chose, et qu'on le trouve vite. »

Lucky hocha la tête.

« Il va falloir qu'on la joue serrée. Okay ? »

Lucky hocha à nouveau la tête. Il commençait à être bon en hochement de tête.

« Le côté positif, c'est que Shank n'a sans doute aucune idée de ce que signifie l'inscription sur ta chaîne. Peut-être aussi qu'il ne l'a pas ramassée. Si c'était le cas, tu ne serais probablement pas là.

– Merci, marmonna Lucky, l'air hagard. Je te remercie pour tout ce que tu fais pour me rassurer, mais tu sais comme moi que Shank finira par le savoir. Si l'on croit toutes les horreurs qu'on raconte sur lui, il est impossible de chier un coup sans qu'il en connaisse le poids et la taille, alors je suis baisé. Tu peux aussi me prodiguer d'autres sages conseils. Du genre : tire-toi de la ville en vitesse, Lucky, dégage de là pendant que tu le peux encore. Je suis ton meilleur ami, Lucky, mais c'est à mes propres fesses qu'il faut que je pense.

– Du calme. Ensemble, on peut arriver à trouver une solution. L'essentiel, c'est de pas paniquer et d'arrêter de geindre. On est ensemble. Pour le meilleur et pour le pire. Il faut d'abord qu'on te trouve une planque sûre, le temps que ça se tasse un peu.

– On dirait presque qu'on est mariés. Les Deux Mousquetaires. C'est nous. Un pour tous et tous pour un. Pas vrai, mon pote ? »

Paul sourit mollement.

« Oui. Tous pour un...

– Comme au bon vieux temps, hein ?

– Comme au bon vieux temps, approuva Paul.

– Tu sais que je ne permettrais à personne de te toucher, fit Lucky, un sourire tordu accroché aux lèvres. Je tuerais le premier enfoiré qui en aurait seulement l'idée. »

Les crampes étaient en train de venir à bout de l'intestin de Paul. Il fallait absolument qu'il aille chier, et vite. Il était maintenant complice et il serait mort si Shank venait à l'apprendre.

Si ?

Quand.

12

Un secret devrait le rester

Je sais que c'est un secret, car il est murmuré partout.
William Congreve, *Amour pour Amour*

Le chef de l'entreprise : une femme.
Virgile, *L'Énéide*

La maison était froide en permanence. Même pendant les nuits chaudes, le bois flambait perpétuellement dans d'énormes cheminées, grésillant, craquant, et projetant d'agressives étincelles sur le plancher.

Geordie et Paul étaient immergés dans l'ombre comme s'ils étaient soudés en une seule et sombre silhouette.

« Larmes de démons, dit Paul. C'est comme ça que ma mère appelle les étincelles. Larmes de démons. Elle dit que ce sont les pleurs des condamnés...

– J'ai vu des étincelles sortir de ton cul, Goodman. Comment ça s'appelle ? Loufes de dragons ? gloussa-t-elle.

– Tu as bu ? demanda-t-il, stupéfait. C'est la marijuana ? C'est ça, hein ? »

Elle gloussa à nouveau.

« Non. Ça s'appelle de la satisfaction, Goodman. Tu devrais essayer de temps en temps. »

Paul ne répondit pas.

« Tu as été si morose, ces temps ci, dit-elle, que j'ai décidé que tu as été assez puni. Je t'accorde ma clémence. Ta mise à l'épreuve se termine à compter d'aujourd'hui. » Et elle l'embrassa malicieusement sur la joue.

Paul aurait adoré entendre ça il y a encore quelques jours, mais la situation dans laquelle se trouvait Lucky avait asséché toutes ses émotions. Même une érection était hors de question. Il n'avait pas dormi depuis des jours. La nourriture n'avait plus aucun goût. Tout était devenu sans importance et il maudit à nouveau Lucky.

« C'est une sacrée nouvelle, Geordie, fit-il avec un sourire forcé.

— Il fait si calme qu'on peut presque entendre respirer la maison. Comme si c'était un être vivant. Écoute. »

Paul tendit l'oreille et le son se fit étouffé, plus apaisant qu'il ne l'aurait imaginé.

Geordie avait raison ; on pouvait entendre un souffle rouler sur le plancher, lécher doucement les fenêtres et s'insinuer dans les murs.

« Je ne pourrais pas vivre dans une maison aussi grande, fit Paul, un peu effrayé par le bruit.

— Espèce de grand bébé ! T'as la trouille que le croque-mitaine vienne te manger ? »

En riant, elle vint se placer au-dessus de lui.

« De plus, tu prétends vouloir m'épouser un jour, non ? C'est du moins ce que tu as dit à Shank. Du coup, ça serait ta maison pour un bout de temps, Goodman. »

Une gerbe d'étincelles jaillit comme un écho dans l'obscurité.

184

« À propos de Shank : t'es sûre qu'il ne va pas rentrer cette nuit ?

– Il ne sera pas là avant mardi, au plus tôt. Alors, détends-toi. Il est en voyage d'affaires. Il n'y a personne à part nous et les souris. Violet est encore à l'abattoir, avec ses registres. Elle reviendra pas avant minuit. Tu te sens mieux ? Tu te sens excité ? »

En constatant qu'il ne réagissait pas, son ton se fit plus sérieux. « Qu'est-ce qui ne va pas ? dit-elle en scrutant son visage. Je croyais que tu allais m'entraîner là-haut et m'arracher ma petite culotte. Au lieu de ça, tu me fais la gueule. »

Elle semblait avoir développé un instinct pour débusquer ses sentiments qui lui permettait de s'en emparer avant qu'ils n'aient eu la moindre chance de filtrer. Ces derniers temps, il s'était aussi mis à pouvoir deviner ce qu'elle avait en tête. Les similarités étaient troublantes.

« Qu'est-ce qui ne va pas, Goodman ? Qu'est-ce qui te tracasse ? »

Rien de particulier, si ce n'est un profond sentiment de vide qui me dit que ma vie pourrait connaître, dans très peu de temps, une fin dramatique…

« Rien. Je suis juste fatigué et un peu stressé. J'ai un gros tournoi qui arrive…

– J'ai un fameux remède contre le stress. Il est dans mon armoire à pharmacie, à côté de mon lit. Non, en fait, si je me souviens bien, c'est mon lit lui-même. »

Elle gloussa d'une façon si hardie qu'il ne put y résister, ni contrôler les émotions qui lui remontaient en bouillonnant.

« Geordie… est-ce que tu as entendu parler de quelque chose d'étrange ? Quelque chose qui se serait passé il y a quelques jours ? »

Elle s'arrêta de rire et plissa le front.

« Étrange ? Qu'est-ce que tu veux dire par étrange ? »

Il essaya de répondre de façon détachée, d'émousser la nervosité qui perçait dans sa voix.

« Est-ce que tu as entendu parler de quelqu'un de blessé – sérieusement blessé – aux abattoirs ?

– Non… rien de sérieux. Juste les coupures habituelles des crétins maladroits qui ne font pas gaffe. Pourquoi ? Pourquoi tu demandes ça ?

– Rien du tout de sérieux ? Pas de bagarre, si ce n'est pas à l'abattoir, peut-être dehors ? Bagarre d'ivrognes au couteau ? Tu sais bien, trop de gnole dans les veines ? »

Il essaya de rire, mais son rire resta coincé dans sa gorge.

« Bagarre ? (Elle le regarda d'un air bizarre.) Je ne sais pas ce qui se passe en dehors de l'abattoir, et je m'en tape. Si un idiot veut prouver qu'il est un homme, c'est son problème. Quelques estafilades n'ont jamais tué personne, Goodman.

– Il ne s'agit pas de coupures de rasoir, Geordie. Je te parle de quelqu'un qui s'est fait tuer dans une bagarre au couteau. »

Elle fit signe que non en souriant légèrement. « Tu te serais pas refait un coup de *West Side Story*, par hasard ? »

Son sourire s'élargit et elle se mit à fredonner le thème musical du film.

« Arrête. Okay ? fit-il d'un ton sérieux. Écoute, si quelque chose est arrivé, quelque chose comme un meurtre, ce serait bon ni pour l'abattoir ni pour Shank, si ? Il y aurait une enquête de police, non ? »

Ce fut à son tour de prendre l'air sérieux. « Qu'est-ce que ça veut dire, Goodman ? Tu t'es déjà arrangé pour ruiner ce qui devait être une super soirée. Tu le sais, ça ? »

Va te faire foutre, Lucky. Je commence à détester ton nom et tout ce qui s'y rapporte.

« Est-ce que Shank s'est comporté… bizarrement… Je veux dire… » Sa voix se mit à dérailler. Il n'arrivait pas à trouver ses mots ; il ne voulait pas les trouver.

Geordie s'était raidie. « Shank ? Pourquoi Shank ? C'est quoi ce truc, Goodman ? Si tu ne me dis pas la vérité et que t'arrêtes pas de me traiter comme une andouille, tu peux prendre la porte et c'en sera fini pour de bon entre nous deux. Plus de *si* ou de *mais* à la con. T'as pigé ? »

Une fois de plus, il perçut la menace dans sa voix ; s'il ne lui racontait pas tout, il la perdrait certainement pour toujours.

« Je suis sérieusement dans la panade », bégaya-t-il à contrecœur. Il se sentait aussi geignard et pathétique que Lucky, et il détestait ça.

Le visage de Geordie passa de la colère à l'inquiétude. « Quel genre de sérieuse panade ? Qu'est-ce qui ne va pas ? Il n'y a pas de secret entre nous, Goodman. Si tu m'aimes, tu dois me faire confiance. Sinon… »

Pendant les dix minutes qui suivirent, la voix de Paul raconta avec détachement la nuit terrible que Lucky avait passée dans la forêt. À un moment, il entendit que Geordie respirait drôlement, comme si elle essayait désespérément de se contrôler. Quand il s'arrêta, elle parla d'une voix calme, mais rude.

« T'es un vrai con, Goodman. Personne ne sait mieux que moi ce que Shank est capable de faire, mais le meurtre n'en fait pas partie.

– Je me borne à te raconter ce que Lucky dit avoir vu. Tu dois me croire, Geordie.

– Je ne dois rien du tout, Goodman. Tu dis toi-même que tu es stressé. Le stress fait de drôles de trucs aux gens. Crois-moi, j'en ai assez bavé pour le savoir. Ça peut te déranger la cervelle jusqu'à plus savoir quel jour on est.

– Mais Shank a bien tué un type, il y a des années. Il peut recommencer.

– Encore cette vieille rumeur, répondit-elle, sarcastique. Shank n'a jamais tué personne de sa vie. J'ai parfois entendu, moi aussi, ce genre de rumeurs. La dernière racontait qu'il avait tué six personnes pour une paire de chaussettes.

– C'est sérieux ?

– Je suis sérieuse. C'est vrai que Shank a pu tabasser un ou deux types jusqu'à les laisser à deux doigts de mourir, mais il n'a jamais tué ou assassiné quiconque, Goodman. Là-dessus, tu peux me faire confiance. Okay ? Si quelqu'un a une dent contre Shank, c'est bien moi. D'accord ? »

Paul hocha la tête.

« Et comment se fait-il que Shank continue à faire normalement son boulot aux abattoirs ? Tu crois pas que j'aurais remarqué quelque chose ? Tu crois pas que ça aurait un peu changé son comportement ?

– Je suppose que oui, soupira Paul. C'est juste que… Je sais pas. Tu as peut-être raison.

– Pas de peut-être. Je veux que tu oublies la partie de campagne de ton soi-disant pote. Si tu veux mon avis, il a probablement bouffé des champignons ramassés sur place. Peut-être qu'il ne supporte pas la concurrence ? Peut-être qu'il me voit comme une menace et qu'il veut foutre la merde entre nous ? Qu'est-ce que tu en penses ? »

Paul hocha la tête sans enthousiasme. Peu importe ce que Geordie disait de son père en privé, il restait son père et le sang est toujours plus épais que l'eau. Mais si elle avait raison ? Si c'était le moyen que ce pervers de Lucky avait trouvé pour foutre la pagaille entre eux ? Geordie aurait sûrement détecté un changement d'humeur chez Shank s'il venait d'assassiner quelqu'un. Surtout s'il pensait qu'on l'avait vu faire.

Le doute oscillait maintenant entre deux questions. Est-ce que Lucky avait inventé toute l'histoire ? S'était-il défoncé aux champignons ou avait-il monté ce canular par pure jalousie ?

« Je ne veux pas que tu répètes cette absurdité une fois de plus, Goodman. Tu n'es quand même pas si crédule. En fait, tu es même tout à fait perspicace quand tu veux. À partir de maintenant, c'est toi et moi. Personne – je dis bien personne – ne dois plus s'intercaler entre toi et moi. Tu es d'accord ? »

Ses paroles lui firent du bien. Elles lui ôtèrent un grand poids des épaules. Secrètement, c'était ce qu'il avait voulu entendre. « D'accord. »

Geordie se dégagea du canapé et s'arrêta juste à côté de lui. Le temps d'un battement de cœur, il crut qu'elle allait le mettre dehors, mais le regard qu'elle lui lança reflétait plutôt comme une invitation. Elle ouvrit la porte et s'arrêta sur le seuil de telle façon que Paul comprit qu'il était supposé la suivre.

« Fais-moi confiance, Goodman. Dans à peu près une heure, tu riras de tout ça. (Elle tendit la main.) Et je ferais mieux d'en rire aussi. Ou, tout au moins, d'en sourire... »

Ils descendirent dans le hall d'entrée au lieu de monter vers la chambre, à la grande déception de Paul.

« Ferme les yeux », ordonna-t-elle en ouvrant une porte inconnue de lui.

Paul obéit tout en se sentant un peu bête.

« Je peux les ouvrir maintenant ? demanda-t-il avec impatience.

– Presque, répondit-elle d'une voix qui trahissait son sourire. Maintenant. »

Paul ouvrit les yeux sur le seul objet qui s'imposait dans cette gigantesque pièce.

« Geordie… » Il était incapable de prononcer un mot, ce qui la fit rire.

« Eh bien ? Qu'en penses-tu ? Elle te plaît ? »

Une table de billard de taille réglementaire s'étalait majestueusement au milieu de la pièce. Elle avait manifestement connu des jours meilleurs, mais aux yeux incrédules de Paul, c'était la plus belle table qu'il ait jamais contemplée.

« Où as-tu… où as-tu trouvé ça ? Est-ce que je suis en train de rêver, Geordie ? Si c'est le cas, s'il te plaît ne me pince pas. »

Elle lui pinça malicieusement les fesses. « Non, tu ne rêves pas, Goodman. Elle te plaît ? Elle est à toi. Elle prenait la poussière chez un vieux client de Shank et il la lui a donnée en guise de paiement. Et, bien que ça me fasse chier de demander quoi que ce soit à Shank, je lui ai demandé de me la donner. Pour toi. Heureux ? »

C'est à peine s'il pouvait l'entendre. Dès demain, il se mettrait à la nettoyer et à la brosser amoureusement, comme un pur-sang. Le tapis avait l'air en assez bon état, mais il allait lui falloir l'avis d'un professionnel pour savoir si le plateau était de niveau. Il apporterait les billes de snooker que Kennedy lui avait données. Peut-être que Geordie laisserait le vieux monsieur leur rendre visite, juste pour que Paul puisse lui montrer ses talents. Qui a dit que les rêves ne se réalisent jamais ? Si Geordie n'avait pas été debout à ses côtés, il n'aurait probablement pas pu maîtriser son émotion.

« Il y a une condition, Goodman, fit Geordie d'un air mortellement sérieux.

– Il y en a toujours une », répliqua-t-il d'une voix lasse.

Il le savait ; c'était trop beau pour être vrai.

« Laquelle ? »

Geordie sourit. « Tu m'apprends à jouer au snooker. »
Il la serra contre lui en l'embrassant.

« C'est pas de bon cœur, mais j'accepte.

– Pas de bon cœur ? Le temps que je m'occupe de tes boules, Goodman, tu ne sauras plus si elles ont été empochées ou mises en pièces[1] ! »

Ils éclatèrent de rire et tombèrent sur le sol en farfouillant dans les boutons et les fermetures Éclair.

En moins d'une minute, il oublia tout de l'histoire que lui avait racontée Lucky. La forêt ? Quelle forêt ? Toutes ses pensées se résumaient à la belle Geordie couchée sous lui, nue, tenant ses couilles dans ses mains, estimant leur poids et leur texture. À la vérité, il aurait été incapable de se souvenir de son propre nom.

Quelque part dans le grand hall de la maison, un téléphone fut délicatement soulevé de son berceau. Des doigts composèrent silencieusement un numéro. Quelques secondes plus tard, la voix étouffée d'une femme se fit entendre.

1. Jeu de mots intraduisible sur « *snookered* ».

« Il n'est pas là. J'ai peur que vous n'ayez fait un faux…

— *Écoute, vieille peau*, siffla la voix. *Dis à Shank de prendre le téléphone ou tu auras des raisons d'avoir peur. Dis-lui que sa fille est au bout du fil. C'est urgent. File.* »

13

Sœur vicieuse ? Petit minou ?

N'expliquez jamais rien – vos amis n'en ont pas besoin et, de toute façon, vos ennemis ne vous croiront pas.
Elbert Hubbard, *The Motto Book*

Le maître du monstrueux... le découvreur de l'inconscient.
Carl Gustav Jung, sur Jérôme Bosch

Le regard de Paul tomba sur la tête de porc. C'était surréaliste, encore plus que la première fois où il était entré dans le bureau de Shank. Le sourire du porc avait l'air terriblement réel, comme si c'était la dernière fois qu'il riait à ses dépens. Réel et terrible...

La convocation inattendue dans le bureau de Shank, juste au moment où il s'apprêtait à quitter son service, avait plongé Paul dans une certaine inquiétude. Une partie de lui-même n'en attendait rien de négatif, mais c'était si inhabituel qu'il ne pouvait s'empêcher de penser que quelque chose de déplaisant attendait tranquillement de lui tomber sur le coin du museau. Il n'avait pas d'autre option que de chevaucher la vague. C'était il y a trois heures...

Il était à présent assis sur une des chaises du bureau, les mains et les chevilles attachées par des cordes.

Directement derrière lui se tenait un Taps parfaitement silencieux. Geordie était assise en face, surveillée par Violet dont le regard vrillait la nuque de sa sœur.

Shank venait de finir son thé et une légère brume s'élevait du fond encore tiède de la tasse. Une scène s'imposa à l'esprit de Paul. C'était celle du thé de Mad Hatter. Il pouvait presque entendre le Chat du Cheshire murmurer : *Nous sommes tous dingues ici, vous savez...*

« Monsieur Goodman, dans la vie il y a toujours deux chemins. Un facile et un difficile. Les gens stupides prennent toujours le chemin difficile. Les gens intelligents choisissent toujours l'autre. Vous faites partie de cette famille, et je serais fier que vous deveniez mon gendre. Je vous vois même diriger cet endroit, ou, du moins, une partie significative de l'entreprise. Vous êtes de taille à mener les travailleurs à leur potentiel. Tout ce que je vous demande, c'est un petit renseignement. Je suis certain que vous ne souhaitez le mal d'aucun d'entre nous, parce que je sais que tout ça a été une erreur, dit Shank en se balançant sur sa chaise, les doigts noués sur la nuque. Seul celui qui ne fait rien ne commet pas d'erreur, monsieur Goodman. Il n'y a pas lieu d'avoir honte. Nous faisons tous des erreurs. Où est votre ami, monsieur Short ? »

Paul avala sa salive. « Je ne sais pas. Je ne l'ai pas vu depuis un bout de temps, depuis que j'ai commencé à travailler ici... »

Shank ferma les yeux. C'était une manière de signifier à Paul qu'il valait mieux surveiller sa langue, ne pas l'insulter avec des mensonges aussi minables. Shank se mit à murmurer, comme s'il tentait désespérément de contrôler son humeur.

« Je suis totalement mystifié par l'apparition du problème et du dilemme que nous devons affronter. Ce que nous ne savons pas nous fait spéculer. L'information, même la plus agréable, a toujours des conséquences dangereuses. Vous comprenez sûrement qu'il est inutile de dissimuler cette information ? La déloyauté envers la famille n'est pas admissible. C'est une règle inflexible ; non négociable. Cependant, en toute honnêteté, je peux vous assurer, la main sur le cœur, que l'on peut trouver un arrangement. N'est-ce pas ce que vous désirez, monsieur Goodman ? Un arrangement qui nous irait à tous ?

– Ne le crois pas, Paul, dit Geordie, tenue par sa sœur. Il te tuera une fois qu'il aura obtenu ce qu'il veut de toi. »

En un clin d'œil, Violet appuya un crochet à viande contre le cou de Geordie. Une petite goutte de sang apparut sur la peau blanche.

« Tu n'es qu'une pute égoïste. C'est toujours *moi moi moi*, accusa-t-elle, en regardant sa sœur en face. Tu n'as jamais eu la moindre considération pour le reste de la famille. N'est-ce pas ? Toujours moi d'abord. Moi moi miaou, lui siffla-t-elle dans l'oreille. Tu te souviens, Geordie ? Les chatons qui jouaient ? Tu te souviens comme ils étaient mignons et doux avant d'aller prendre un gentil bain dans un seau d'eau sale ? Tu te souviens comme je te courais après en brandissant leurs petits corps tout raides ? Tu te souviens de leurs putains de miaulements qui te foutaient la chiasse ? Mais c'était toujours à Violet de les faire taire. C'est marrant, t'as toujours eu plus de facilités à tuer un taureau qu'un chaton. Ha ! j'ai jamais pu le comprendre. Peut-être que t'essayes de te prouver quelque chose ? Souviens-toi que je n'ai aucun scrupule. Ne l'oublie jamais. Et ne va pas t'imaginer un instant que je te laisserai détruire notre famille. Tu comprends ?

– Pourquoi tu prends son parti ? Il ne nous a jamais aimées. Ni l'une ni l'autre. Il nous hait toutes les deux depuis le premier jour. »

Violet sourit et un souffle de panique s'empara de Geordie. Elle appelait ce sourire si particulier *la poignée de cercueil*. Il annonçait toujours quelque chose de mauvais, de très mauvais.

« Parce que c'est moi qui ai buté l'autre enculé dans les bois. »

Geordie se mit à pâlir mortellement alors que Violet jouissait du silence qui s'installait et attendait le bon moment pour continuer.

Geordie ouvrit faiblement la bouche, comme pour dire quelque chose qui ne vint pas.

« Pendant que tu dormais dans ton petit lit bien chaud, cher chaton, on était en train d'enterrer l'enfoiré qui voulait nous enterrer. Il était sur le point de révéler la combine de la viande pourrie. Ça nous aurait liquidés. Et comme d'hab, c'est Violet qui a dû se farcir les petits chats. Cette pauvre infirme de Geordie n'aurait pas eu les tripes de le faire, mais juste d'en profiter. C'est pas vrai, *chaton* ? *C'est pas vrai ?*

– Ça suffit, Violet. Inutile de t'en mêler, fit Shank, calme mais toujours menaçant. Enlève ce croc de la gorge de ta sœur. Elle n'est pas notre ennemie. Personne ne l'est jusqu'à présent. N'est-ce pas, monsieur Goodman ? »

L'inconnu peut être un endroit terrifiant, mais Paul était encore assez concentré pour saisir tout le côté désespéré de la situation. Il ne pouvait leur indiquer ce que Lucky avait vu. Ils l'auraient tué. Ils les auraient tués tous les deux et, probablement, Geordie avec.

« Si elle n'est pas une ennemie, pourquoi ne dit-elle rien sur le bâtard qui nous espionnait ? dit Violet. Si je n'étais pas rentrée plus tôt, la nuit dernière, et si je n'avais pas tout entendu, on serait dans une sacrée merde aujourd'hui. Nous n'avons besoin ni d'elle ni de lui, Shank. Transforme Goodman en engrais. J'y prendrais le plus grand plaisir.

– Je t'ai pas demandé ton avis, fit Shank, mais tu as peut-être raison. Peut-être me suis-je trompé. Votre stupidité atteint des proportions mortelles, monsieur Goodman. J'espère que vous vous êtes préparé aux conséquences. (Il jeta un coup d'œil furieux sur Paul avant de se tourner vers Taps.) Accroche le croc au plafond. Vérifie que c'est assez solide. Nous ne voulons pas risquer un accident, n'est-ce pas ? »

Avec un sourire, Taps commença à fixer la poulie à une poutre au-dessus de sa tête. Un lourd crochet y pendait comme un point d'interrogation inversé.

« Laisse-le tranquille, Shank ! hurla Geordie, fonçant sur son père avant d'être violemment rattrapée par Violet. Personne ne dira rien. Tu l'as eu comme tu as toujours eu tous les autres : en les rendant fous de terreur.

– Tout est entre les mains de Mr Goodman. S'il fait le bon choix, il prouvera qu'il fait partie de la famille. Sinon, j'ai peur qu'il ne nous quitte sans autre forme de procès…

– Tu vas devoir me tuer aussi, Shank, dit calmement Geordie. Si tu les tues, tu ferais mieux d'être sûr que je suis morte aussi. Si les flics ne te chopent pas, je te promets que c'est moi qui t'aurai.

– Tu vas commencer par rentrer à la maison, fit Shank en la regardant. Taps va rester avec toi jusqu'à ce que tu sois calmée. Tu sais bien que tout ce qui sera fait ici le sera pour le bien de nous tous. N'est-ce pas ?

— Je te hais, Shank. Je t'ai toujours haï, pour ce que tu nous as fait, pour ce que tu as fait à notre mère... »

Taps l'embarqua sans se soucier des coups de pied ni des coups de poing, et la poussa vers la porte. « Désolé, Geordie, mais les ordres sont les ordres. »

Shank attendit que le silence soit revenu avant de s'adresser directement à Paul. « Le jour où vous avez débuté aux abattoirs, monsieur Goodman, vous vous souvenez d'avoir lu cette phrase de William Blake dans mon bureau ? » Il désigna du doigt la maxime inscrite juste au-dessus de la tête de Paul.

Paul ne répondit pas.

« Non ? Laissez-moi vous rafraîchir la mémoire. *"Il est plus facile de pardonner à un ennemi que de pardonner à un ami."* Eh bien, j'ai été assez bête pour vous considérer comme un ami, quelqu'un en qui on pouvait avoir confiance. Et maintenant ? Vous vous opposez à moi, et j'en tire la conclusion. Il est temps pour nous tous d'être sérieux. »

Il se dégagea de son gros fauteuil pour se diriger vers le crochet et en tester lui-même la solidité.

« Savez-vous comment saint Pierre a subi son martyre, monsieur Goodman ? Non ? Eh bien, selon la légende, il a été crucifié la tête en bas. Il disait qu'il était indigne d'être crucifié comme le Christ. »

Paul retint son souffle. Il sentit un nœud se former dans son estomac. Il avait une envie désespérée de vomir.

La vitesse du geste de Shank le prit par surprise et il se sentit tomber par terre alors que sa chaise partait valdinguer contre un mur. Sans effort, Shank le hissa par les chevilles et le suspendit par les pieds au crochet.

Terriblement efficace, Shank exécuta le mouvement en moins de cinq secondes.

« Maintenant, monsieur Goodman, nous allons pouvoir travailler sans risque d'être interrompus. » Il enleva sa chemise. Il transpirait légèrement. Son corps exhalait une drôle d'odeur ; pas une odeur corporelle, mais quelque chose de plus répugnant, presque toxique. « Très vite, la plus grande partie de votre sang va être drainée vers votre tête. Il est rare que le corps et l'esprit soient amenés à leurs limites, mais vous pouvez être assez malchanceux pour subir cette expérience cette nuit même. Vous allez avoir la tête qui tourne, vous sentir nauséeux, comme si votre essence même partait en lambeaux vers le néant. C'est normal. Dans quelques minutes, votre cerveau devra se livrer à quelques calculs pour décider comment répartir le sang restant dans votre système. En raison de votre position, il n'y a qu'un canal par lequel votre cerveau peut être irrigué ; la région qui entoure votre gorge… »

Paul sentit que son sang commençait à être pompé vers le bas. Il avait déjà vu le processus à l'œuvre aux abattoirs quand les apprentis s'initiaient à égorger des porcelets, avant d'avancer dans leur carrière et de s'attaquer à des bestiaux plus gros. Il se souvint de la manière dont le sang jaillissait soudain, épais et droit comme une ligne rouge. Tout ça par une simple petite entaille faite par un couteau bien affûté…

« Violet ? » Shank fit un signe de tête à sa fille.

Comme si elle lisait dans son esprit, Violet ouvrit en souriant un petit placard encastré dans le mur, qui révéla une tribu de couteaux à l'aspect mortel, paradoxalement beaux dans leur laideur même.

« T'es un petit verni, Goodman, dit-elle à l'oreille de Paul. Nous ne nous en servons que dans les grandes occasions. »

Paul l'entendait aiguiser les lames. Le bruit lui hurlait dans les oreilles.

« S'il te plaît, Violet... Je t'en supplie. Je ne t'ai jamais rien fait... Je n'ai jamais cherché à te nuire aux abattoirs. Tu dois me croire... »

Shank revint s'installer dans son fauteuil en cuir. Il ouvrit un tiroir et sortit un cigare de sa boîte. « Rien de meilleur que les cubains », dit-il en le passant sous ses narines, le humant doucement avant de faire jaillir la flamme d'un briquet d'un geste du pouce.

Violet examina Paul en hochant la tête. « Je t'avais prévenu, Goodman. Coucher avec l'ennemi... »

Elle attrapa l'une de ses chevilles et, instinctivement, il se mit à gigoter et à danser au bout de son crochet en sentant le froid de la lame lui toucher la peau.

« Je t'en prie, Violet ! Tu ne vas pas faire ça...

– Oh que si. Ce que tu ne sais pas, c'est à quel point... »

Il entendit le bruit de la déchirure tandis qu'elle promenait la lame le long de la jambe de son jeans, traçant une autoroute dans le tissu bleu jusqu'à atteindre la taille.

« Arrête de gigoter, pauvre putain de ver de terre bouffé par la trouille ! (Elle passa rapidement à l'autre jambe.) Ô miracle ! (D'un coup sec, elle tira sur le jeans en haillons et le déchira complètement. Elle simula un hoquet de surprise.) Espèce de vilain garçon, Goodman ! Pas de sous-vêtement ? J'aurais jamais cru que tu serais du genre commando. (Elle attrapa son pénis tout flasque et le laissa reposer sur le plat de la lame.) Pas mal, Goodman. Presque aussi long que ma lame. Les couilles pourraient être un peu plus grosses, à mon avis, mais l'un dans l'autre, c'est pas trop mal. Je comprends pourquoi l'autre infirme était si souriante, ces derniers temps. » En riant, elle porta son attention sur la chemise, qu'elle détruisit en quelques secondes à coups de lame rapides.

Complètement nu, Paul ne parvenait pas plus à parler. C'était comme si quelque chose en lui était mort en lui clouant sa langue contre le palais. Il le sentait, il avait atteint les limites de sa santé mentale. Une pression de plus en plus forte lui écrasait le ventre, comme s'il était un ballon que l'on remplissait d'eau. La sensation lui courait le long des tripes, lui poignardait les boyaux, bouillonnait, poussait.

« Tu t'es chié dessus, Goodman ! Tu t'es chié dessus à l'envers ! C'est pas tout le monde qui peut se vanter d'un coup pareil. » Elle rigola jusqu'à en avoir les larmes aux yeux.

Paul ferma les siens de douleur et de honte. Il se foutait bien qu'on le tue, maintenant.

Violet le poussa doucement, mais fermement, et le regarda se balancer comme un pendule.

« Tic tac, Goodman grosse bite et cul merdeux. Le temps passe. Vite… »

14

Danse avec moi, une dernière fois

Notre liberté brandie comme des lances...
Nous n'aurons plus de temps pour les
danses.

Louis MacNeice, « Thalassa »

Soyez toujours sobre pour faire ce que
vous vouliez faire quand vous étiez ivre.
Cela vous apprendra à la boucler.

Ernest Hemingway

Lucky arpentait le plancher de la chambre du haut, chez son cousin. Il n'avait pas dormi depuis des jours et devenait de plus en plus nerveux.

Que pouvait bien foutre Paul ? Il avait dit qu'il appellerait à la première occasion pour lui donner des nouvelles, s'il y en avait. *Contente-toi de faire profil bas pendant quelque temps, mon pote. Dès que j'apprends quelque chose, tu le sauras. Probablement demain, au plus tard...*

Mais rien le lendemain. Ces deux jours passés dans cette pièce puante, la plupart du temps dans l'obscurité, étaient en train de le rendre dingue. Il fallait qu'il sorte, qu'il prenne l'air. Il fallait qu'il trouve Paul...

La pièce fut soudain illuminée par des phares de

voiture. Saisi, il s'arrêta de déambuler et s'approcha de la fenêtre dont il souleva le rideau.

Dehors, une voiture était garée sous la lumière d'un réverbère. La carrosserie était luisante de gouttelettes de pluie couleur d'encre. Il essaya de voir si quelqu'un était assis à l'intérieur, mais la sonnette de la porte d'entrée brisa sa concentration.

Putain !

Sur la pointe des pieds, il traversa la pièce et entrouvrit juste assez la porte pour pouvoir entendre, sinon voir, le visiteur nocturne.

Pour son cousin Jim-Jim, recevoir des visites à cette heure de la nuit n'était pas chose rare. Il organisait des parties de poker, vendait des cigarettes de contrebande ainsi que tout un tas d'autres choses au marché noir, histoire de mettre du beurre dans ses épinards.

Qu'est-ce que c'était ? Il entendit un bruit ; des pas dangereusement proches. Quelqu'un était en train de gravir ces putains d'escaliers. Il aspira à fond, retint son souffle.

Il ferma doucement la porte tout en maintenant son oreille contre. Il se dit que c'était probablement la copine de Jim-Jim, la même que la nuit précédente, une bruyante tout en gémissements et grognements.

Il rougit au souvenir de la performance. Il n'aurait pas dû écouter, bien sûr, mais comment faire autrement. Quel boucan. Sûr qu'ils faisaient pas semblant de baiser !

On frappa à la porte. Putain ! Son cœur fit un looping. Il essaya de le contrôler, mais c'était impossible.

Il s'éloigna avec précaution de la porte, reculant sur la pointe des pieds, exécutant une sorte de *moon dance*.

On frappa à nouveau. Avec un peu plus d'impatience, cette fois. La poignée tourna, prudemment, comme pour ne pas être entendue.

Lucky bougea les lèvres, mais aucun son n'en sortit. On aurait dit qu'il jouait dans un film muet.

La porte s'ouvrit légèrement en laissant pénétrer un rai de lumière.

« Monsieur Short ? »

Lucky distingua une main cherchant l'interrupteur. Une seconde plus tard, la pièce entière était éclairée.

« Qui êtes-vous ? Qu'est-ce que vous voulez ? Où est Jim-Jim ? » Lucky cligna des yeux, les abrita derrière sa main. C'est à peine s'il pouvait distinguer l'homme qui se tenait devant lui, mais, au fond de ses tripes, quelque chose lui disait de se méfier.

« Jim-Jim ? Ah ! Oui, il est en bas, au salon. Il a eu la gentillesse de m'autoriser à monter vous parler.

– Jim-Jim ne permettrait à personne de monter... Comment vous avez dit que vous vous appelez ? J'ai pas bien saisi la première fois.

– Pour l'instant, nous ne nous intéresserons qu'à *votre* nom, monsieur Short. Êtes-vous William Short ?

– William ? Oh, c'est lui que vous voulez ! Je crains que vous ne vous soyez trompé de cousin. Ce branleur de William est au Tin Hut en train de jouer au snooker. Beaucoup de gens nous confondent, fit Lucky dont le sourire avait pris des teintes verdâtres.

– Oh ? Peut-être bien, mais je voulais juste lui rapporter ceci, dit l'homme en révélant le petit bracelet en or caché dans sa main. Y a marqué : *Il n'y a qu'un Lucky*. Votre surnom c'est bien Lucky, non ? »

Lucky déglutit avec difficulté, sa pomme d'Adam pointait comme s'il venait d'avaler un œuf de piaf. Incapable de dire un mot, il se contenta de hocher négativement la tête.

« Dommage. Une journée perdue, je suppose ? fit l'homme en hochant aussi le chef, avant de sourire.

J'ai une idée. Pourriez-vous me rendre un service ? Ça m'économiserait pas mal de temps et d'ennuis.

– Si... Si je peux...

– Vous savez à quoi il ressemble. Vous pouvez lui donner ça pour moi ? Dites-lui qu'un vieux copain l'a trouvé et l'a gardé pour lui », dit l'homme en faisant danser lentement le bracelet sous le nez de Lucky, comme un hypnotiseur.

Lucky tendit la main en espérant qu'elle ne tremblait pas trop.

Le geste de l'homme fut si rapide qu'il pétrifia Lucky sur place.

« Ça ne devrait pas prendre plus de deux minutes, fit-il en braquant un énorme revolver sur Lucky. Si vous vous abstenez de toute tentative ridicule, nous serons dehors avant d'avoir eu le temps de dire "Humpty Dumpty chiait sur un mur[1]".

– Qu'est-ce que... C'est à quel sujet ? Que voulez-vous de moi ? Qui... qui êtes-vous ?

– Oh, je suis désolé. Je m'aperçois que j'ai oublié de me présenter. Décidément, mes manières ne s'arrangent pas, ces temps-ci. »

Il se fendit d'un sourire raide. Un sourire qui disait : *Tu es en train de mentir.*

Oh putain...

« Les gens m'appellent Taps. Ça vous dit quelque chose ?

– J'ai... Disons que j'ai entendu parler de vous. Mais qu'est-ce que vous voulez de moi ? »

Lucky essayait désespérément de contrôler sa res-

---

1. Les vraies paroles de cette vieille comptine anglaise sont : *Humpty Dumpty sat on the wall* (Humpty Dumpty était assis sur un mur).

206

piration. Il se demandait si on allait l'abattre ici, à l'intérieur de la maison de Jim-Jim.

« Mr Shank souhaite vous inviter à une petite rencontre. Une sorte de fête, pourrait-on dire.

– Vraiment ? C'est très gentil de sa part et j'aurais adoré m'y rendre, mais comme vous le voyez, je ne suis pas convenablement habillé pour ça, fit-il en claquant des dents.

– Pas besoin d'être habillé pour ce genre de fête, monsieur Short. Ma voiture est en bas. On y sera en un clin d'œil. Vous ne voudriez pas contrarier Mr Shank, n'est-ce pas ? »

Sur les nerfs, Lucky se vit trimballé tout le reste de sa vie dans une chaise roulante poussée par des copains réticents et des parents grognons. La semaine dernière, avant que toute cette folie ne commence, il avait encore une chance d'aller danser au Boom Boom Rooms. Seigneur, comme il aimait ce dancing. Et une idée terrible se mit à lui trotter dans la tête : on allait l'assassiner…

Ses pensées furent interrompues par la main que Taps posa sur son épaule. Sans plus réfléchir, il bondit vers la porte, suivi de près par son encombrant garde du corps.

Il dévala quatre à quatre la première volée de marches. Il atteignait la dernière alors que Taps venait à peine de descendre les cinq premières.

« Je vous préviens, monsieur Short ! hurla Taps, en peinant sur le reste des marches. Ne me forcez pas à tirer… »

La menace électrisa un peu plus les nerfs de Lucky, qui débaroula en bas de l'escalier, franchit la porte et passa devant le capot de la voiture qui attendait dans la rue.

Il ne s'arrêta dans une cabine téléphonique que lorsqu'il eut mis plusieurs rues entre lui et son poursuivant. Il fallait qu'il prévienne Paul. Est-ce qu'ils l'avaient déjà coincé ? Et si Paul était mort, découpé en morceaux et enterré dans quelque endroit désolé, près des abattoirs, dans cette forêt de merde ?

Il avait envie de pleurer. C'était sa faute. Il avait été stupide au-delà de tout. Pourquoi était-il allé chier dans ce bois ? Il n'entendit la voiture qu'au moment où elle était sur lui. La porte s'ouvrit en lui percutant violemment les jambes et l'expédia sur le sol.

« Espèce de branleur », dit Violet en sortant de la voiture. Elle lui écrasa la semelle de ses bottes sur la gueule et lui écrabouilla le nez en éclaboussant ses fringues de taches de sang.

Il se mit à vomir, et alors que Taps le fourrait rudement dans la voiture sans tenir compte de son nez cassé, il se dit qu'il n'avait encore jamais autant souffert de toute sa vie. Au moment où il recouvrait assez de force pour esquisser un geste, Violet lui shoota à nouveau dans la figure, plus fort cette fois, et l'expédia au tapis pour le compte.

15

Toutes les photos
racontent une histoire, n'est-ce pas ?

*Il n'y a qu'un coin de l'Univers que
vous pouvez être certain d'améliorer,
et c'est vous-même.*

Aldous Huxley

*Quelle est donc cette démence de devan-
cer son infortune ?*

Sénèque, *Lettres à Lucilius*

Lucky s'éveilla à la douleur. Les ténèbres environ-
nantes lui flanquèrent la frousse alors qu'il essayait
de s'éclaircir les idées, de se souvenir de ce qui lui
était arrivé.

Il entendit une voix l'appeler par son nom. C'était
une voix douce, rassurante.

« Monsieur Short ? J'espère que vous avez fait une
bonne sieste.

– Où suis-je ?

– Avec des amis, monsieur Short. D'authentiques
amis. »

Il perçut comme un clin d'œil dans la voix.

Le sang avait durci sur son visage. Il aurait eu besoin
d'un rasage. Une horrible puanteur régnait dans la pièce ;
malgré son nez cassé, il pouvait la sentir, presque la

209

mâcher. Par chance, il ne lui restait plus rien à vomir quand il parvint à distinguer les traits de la silhouette penchée sur lui. C'était Shank, sans aucun doute.

« Enfin, nous nous rencontrons vraiment, monsieur Short. La dernière fois, c'était plutôt... rapide. »

Chaque fois que Lucky jetait un œil sur le crâne chauve de Shank, il ne pouvait s'empêcher de revoir sa bite circoncise qui, dans la forêt, le fixait de son œil unique. Un frisson lui parcourut l'échine.

« Je suis désolé de ce qui est arrivé à votre nez, poursuivit Shank. Un accident, je crois ?

— Qu'est-ce que vous voulez ?

— Ce que je veux ? Juste vous montrer quelques photos, monsieur Short ; dites-moi ce que vous en pensez, décrivez-les-moi. (Shank sortit quatre Polaroïds d'un tiroir et les posa sur la table, face retournée.) Prenez-en une, monsieur Short. »

À contrecœur, Lucky laissa ses doigts traîner sur la table avant de sélectionner une photo.

« Parfait. Maintenant, regardez-la, s'il vous plaît. »

Lucky retourna la photo. Il esquissa une moue de dégoût. Elle représentait un gros morceau de viande sanglante. Une carcasse de vache, peut-être, couverte de merde ?

« Et la suivante, s'il vous plaît », dit Shank d'une voix encourageante.

Lucky recommença le processus jusqu'à ce que les quatre photos soient retournées devant lui. Elles représentaient toutes le même morceau de barbaque sanguinolente, pris sous un angle différent.

« À quoi vous font-elles penser, monsieur Short ? »

Vous font-elles penser ? Que diable voulait-il dire par là ?

« Je sais pas… De la viande, sanglante, prête pour l'étal d'un boucher ? »

Des rires éclatèrent derrière lui et, pour la première fois, Lucky aperçut les silhouettes de Taps et de l'autre salope, celle qui lui avait écrasé le nez.

« Eh bien, après tout, ceci est un abattoir, monsieur Short. On s'attend à y trouver de la viande, n'est-ce pas ?

– Je suppose… »

Shank se leva et se dirigea vers un grand écran de plastique opaque qui, au beau milieu de la pièce, pendait du plafond. Il fit signe à Lucky de s'approcher et de se tenir près de lui.

« Vous supposez, monsieur Short ? (Il rabattit les bords de l'écran.) Moi je ne suppose pas du tout. »

Sur le sol, recroquevillé en forme de S, gisait l'horrible morceau de viande de la photo. À la grande horreur de Lucky, ça bougeait vaguement et ça se tortillait dans sa propre flaque de sang.

Il sentit son estomac se contracter, comme s'il cherchait encore un peu de nourriture à gerber.

« Merde… » fit-il en reculant d'un ou deux pas après s'être aperçu qu'il avait les pieds dans l'épais liquide.

Sans prévenir, le bout de barbaque se déplaça et toucha les chaussures de Lucky.

« Putain ! fit-il en se dégageant. C'est quoi, ce bordel ? »

Violet et Taps se mirent à ricaner de plus belle.

« Vous ne le reconnaissez pas, monsieur Short ? demanda Shank. Lui… ? »

Puis il le reconnut, et la force du choc le frappa en pleine gorge.

« Paul… ? Oh putain… Paul… »

Un son monta du bout de viande ; ses doigts esquissèrent un mouvement dans la flaque de sang.

Shank arracha l'écran de son châssis.

« Oui, monsieur Short. C'est bien Mr Goodman. Maintenant, je crois que vous devriez vous asseoir. Vous m'avez l'air de...

– Espèce de sale connard de chauve ! Qu'est-ce que tu as foutu de lui ! »

Il essaya de balancer son poing dans la figure de Shank, mais il fut stoppé prestement par Taps, qui le réexpédia vers son siège.

« Pose ton cul, commanda Taps en l'enfonçant dans le fauteuil. Ne dis pas un mot. Pas pour l'instant, du moins. Pas avant que Mr Shank te le demande. Et quand on t'interrogera, assure-toi de bien lui dire tout ce qu'il veut entendre. T'as bien pigé ? »

Lucky garda le silence et ce fut au tour de Shank de le briser.

« C'est bon, Taps. Quelque chose me dit que nous pouvons faire affaire avec Mr Short. Il m'a l'air beaucoup plus malin que Mr Goodman.

– Pourquoi ? Pourquoi avez-vous fait ça à Paul ? Ce n'est pas sa faute. Il essayait juste de me protéger. C'est mon meilleur ami.

– Meilleur ami, gronda Violet. C'est ça qu'il est ? Alors pourquoi il nous a tout balancé, ici même, dans la pièce où vous êtes ?

– N'essayez pas ce genre de merde avec moi, fit Lucky en secouant la tête. Paul n'aurait jamais rien dit, même sous la torture. Il a gagné une médaille d'or de boxe aux Jeux olympiques. Vous le saviez. Il a foutu une raclée à Mangler Delaney. Il peut prendre votre putain de meilleur coup et vous le recracher droit dans la gueule. »

Shank hocha la tête, comme s'il approuvait.

« Tout ce que je demande, c'est que vous me disiez

à combien de personnes vous avez raconté ce que vous croyez avoir vu dans les bois.

– Combien ? Mais qui ? Il n'y a personne d'autre, putain.

– Taps ? S'il te plaît, installe Mr Short. Il m'a l'air aussi peu coopératif que Mr Goodman. »

Comme on le lui demandait, Taps ligota Lucky sur sa chaise.

« Je sais que Lucky n'est que votre surnom, monsieur Short, dit Shank en approchant son siège. On prétend que les gens disent que vous êtes né avec un fer à cheval dans le derrière. C'est vrai ? »

Lucky marmonna quelque chose à travers son nez cassé, en souriant faiblement.

« Certains prétendent même que c'est toute une écurie.

– Bien, sourit Shank. J'apprécie un homme qui a le sens de l'humour. Mais laissez-moi vous dire, monsieur Short, que la chance ne triomphe jamais de la réalité, et je crois que quelqu'un a oublié de fermer la porte de votre écurie, parce que votre chance est partie. Mais peut-être que nous pouvons arranger ça avec quelques réponses correctes.

– Sinon, vous serez découpé et mis en pièces comme le petit crapaud que vous êtes, cracha Violet, le visage contre celui de Lucky, en brandissant un croc à viande. Peut-être que vous avez plus de bon sens que votre soi-disant copain. Il n'en a rien à foutre de vous. Il voulait qu'on vous tue d'abord. Je crois que vous devriez sauver votre peau en nous disant combien d'autres personnes savent ce que vous avez vu dans la forêt. On veut juste les noms de ces gens. »

La voix de Violet était devenue si basse que Lucky

213

dut tendre l'oreille. On aurait cru une mère racontant une histoire à son fils pour l'endormir.

« Venez plus près. Je vais vous dire où ils se cachent », murmura Lucky d'une voix à peine audible.

Violet se tourna vers Shank en souriant. Lui n'avait pas pu obtenir les noms, mais elle, elle avait réussi. Il allait être furieux.

« Qui sont-ils et où se cachent-ils ? demanda-t-elle avec impatience.

– Au fond de ton cul maigre et puant », fit Lucky sans pouvoir s'empêcher de glousser.

Perplexe, Violet resta raide d'étonnement devant une telle incongruité. Shank se contenta de hocher la tête.

Folle de rage, elle lança le croc vers la tête de Lucky, en visant les yeux.

Un mouvement vif des pieds de Shank la fit trébucher, empêchant le croc d'atteindre sa cible. Il se ficha dans la cuisse de Lucky.

« Ne sois pas stupide, grogna Shank en jetant un sale œil à sa fille étalée sur le sol. Mort, il ne nous sert à rien, espèce d'idiote. »

Violet se redressa et fixa Shank. « Ne m'appelle plus jamais comme ça. Je déteste ça. Je ne permets à personne de me traiter d'idiote. »

Shank l'ignora et se tourna vers Lucky. « Peu de cervelle, mais des couilles, monsieur Short. C'est une chose que je respecte, les couilles. Mais je ne peux permettre une telle insolence. »

Il enfonça le crochet plus profondément dans la cuisse de Lucky, jusqu'à ce que le métal touche l'os.

Lucky poussa un cri terrifiant, comme celui d'un chien que l'on coupe en deux.

« Je pense que l'on peut dire que justice à été faite », dit Shank en retirant le croc de la jambe blessée.

Le sang jaillit de la blessure, mais Shank ne fit rien pour l'en empêcher. « Le sang et le temps vous abandonnent, monsieur Short. Votre vie est entièrement entre nos mains. J'espère que vous le comprenez ? »

Shank fit un signe à Taps, qui ouvrit une boîte et en sortit deux objets, dont une perceuse électrique. Taps la brancha et appuya sur le commutateur.

« Saviez-vous que certaines peuplades primitives croyaient que la folie était un signe de possession démoniaque ? Ils perçaient des trous dans la tête pour permettre aux forces obscures de sortir, dit Shank en faisant hurler la perceuse. Très primitif, mais très efficace... »

Lucky sentait son corps devenir froid. Il était épuisé, résigné. Il voulait en finir avec tout ça.

Shank brandit le deuxième objet à quelques centimètres du visage de Lucky. Il avait la forme d'un nœud en 8 auquel était attachée une longue tige métallique. À l'intérieur, on avait taillé de toutes petites dents.

« Vous savez ce que c'est ?

— Non...

— Un arrache-langue, monsieur Short. Le dernier modèle. Immaculé et prêt à servir. Êtes-vous vraiment sûr de ne pas vouloir nous aider ? Non ? Parfait. Vous ne me laissez plus d'autre choix, j'en ai peur. Violet ? »

Shank tendit l'arrache-langue à Violet.

Elle sourit comme un poivrot en face d'une bouteille. « Je vais prendre un grand plaisir à vous débarrasser de vos bagages. »

Un frisson parcourut l'échine de Lucky et lui ratatina les burnes.

16

Où l'on range tout ce qui dépasse

*Exécute chaque action de ta vie comme
si c'était la dernière.*

Marc Aurèle

*La pensée du suicide est une puissante
consolation : elle aide à passer plus
d'une mauvaise nuit.*

Friedrich Nietzsche,
Au-delà du Bien et du Mal

Kennedy cacheta les lettres. L'une était adressée
à Cathleen, l'autre à Paul. Il se demanda s'il devait
les laisser sur la table pour que Biddy les trouve au
matin, ou les poser quelque part dans la chambre de
Cathleen. Il opta pour la dernière solution. Biddy ne
pourrait s'empêcher d'ouvrir les lettres et de les lire
minutieusement, avant d'aller en répandre le contenu
à l'extérieur. Non, on ne pouvait pas faire confiance à
Biddy. C'était une leçon apprise à la dure. On ne pouvait pas non plus faire confiance à Cathleen, mais elle
représentait certainement un moindre mal, en matière
de commérages.

L'humidité qui se dégageait de la maison amplifiait
l'odeur moisie de vieux tapis. Un bon feu bien chaud

en aurait sûrement chassé la plus grande partie, mais ce n'était pas le genre de la maison, pas le moins du monde.

Dans la cuisine, il emplit un bol de soupe et l'accompagna d'un morceau de pain et d'un verre de jus d'orange. Il ne pouvait s'empêcher de sourire. Cathleen allait sûrement renifler le tout d'un pif soupçonneux.

Un moment plus tard, Kennedy entrait dans la chambre.

« On dirait qu'une tempête se prépare », dit-il en posant le plateau sur la table de chevet.

Cathleen l'ignora et jeta un œil vigilant au plateau.

« Bon Dieu, mais qu'est-ce que c'est que *ça* ? J'ai jamais demandé de cette saloperie de bouffe bonne pour la santé, si ? Tu as mis des somnifères dedans ? Tu crois que je suis aussi conne que tu en as l'air ? »

Il lut la fatigue sur son visage et décida de couper court à la conversation.

« Je suis inquiet de ne pas te voir manger.

— Sans blague ? C'est dans cette soupe que tu m'as mis des pilules ? Combien ? Mais sans doute tu ne comptes même pas ? Tu les verses juste dedans. Cette vieille Cathleen ne sait même pas le jour qu'on est. On dira qu'elle l'a fait toute seule. Stupide vieille bonne femme. Et ce pauvre homme qu'est maintenant veuf. Quand les poules auront des dents ! (Elle balaya d'un grand coup le plateau, qui partit valdinguer à travers la pièce.) J'ai pas faim. Et puis j'ai demandé à Biddy de venir me préparer mes repas à l'avenir. On ne peut pas te faire confiance, Philip Kennedy. Pas un pet. Je ne sais pas ce qui se passe, mais je sais que quelque chose se passe.

— Ne joue pas les martyres. Tu n'es pas plus innocente que moi, ma chère. Tu sais exactement ce qui se passe. Tu as pris quelque chose qui m'appartient, en pensant que ça m'obligerait à rester avec toi, dit-il en riant. Je ne vais pas te faire de mal, Cathleen. Pas encore... »

Elle le regarda, les paupières plissées par le soupçon.

« Tu as l'intention de me quitter. N'est-ce pas, mon salaud ? Pour le meilleur ou pour le pire. Tu te souviens de ces belles paroles ?

– Je n'ai jamais été d'accord. C'est toi qui l'étais, répliqua-t-il.

– Je ne veux pas te laisser partir. Il te faudra me tuer. Autrement, je me servirai de tout ce qui est en mon pouvoir pour que tu restes.

– Prisonnier ? C'est ça que tu veux ? »

L'ironie de la situation le fit rire.

Au loin, on entendait la circulation, l'aboiement d'un chien.

« Dernièrement, j'ai commencé à me sentir comme un sablier renversé. Le sable coulait un peu trop vite, me disant quelque chose... » dit-il, surpris de faire cet aveu à sa femme.

Cathleen renifla. « Un sablier, tu dis ? J'aurais plutôt dit un gros ballon dont tout l'air s'échapperait par le cul. »

Elle avait l'air à nouveau en vie, purgée et prête à agir.

C'est là qu'elle est la plus dangereuse, se dit-il, *quand elle est capable de persuader les gens de lui faire à nouveau confiance.* Il lui avait donné une chance d'être polie, mais elle l'avait balayée, juste comme elle l'avait fait avec le plateau. Il n'y avait aucune raison de continuer la discussion. Ça ne pourrait que tourner mal et, maintenant, une dispute aurait été désastreuse.

Ils n'échangèrent pas un mot pendant les quelques

minutes qui suivirent, comme si chacun se contentait d'écouter l'autre respirer, en attendant la bourde, ou le piège.

« Il fut un temps où je pensais éprouver quelque chose pour toi », dit Kennedy en brisant le silence.

Il avait besoin d'exorciser le reste de mots qu'il avait assemblés dans sa tête, besoin que la prochaine discussion se déroule selon ses termes.

« Mais il y avait d'autres moments ; des moments où j'étais si stressé par la colère et la haine que j'avais envie de te tuer.

– Tu ne m'as jamais aimée, accusa Cathleen.

– Je ne t'ai jamais dit que je ne t'aimais pas », dit-il.

On ne pouvait pas aimer Cathleen. La respecter, oui. Mais l'aimer ? Bien sûr, il aurait trouvé ça difficile au moment de réfuter qu'il y avait au moins une trace de vérité dans ce qu'elle disait.

« Tu ne m'as jamais dit que tu m'aimais », répliqua-t-elle, le visage soudain illuminé d'un de ces éclats coquins qui rayonnaient parfois, il y a très longtemps.

Il l'aurait bien encouragée d'un sourire – un sourire calculé –, mais il était bien trop à vif pour ça.

« J'ai eu très mal, cette nuit, continua-t-elle, comme jamais encore. Pourtant, quand je me suis réveillée ce matin, la douleur avait diminué. En fait, elle s'était totalement évaporée, et les élancements permanents que j'avais dans le côté ne sont plus permanents du tout. Ils sont partis. »

Kennedy soupira doucement. Il s'attendait à un de ses monologues habituels pleins d'auto-apitoiement, mais il fut stoppé par la force que Cathleen mit dans les trois mots suivants.

« Je suis mourante, dit-elle d'une voix détachée, une voix plate et sans effet, presque comme si elle ne se souciait pas qu'il l'entende. Je le sais parce que Moore me l'a dit il y a trois semaines, mais je m'attendais à ce que ça arrive plus tôt. »

Elle tourna la tête de côté et ses yeux captèrent les dernières lueurs de la fin du jour.

Kennedy fut confus pendant un instant. Elle avait crié au loup si souvent, pourtant, cette fois, quelque chose dans sa voix l'alerta.

« Ne sois pas stupide. Tu m'enterreras le moment venu. Dieu connaît déjà les fringues que tu forceras mon cadavre à porter, sourit-il avec raideur, gêné par le sens que prenait la conversation. Les réalités sont pour toi sans limites ; comme les possibilités que tu t'es toujours efforcée d'obtenir. (Il voulut lui caresser la tête, le visage, mais ne put y parvenir.) Tu as toujours été une femme extraordinaire, une femme forte. »

Les ombres commençaient à envahir la pièce. Il plaça une lampe sur sa table de nuit pendant qu'il lui glissait les lettres sous l'oreiller, espérant qu'elle ne les ouvrirait pas toutes les deux, tout en étant certain qu'elle le ferait.

Les bruits de la nuit se faisaient entendre dans la rue, mais ils étaient impuissants à perturber le calme et l'amplitude de ce qui l'embrouillait et le mettait en rage par sa totale étrangeté. Il était un étranger dans sa propre maison, à cause de cette façon effrayante qu'avait le passé, que vous cherchiez désespérément à fuir, à vous revenir soudain en pleine figure.

Kennedy redescendit les escaliers en éteignant les lumières de chaque pièce. Seule restait l'étrange lueur orange du charbon encore chaud qui filtrait du salon. Elle le guida jusqu'à la boîte, la boîte qu'il n'avait pas oubliée, mais qui lui était revenue en mémoire le jour où il avait cherché le coffret de snooker pour

Paul. Il était persuadé que c'était un coup judicieux du destin, un signe avant-coureur qui se moquait de lui en lui demandant s'il croyait que tout avait été oublié – ou *pardonné* ?

Avec précaution, il s'empara du contenu de la boîte et fut immédiatement satisfait par l'état du seul objet qu'elle contenait. Il avait toujours été bon dans son ancien boulot – quand il était jeune, volontaire et aveugle – et la preuve était bien là. Graissé et prêt, noir et brillant, le vieux flingue reposait comme une anguille grasse dans la paume de sa main. Il avait confiance dans la perfection de son état. À sa manière paradoxale, cet affreux bout de métal était magnifique. Il sentait encore le lubrifiant quand il brandit l'arme, lourde mais pourtant parfaitement équilibrée entre ses doigts. Il l'admirait comme le jeune homme qui avait, il y a une éternité, balancé une queue de billard entre ses doigts en estimant ses chances de devenir pro ou arnaqueur.

Il reposa l'arme, à côté du *Don Quichotte*, ouvrant la page à l'endroit marqué. Il relut le paragraphe, apprécia l'assemblage parfait des mots. *Je ne serai jamais assez fou pour devenir chevalier errant. Je vois bien qu'aujourd'hui le monde n'est plus comme il l'était en ce temps-là, quand ces fameux chevaliers parcouraient la terre...*

Quelques minutes plus tard, il ferma le livre pour la dernière fois, se dirigea vers la grande fenêtre et l'ouvrit. Il ferma les yeux, écouta le bruit de la pluie et des minuscules créatures qui se mettaient à l'abri. Le vent s'insinua dans la pièce et se glissa dans sa bouche, lui laissant un goût de pain rassis.

Il ouvrit les yeux à contrecœur, s'imaginant qu'il avait dû sentir quelque chose, la caresse d'une main, d'un vêtement contre sa peau, mais rien de tout cela. À la place, il se sentait engourdi, comme si on l'avait amputé de quelque chose – comme les orteils de Cathleen – dont il n'arrivait plus à se souvenir, ni même à retrouver la partie manquante ; il savait juste que quelque chose ne collait pas.

Un mélange d'émotion – une pointe de regret mêlée à une quantité égale d'autojustification – commença doucement à émerger. Il balaya tout débat intérieur. Il n'était plus d'humeur à ça, il ne voulait pas supporter plus longtemps leurs intolérables gémissements, leurs dilemmes prévisibles et leurs versions expurgées de souvenirs vieillissants, de plus en plus faibles et flous.

Il entendit quelqu'un frapper dans la maison. Il sourit. *Cathleen, Cathleen, Cathleen. La pire nuisance qui puisse exister.* Il plaça l'arme contre son crâne, serrée, presque à lui trouer la peau ; à la fois terrible et rassurante.

La tension de ses jointures les avait transformées en de tout petits crânes prêts à jaillir de leur gaine. Chacun de ses nerfs fourmillait d'adrénaline pendant que la nuit se refermait de plus en plus sur lui. Pour toute lumière, il ne restait que le rougeoiement des braises mourantes dans l'âtre.

La bouche relâchée, il fixa le mur d'en face. Il arma le revolver et le bruit ne le déçut pas. Il était perdu maintenant, submergé par des événements et des souvenirs que, désormais, il ne contrôlait plus.

Des coups de pied avaient maintenant remplacé les coups de poing, des coups de pied féroces et impatients. Quelqu'un cognait sur la fenêtre, prêt à forcer le passage. Pourquoi les écoutait-il ? Il n'avait qu'à laisser quelqu'un d'autre s'en soucier. Il sourit. Il avait des choses plus urgentes en main, dans sa main, pressées contre son crâne.

Tire. Vite. Appuie sur la détente. Bientôt tout sera fini. Fini…

Au loin, il entendit l'écho de son nom résonner encore et encore. On aurait dit un fantôme.

17

Don Quichotte et Sancho

> *Les imbéciles se précipitent là où les anges n'osent pas s'aventurer.*
> Alexander Pope, *Essai sur la critique*

> *Partout où vous allez, allez-y de bon cœur.*
> Confucius

L'obscurité qui entourait les abattoirs attendait patiemment. Elle n'avait nulle part où aller pour encore au moins deux heures, quand la lumière du petit matin viendrait prendre la relève.

Le visage de Geordie formait une tache pâle encadrée par des fragments de lune qui se frayaient un passage à travers les pierres disjointes du tunnel de fortune, unique moyen d'atteindre l'arrière des abattoirs. Il était resté désaffecté pendant des années, après que le mur de pierres se fut effondré, tuant un des ouvriers qui rentrait chez lui un samedi après-midi. C'était maintenant un raccourci que l'on avait fini par condamner parce que trop dangereux. Trop dangereux même pour que, par souci d'économie, Shank continue à l'entretenir comme une entrée autorisée.

Geordie se maudit intérieurement. Le bruit de l'appareillage de ses jambes semblait un million de fois plus fort que d'habitude. Elle avait beau essayer de l'étouffer, le raclement du métal contre le tissu de ses vêtements se faisait plus aigu.

« Maudites jambes infirmes, siffla-t-elle à la silhouette qui marchait précautionneusement derrière elle. Riche idée, non ? Une fille idiote et un vieux bonhomme se ruant contre Shank et Violet, à la rescousse d'un pauvre joueur de snooker que sa loyauté à l'égard d'un de ses potes à moitié débile a mis dans la merde... »

Kennedy savait que la frustration ne devait pas entamer leurs efforts, si pathétiques soient-ils. À cet instant précis, il était peu disposé à envisager sa propre mort. D'un autre côté, les chances de sauver Paul d'une situation sans espoir devenaient de plus en plus ténues. Pendant un éclair de seconde, quelque chose troubla sa concentration. Il crut entendre la voix de Cathleen qui riait et se moquait. *Quichotte chevauchant Rossinante, et Sancho perché sur son bourricot. Vous êtes de parfaits minables crétins, toujours après les moulins à vent. Toujours les moulins à vent...*

Un jet d'urine jaillit dans le tunnel. S'il était officiellement fermé, il était manifeste qu'un certain nombre d'ouvriers n'obéissaient pas aux instructions collées en jaune à l'entrée.

Prudemment, Kennedy inspira un peu d'air. Ça empestait le vomi et les excréments humains, la pisse et une odeur de rats en train de pourrir. C'était si épais que ça semblait bloquer l'intérieur du tunnel, comme si le fumier, les ordures et le sang mort unissaient leurs forces. Kennedy en avait plein la bouche. C'était parfaitement déplaisant et ça vibrait comme une espèce de diapason secoué par des vibrations trop fortes.

Comme il progressait, ses yeux s'habituaient à la

226

floraison de toiles d'araignées. Des carcasses d'oiseaux tapissaient le sol, leurs os fragiles luisaient comme de minuscules épaves prises dans la roche, se mêlant les unes aux autres dans un origami répugnant. Les rats, toujours habiles, en avaient profité pour leur arracher la chair. C'était un vrai massacre, un festin de mort, et il fut stupéfait par le nombre de créatures volantes qu'on pouvait ainsi capturer avec une telle facilité. Des capotes usagées, leurs contenus dégoulinant comme des montres molles de Dalí, traînaient un peu partout au milieu de boîtes de bière cabossées. De vieux tuyaux rouillés sifflaient et lui crachaient à la figure, l'aveuglant. Il n'avait jamais été trop impressionné par les endroits étroits et humides, mais il avait un peu de mal à garder son sens de l'orientation. Les doutes de Geordie à propos de ce qui les attendait un peu plus loin ne l'aidaient pas vraiment. Le plus important était de conserver une attitude calme, quoi qu'il arrive.

« Vous ne seriez pas venue me chercher si, à un moment ou à un autre, vous n'aviez pas pensé que j'avais une chance contre votre père, murmura-t-il dans l'espoir de la rassurer. Nous avons l'avantage de la surprise. C'est une arme non négligeable. »

Geordie émit un reniflement exaspéré. « Si vous essayez de me rassurer, vous pouvez arrêter les frais. Vous êtes la seule personne que je connaisse dans cette ville pourrie. J'espérais que vous pourriez rassembler d'autres gens pour sauver Paul des pattes de Shank et de Violet. Je ne pouvais pas prévenir les flics ; pas contre ma propre famille. Mais si j'avais pu prévoir qu'on allait jouer les Vengeurs Solitaires, je ne serais pas non plus venue frapper à votre porte. À propos d'arme, je suppose que l'antiquité que vous tenez dans la main ne fonctionne pas, n'est-ce pas ? Si vous croyez que vous allez vous en sortir avec ce genre de bluff, c'est que vous êtes encore plus con que je le croyais. Vous auriez dû prendre une de ces barres de fer quand je vous l'ai demandé. »

Elle agita le morceau de ferraille rouillée qu'elle tenait dans la main.

« Je peux me charger de Violet avec ça, sans problème. C'est votre part du plan qui me pose problème. À vrai dire, c'est plutôt le fait que vous n'ayez pas le moindre plan qui me désole.

— Souvenez-vous du vieux dicton, fit-il avec un sourire forcé. Il n'y a rien de plus fragile dans la nature qu'un flocon de neige, mais pensez à leur force quand ils sont soudés tous ensemble.

— Des flocons ? ricana Geordie d'un ton méprisant. Vous avez déjà vu ce que leur fait un lance-flamme ? Bon, ben c'est comme ça que je vois Shank. Un lance-flamme humain. Vous pouvez déjà vous attendre à vous faire salement brûler le cul. J'aurais juste voulu qu'on puisse faire autrement. »

Kennedy continua de sourire.

Ce fut le silence de Geordie qui l'incita à demander :

« Dites-moi la vérité, Geordie. À quoi pensiez-vous en venant me chercher ? Que je pouvais vous aider ?

— Avons-nous vraiment besoin de parler de ça ? soupira-t-elle. Maintenant, je veux dire ?

— Ça pourrait m'aider. Plus que vous ne l'imaginez. »

Un petit vent frisquet dévala le tunnel. Geordie frissonna légèrement.

« Le soir où je vous ai rencontré, j'ai remarqué la manière dont vous regardiez Paul. »

Les traits de Kennedy se figèrent de stupeur. « Comment ? »

Elle s'éclaircit la gorge. « Je ne suis pas sûre que

vous vouliez vraiment connaître ce que j'avais dans le ventre ce soir-là. »

Il profita de l'obscurité pour se reprendre. Il avait peur de ce qu'elle pouvait savoir, ou croyait savoir.

« Les sentiments m'intéressent toujours, Geordie. Surtout quand ils viennent des tripes. La plupart du temps, les tripes sont plus observatrices qu'un million d'yeux. »

Elle hésita avant de continuer : « J'ai cru que, ce soir-là… vous vouliez faire l'amour avec Paul. »

Soulagé, Kennedy éclata de rire.

« L'amour avec Paul ?

— C'était ma première impression, fit Geordie, embarrassée. Vous aviez l'air excessivement… passionné. Après coup, j'ai mis ça sur le compte des nerfs. Peut-être que vous êtes comme ça chaque fois que vous rencontrez des gens… des gens jeunes.

— Et votre impression s'est modifiée ? Ou bien vous pensez toujours que je suis un vieux pervers cavalant après les jeunes garçons ?

— Non, fit-elle d'une voix changée, je ne pense plus ça du tout. Je crois que vous l'aimez peut-être, mais pas de cette façon. Je crois que vous êtes devenu pour lui une sorte, comment dire, de figure paternelle. »

Kennedy ne répondit pas. Il se repassait encore et encore la dernière phrase dans sa tête.

Il se sentait accablé par un silence que la densité du tunnel aggravait un peu plus. Le mélange de pluie et de boue puait comme du sang, mais il commençait à voir au-delà des cercles noirs qui s'étaient abattus sur ses yeux, ces deux dernières années.

Au bout d'une éternité, la porte du bureau de Shank apparut. Ils se dirigèrent vers elle, furtivement, en évitant avec soin le carré de lumière ciselé par la fenêtre du bureau. La pluie tombait de plus en plus drue. Un vrai déluge inondait le bâtiment. La puanteur puissante de la viande pourrie se glissait dans la bouche de Kennedy. Il la respirait comme s'il n'avait fait que ça toute sa vie.

« On y est, murmura Geordie. C'est bien le bureau de Shank, mais on dirait qu'aucun son n'en sort. Vous ne croyez pas que…

— Je veux que vous fassiez très attention à ce que je vais vous dire, la coupa-t-il. J'ai besoin que vous entriez aussi calmement que vous pourrez, et que vous imploriez votre père de vous pardonner, que vous n'aviez pas l'intention de vous échapper, ni même de lui poser des questions ou de douter de ses réponses. Dites-lui que vous êtes confuse et que vous vous excusez de ne pas lui avoir fait confiance.

— Quoi ? murmura Geordie. Des excuses ? Vous êtes givré, aussi givré que vos putains de flocons. Shank ne comprend pas les mots, seulement la violence. Il ne croira pas une seule des paroles qui sortiront de ma bouche… »

Geordie était loin de s'attendre à la suite. Sans prévenir, les traits du visage de Kennedy, sa voix, son comportement passèrent de ceux de Jekyll à ceux de Hyde.

« Écoutez, siffla-t-il en l'attrapant par le colback. C'est pas un jeu de petite fille. On ne joue ni à cache-cache, ni à coucou je te vois ou tout est bien qui finit bien. Compris ? Paul Goodman n'est pas le seul à être en danger. Nous le sommes tous. Maintenant, vous allez faire exactement ce que je vous dis. Je me fous que vous soyez obligée de pleurer ou d'embrasser cet enfoiré, mais vous ferez ce que je dis. Sinon, je vais briser votre petit cou menu exactement là où je vous tiens. Compris, petite fille ? »

Il resserra sa prise sur sa gorge, en se haïssant de devoir faire naître la terreur dans ses yeux pleins de haine. Geordie ne devait jamais oublier les yeux de Kennedy au moment où il plongea son regard dans le sien. Plus tard, elle s'en souviendrait comme la furie brillant dans l'œil du tueur à l'instant où il juge bon de disposer du corps de sa victime.

Il lui suffit d'un faible mouvement de la tête pour lui signifier qu'elle avait compris. Tout le sang s'était retiré de son visage, qui ressemblait maintenant à un masque mortuaire.

« Vos larmes sont des outils capables de nous fournir quelques secondes vitales. Quelquefois, c'est suffisant. Quelques secondes précieuses et vitales. Maintenant, petite fille, si vous aimez vraiment Paul Goodman – et je crois que c'est le cas –, quelques larmes sont un prix raisonnable. Vous ne pensez pas ? »

Elle fit signe que oui, lentement, en grimaçant de douleur.

Il tendit la main et lui tapota les cheveux avec une parfaite assurance. Ailleurs et dans d'autres circonstances, ç'aurait été un geste gentil et innocent. Pas ici. Pas maintenant. Il était fait pour terrifier, pour échanger une peur contre une autre, sans pitié, mais efficacement.

« Bien. Très bien. Maintenant, relâchez un peu la pression de vos doigts. Je vais vous retirer cette barre de fer de la main. Je ne veux plus vous entendre m'adresser la parole. La prochaine fois que je vous entendrai parler, ce sera quand vous serez face à Shank. La fin dépend de vous. Que de vous… » murmura-t-il, le visage partagé entre sérénité et sauvagerie, calme et inhumanité ; une expression que certains connaissaient comme sa figure de guerre, sa figure de mort.

Elle se détacha de lui et il la regarda disparaître

en direction de la porte. Il l'admirait, il admirait son courage naturel, sa force et sa détermination. Elle le haïrait probablement après ça, mais cela n'avait aucune importance. Il ne voulait pas penser aux possibles désastres. Plus maintenant. Il avait passé outre les frontières de la réflexion.

Quelque chose lui revenait, surgissait dans son cerveau comme le sentiment d'un pouvoir définitivement invincible. Quelque chose qui ne repartirait pas. Il était trop tard. Bien trop tard.

Il laissa passer une minute avant de sortir à son tour du tunnel, le regard à l'affût de tout obstacle susceptible de limiter son champ de vision. L'alternance de faibles lueurs et de volutes d'ombres faisait surgir tout un paysage industriel à l'abandon fait de meules de foin avoisinant de gigantesques machines à découper la viande ; tout un tas d'outils abandonnés jonchait le terrain. Des années de pluie les avaient cimentés au sol, les rendant totalement inutiles. Une famille de camions déglingués délimitait, telle une frontière, le périmètre extérieur, en étroite collaboration avec leurs lointains cousins, les chariots élévateurs et les toupies à ciment.

Devant lui, en hauteur, il apercevait le bureau. De la lumière brillait aux fenêtres et l'on pouvait distinguer des ombres voletant derrière les stores étroitement baissés.

Si les informations de Geordie étaient correctes, il ne devait y avoir que Shank et sa sœur, Violet, qui retenaient Paul en otage ainsi qu'un crétin malchanceux répondant au nom de Lucky. Sans oublier une brute épaisse dénommée Taps.

La longue balafre d'un rayon de lune coupait le visage de Kennedy en deux, lui donnant l'apparence effrayante de deux moitiés de visage cousues ensemble. Il s'avança aussi sournoisement qu'un vieux renard

232

cherchant à choper un jeune poulet. Il avait quasiment atteint les marches et pouvait entendre des voix étouffées. Il se concentra pour que son cerveau suive avec une égale férocité les signaux instinctifs qui lui mordaient les tripes. Son pouls s'accéléra. Le poids du flingue dans sa main le rassurait, comme un vieil ami retrouvé. C'était tonique, presque enivrant d'arrogance et d'impunité. Il s'émerveilla du calme qu'il ressentait et, il devait bien l'admettre : *Il n'y a rien qui vaille ça ; rien qui vous fasse vous sentir aussi bien.*

18

Une étrange assemblée

> *Avant toute chose, ne jamais avoir peur. L'ennemi qui vous force à battre en retraite vous craint également à cet instant précis.*
>
> André Maurois

> *Je voulais que vous voyiez ce qu'est le vrai courage... C'est savoir que, quand vous partez battu, vous agissez quand même sans vous arrêter.*
>
> Harper Lee,
> *Ne tirez pas sur l'oiseau moqueur*

Pour Kennedy, la porte légèrement ouverte était une invite autant qu'un défi. Il l'ouvrit complètement avec la prudence du vieux renard. Sans être vu, il observa la pièce et ses occupants. Geordie était en train de se disputer – de hurler, plutôt – avec un homme, probablement Shank. Un truc au sujet de Paul, au sujet de sa mort. Une silhouette trapue – Taps ? – était en train d'inspecter un assortiment de couteaux fièrement étalé sur la table.

Au temps pour ses ordres de prier, de supplier si nécessaire. Si une jeune fille montrait aussi peu de respect pour ses ordres, quelle chance avait-il d'effrayer Shank ?

Shank se tenait au-dessus d'un personnage nu, attaché à une chaise. Une forme était étendue sur le sol, à la droite de Shank, immobile, recroquevillée comme un point d'interrogation. Également nue. La lumière était trop faible pour qu'il pût distinguer s'il s'agissait de Paul ou de Lucky.

« Tu l'as tué, espèce d'ordure ! hurlait Geordie à la face de Shank, avant que les ongles fébriles de Violet ne plongent profondément dans ses cheveux en lui écorchant la peau du crâne.

« Ferme ta sale gueule de traître avant que je le fasse définitivement, siffla Violet en la forçant à s'agenouiller. Bouge un cil, et je m'occupe du reste de ton inutile carcasse. (Elle posa le croc à viande sur la peau de sa sœur.) Ça ne serait pas très distingué, jeune dame, n'est-ce pas ? » dit Kennedy en braquant son revolver directement sur Violet.

Elle se figea, stupéfaite par l'apparition ; mais ce fut surtout le visage de Shank qui se plomba sous le choc. Il lui jeta le regard de haine pure de celui qui vient d'être surpris par un intrus qui a eu l'audace de venir le menacer d'une arme au cœur même de son propre royaume, comme s'il n'était rien du tout, insignifiant.

Taps ne bougeait pas d'un poil, mais, du coin de l'œil, Kennedy vit que ses doigts n'avaient pas quitté ses couteaux.

« Maintenant, si vous n'y voyez pas d'inconvénient, j'aimerais que vous lâchiez les cheveux de Geordie et que vous laissiez tomber cet horrible crochet. Sinon… » Il fit un petit geste de la main qui tenait le flingue.

De mauvaise grâce, Violet laissa tomber le crochet.

« Bien, dit Kennedy. Très bien, même. Maintenant

mettez-vous au coin, le nez contre le mur. Les bagarres à l'école sont rigoureusement interdites. Et nous n'allons pas faire exception pour les crocs de boucherie, jeune fille. »

Le temps d'un instant, elle sembla hésiter sur la marche à suivre. Son visage était une boule de fureur.

« Je n'ai pas l'intention de compter jusqu'à trois. Je ne suis pas partisan des *Mexican standoffs* [1]. Je me contenterai de vous tirer dans le genou, fit-il en braquant la jambe de Violet.

– Fais ce qu'il te dit, Violet », ordonna Shank.

Il fallut à cette dernière une poignée de secondes pour obéir.

« Parfait. Là, nous sommes arrivés à quelque chose, dit Kennedy.

– Et vous êtes qui ? » demanda Shank calmement, pas inquiet le moins du monde.

Ses jointures étaient à vif, couvertes de sang. Il se tenait debout au-dessus du corps avachi de Paul dont on avait martelé la figure jusqu'à le rendre presque méconnaissable. Au milieu des bleus et des os distordus, de petites mares de sang engluaient son corps.

Kennedy vit son reflet distordu dans le sang clair qui coulait à ses pieds. L'état auquel on avait réduit Paul le mit dans une telle fureur qu'il essaya de maîtriser le mélange de brutalité et de désespoir qui lui montait du ventre.

« Pour l'instant, c'est hors sujet. Ce que j'attends

---

1. Le *Mexican standoff* (littéralement : braquage à la mexicaine) est une forme de confrontation que nul ne peut vraiment gagner. La crise des missiles de Cuba en est un bon exemple, mais le *Mexican standoff* est plus présent dans la culture populaire américaine que politique.

vraiment de vous, ce ne sont pas des questions, mais de la docilité. Éloignez-vous lentement de l'homme que vous avez dérouillé à mort. Levez les mains en même temps et priez. Priez de ne pas l'avoir tué. » Bien qu'il parlât d'une voix forte, il se demandait qui il impressionnait dans cette pièce.

« Savez-vous qui je suis ? demanda Shank, en s'éloignant de mauvaise grâce du corps. Connaissez-vous quoi que ce soit de moi ? Si c'est le cas, vous êtes soit un imbécile, soit un homme très courageux. »

Refusant de se laisser distraire par le calme de Shank, Kennedy surveillait attentivement Violet, essayant d'identifier le moindre mouvement à la limite de sa vision périphérique, prêt à anticiper l'inattendu.

« Je suis mort de trouille, répondit-il en souriant. Je suppose que ça élimine l'homme très courageux. »

Shank se fendit d'un petit sourire. Juste assez pour faire comprendre qu'il avait bien saisi. « Peut-être que nous sommes tous là pour ce qui promet d'être une intéressante soirée ? »

Taps fit un geste. Un geste si léger que personne ne s'en aperçut. Personne, sauf Kennedy.

Le coup de feu sonna comme une explosion dans les confins de la pièce. La balle atteignit Taps dans la poitrine, surprenant tout le monde – tout le monde, sauf Kennedy.

Taps se mit à tituber lentement et Kennedy tira à nouveau, en plein dans la gorge, cette fois. Taps s'écroula et, quelques secondes plus tard, son corps cessa de s'agiter.

« Vous l'avez tué de sang-froid, accusa Shank, les yeux fixés sur le flingue.

– C'est la meilleure façon de buter quelqu'un, répliqua Kennedy. Quand il s'y attend le moins. »

C'était soit Taps, soit Shank. Kennedy avait calculé – correctement – qu'il pouvait tenir en respect deux protagonistes, mais que trois, c'était prendre des risques. Il avait donc déjà décidé d'en éliminer un, bien avant de pénétrer dans la pièce.

Violet s'écarta du cadavre.

« Si j'étais vous, j'éviterais tout mouvement, Violet. Pas avant que j'aie la situation sous contrôle. Je n'hésiterai pas à me servir à nouveau de ce revolver.

– Un revolver, railla Shank. L'arme favorite des couards et des barbares.

– Exact, Shank, rétorqua Kennedy. C'est justement mon nom. Monsieur le Barbare Couard. »

Du regard, il fit le tour de ce qui l'entourait : les étranges statues-squelettes ; les tableaux tout aussi bizarres, bien que magnifiquement exécutés ; les murs couverts d'une abondance de couteaux, forts de leur imprévisible pouvoir à trancher les gorges, couper les têtes sans le moindre effort apparent. Il sentait revenir en lui une vieille sensation, un sentiment qu'il avait essayé d'enfouir toutes ces années, et c'était bon, sacrément bon, infiniment bon.

« Blake ? » fit-il, en admirant les reproductions presque parfaites des scènes bibliques.

Shank approuva d'un signe de tête, le visage légèrement coloré de fierté.

« Seriez-vous un familier du grand homme ?

– Familier ? Non, pas exactement. J'ai parcouru son œuvre, pendant des années. Je dois le reconnaître, ses peintures sont ici tout à fait à leur place.

– Vous ne sortirez jamais vivant d'ici, dit Violet, manifestement énervée par la conversation et le calme de Shank et de Kennedy. Les ouvriers vont bientôt arriver. Le service de jour commence dans moins d'une heure. Ils ne vous laisseront jamais partir. »

Kennedy reconnut quelques traits de Shank chez sa fille. Il y avait aussi une légère ressemblance avec Geordie. De grands yeux, pâles mais vifs. Méfiants. *Il y a quelque chose chez elle, quelque chose qui attire le regard, comme une beauté incomplète. Seulement, la présence de ces minuscules cicatrices a détruit ce qui aurait pu être,* se dit-il. *Elle a l'air de quelqu'un qui a besoin de son injection quotidienne de rage… exactement comme Cathleen.*

Ces yeux pâles et méfiants ne lui laissaient pas le moindre doute : elle le haïssait et pourrait même le tuer s'il lui en laissait l'occasion.

« Partir ? Qui a parlé de partir ? J'aime bien cet endroit, c'est un environnement inhabituel. Maintenant, je dois vous demander de vous abstenir de parler. » Kennedy s'adressait à Violet, mais il ne quittait pas Shank des yeux. Il pouvait pratiquement le voir penser, peser le pour et estimer le contre, pendant que les rouages de son cerveau tournaient dans sa tête. *C'est un joueur. Un joueur cherche toujours le risque. À quoi pense-t-il ? Que va-t-il tenter ? Grouille-toi, Kennedy. Remets ta vieille cervelle fatiguée en mouvement. Il va percer à jour ton bluff. Il sait que tu n'es qu'un idiot, tout juste bon à chasser les moulins à vent. Grouille-toi, il est en train de te foncer dessus, à la vitesse d'une locomotive, droit sur ton cul.*

« Vous m'avez l'air d'un type intelligent, Monsieur le Barbare Couard, dit Shank. Personne dans cette pièce n'est obligé de mourir. Rien n'est compliqué. En fait, tout est même très simple : j'obtiens l'information que je désire, et tout est dit. J'irais même jusqu'à oublier l'affront personnel que j'ai subi. »

Kennedy hocha la tête, comme s'il approuvait. « Geordie ? Prends un de ces couteaux sur le mur. »

Dans sa hâte d'obéir, Geordie exécuta un geste si gauche et si maladroit qu'elle trébucha sur Kennedy en le déséquilibrant presque.

« Doucement, ma fille. Le temps pris est du temps gagné. Commence par libérer les pieds de Lucky. Je ne veux pas qu'il tombe en avant au cas où il souffrirait de blessures internes.

– Geordie… ? fit Shank, stupéfait. Vous vous connaissez ? (La surprise vira vite à l'amertume.) Vous vous en êtes servi comme d'un cheval de Troie… très malin, Monsieur le Barbare Couard. Vraiment très malin. Vous avez droit à toute mon admiration. »

Kennedy l'ignora.

Avec application, Geordie fit ce qu'on lui demandait.

« Quoi, ensuite ?

– Vérifie son pouls, son cœur… » ordonna Kennedy.

Le visage de Geordie était si marqué par la fatigue que Kennedy envisagea un instant de se passer d'elle. La situation tout entière devenait décourageante. Pendant un instant, une vague massive de nausée lui monta du ventre ; l'impression que quelque chose était en train de lui échapper.

« On dirait qu'il ne respire plus, fit Geordie.

– C'est exactement ce qui va t'arriver, Judas, cracha Violet. Ça fait un moment que tu prépares ton coup, espèce de petite pute intrigante. Introduire des étrangers pour nous détruire parce que tu n'as jamais pu faire partie de cette famille. Parfait, tu nous as tourné le dos pour la dernière fois. J'aurais dû m'occuper de toi depuis longtemps. »

Kennedy regarda Violet avec un hochement de tête réprobateur. « Vous savez ce que vous faites ; dans le cas contraire, vous auriez mieux fait d'y réfléchir, parce que je n'ai pas l'intention de perdre mon temps à vous le répéter. » Et il l'envoya au tapis d'un coup de crosse sur le crâne. « Je lui avais dit de la fermer... »

La force du coup n'était pas tout a fait maîtrisée et, un instant, Kennedy lutta contre l'envie de s'excuser, mais il décida vite que cela risquait de passer pour de la faiblesse. Shank avait tout du type capable de renifler toute forme de faiblesse à des kilomètres, ce qui, dans sa situation, aurait été désastreux. « En fait, pour dire la vérité, je cherchais une raison de la dégommer. Ça fait un souci de moins. »

En admettant que Shank était le moins du monde ennuyé de voir sa fille assommée par un intrus, il n'en laissa rien voir. Son visage demeura impassible, impénétrable. *Un animal à sang froid, notre Shank*, se dit Kenneky, tandis qu'un sourire désabusé lui montait aux lèvres. *Un animal à sang froid, notre Kennedy*, répondit une voix venue du passé.

« C'est de l'argent que vous voulez ? demanda Shank. C'est ça ? Du chantage ?

— Du chantage ? Je ne vous suis plus.

— Quel menteur ! fit Shank avec l'ombre d'un sourire. Blake disait : "Une vérité dite avec de mauvaises intentions bat tous les mensonges que vous puissiez inventer." Donc, soit vous ignorez vraiment où je veux en venir, soit vous préférez ne pas le savoir, et la seule raison pour cela, c'est que vous avez l'intention de me tuer.

— Je sais que vous êtes une ordure, mais ça ne veut pas dire que je sois capable de vous faire chanter. Quant à vous tuer ? Eh bien, ça va dépendre de votre conduite dans les prochaines minutes. »

Shank secoua la tête, visiblement bluffé par l'audace de Kennedy.

« Il respire ! cria Geordie. Paul respire ! »

Kennedy eut l'air infiniment soulagé.

« Geordie ? demanda-t-il. Sais-tu où trouver les clés d'un véhicule ?

– Les clés des chariots élévateurs sont généralement dans une petite boîte, à côté de la table ; celles des camions sont à l'étage. Je vais les chercher ?

– Non, fit Kennedy après un instant de réflexion. On n'a pas assez de temps. Prends un chariot élévateur. Il faut sortir Paul d'ici, par les fourches du chariot s'il le faut, mais il faut le sortir d'ici et le conduire à l'hôpital le plus proche. C'est notre seule chance.

– Mais il est déchiré de l'intérieur. On va le tuer si on le bouge.

– Il mourra s'il reste ici. Ne perds pas de temps à discuter. Allez.

– Et son pote Lucky ? Qu'est-ce que j'en fais ?

– Contente-toi de faire ce que je te dis. Je crains que son pote nous ait déjà quittés. »

Maladroitement, glissant et dérapant dans son sang, Geordie commença à tirer Paul par les bras. Il gémit. C'était horrible à entendre.

« Mon Dieu... Goodman, murmura-t-elle. Il n'y a pas d'autre moyen...

– Bien sûr que si, ma chère, dit Shank. Il n'est pas trop tard pour revenir sur ton erreur. Tu veux vraiment qu'il me tue ? Ai-je été un père si terrible que tu serais heureuse de me voir tué, assassiné ? Tu es ma fille. Ne l'oublie jamais. Je ne t'ai peut-être jamais montré beaucoup d'amour, mais c'est dans ma nature. Tu sais bien que tu as toujours été ma favorite, celle qui a toujours été destinée à reprendre l'affaire. Violet n'en est pas capable intellectuellement, elle n'aurait jamais pu s'imposer aux ouvriers. Elle aurait démoli tout ce que j'ai construit. Tu es la seule qui puisse garantir la continuation de l'entreprise et de mon nom. »

Kennedy avait peur que Georgie ne soit sur le point de craquer. Elle avait l'air troublé par le discours inattendu de Shank, comme s'il lui disait enfin ce qu'elle voulait entendre depuis de longues années.

« Je ne te crois pas, Shank, fit-elle dans un murmure.

– Non ? Alors sache que tu signes mon arrêt de mort en passant cette porte. Nous le savons tous les deux. Il va…

– Tout ça, c'est du bavardage, dit Kennedy avec colère. Contente-toi de dégager en vitesse, petite idiote. Vite ! »

Au grand soulagement de Kennedy, les gémissements de Paul se muèrent en quelques mots intelligibles. « Fais ce qu'il dit, Geordie. Tu as été formidable… »

Avec l'énergie du désespoir, Geordie lia ses bras à ceux de Paul. Une minute plus tard, ils étaient partis.

Kennedy attendit d'entendre le bruit du chariot avant de reprendre la parole.

« Il arrive, Shank, que les choses s'assemblent d'elles-mêmes en un réseau complexe d'événements appelé destin. Et c'est ce qui nous arrive à ce moment précis. Le destin. Une place pour chaque chose ; chaque chose à sa place.

– Vous devez souffrir d'aliénation mentale.

– Je n'en *souffre* pas. J'en *jouis* à chaque instant. »

À contrecœur, Shank se laissa aller à un sourire presque admiratif. « Vous n'avez pas eu une seule seconde l'intention de me laisser vivre, n'est-ce pas ? »

Kennedy se rendit compte que la moindre défaillance dans sa stratégie serait perçue comme de la sensiblerie, voire de la compassion. S'il se laissait guider par son côté humain, l'animal qui lui faisait face reprendrait le contrôle de la situation.

« Je préfère ne pas vous écouter. Je sais qui vous êtes, Shank. Je sais à quel point vous êtes dangereux, et la tolérance n'est pas une de mes priorités à ce moment précis de ma vie.

– Et Violet ? Qu'est-ce que vous voulez en faire ? La tuer, elle aussi ? »

Kennedy prit le temps de considérer la question.

« Non. Je me contenterai du joueur d'orgue. Je laisserai repartir le singe.

– Singe n'est pas le terme que j'emploierais pour Violet. Elle ne l'apprécierait pas non plus. Non, pas du tout. »

La voix de Shank avait retrouvé son arrogance coutumière. Kennedy en comprit la raison, mais un peu trop tard.

« Un singe ? C'est ce que je suis ? » siffla Violet à son oreille, une seconde avant d'actionner la détente du pistolet hypodermique.

Le coup le fit vaciller et il se mit à gesticuler comme une marionnette actionnée par des fils invisibles. Instinctivement, il porta la main à sa tempe. La blessure avait la taille et la profondeur d'un *penny*. Hébété, il regarda son sang couler doucement de son crâne à sa poitrine en formant une petite flaque à peine visible.

Il entendit à nouveau le *pop* du matador et sentit son genou gauche s'enflammer. On aurait dit une giclée d'acide.

« Tu m'as menacée d'une balle dans le genou, n'est-ce pas ? dit-elle en le regardant se tordre de douleur. Ne menace jamais. Agis. »

Shank adressa un sourire approbateur à sa fille avant de se retourner vers Kennedy.

« T'es vraiment un putain de bâtard obstiné, dit-il en allumant un cigare, pendant que Kennedy, couché en chien de fusil, protégeait son genou dévasté. Ces petits pistolets ne font pas qu'assommer les bœufs, ils peuvent aussi les tuer si on tire au bon endroit. C'est volontairement que Violet t'a chopé au-dessus de l'oreille gauche. Si elle avait vraiment eu l'intention de te tuer, c'est à un cadavre que je m'adresserais. (Il téta son cigare en frémissant des narines.) Je suis sûr que la douleur est si forte que ton corps ne sait plus s'il a envie d'une douche, d'un rasage ou d'aller chier un coup. En fait, si tu te concentres vraiment, tu pourras faire le distinguo entre les deux douleurs. La pire est probablement celle du genou. Ce sont les mécanismes de défense du cerveau qui réagissent et qui te font croire que tout est parfaitement okay. Comme le capitaine d'un sous-marin en train de couler qui donne ses ordres à ses subordonnés et leur fait croire que tout est sous contrôle. Ton cerveau est en fait en train de se leurrer. C'est un processus constant, sans fin, avant la mort. (Il délogea un morceau de tabac d'entre ses dents et l'examina avant de l'essuyer sur son pantalon.) Tu as droit à toute mon admiration, Monsieur le Barbare Couard. En d'autres lieux et places, nous aurions pu être amis. C'est un terrible gâchis. Oui vraiment, un terrible gâchis. Et tu sais le plus drôle ? C'est que je connais même pas ton nom. »

Debout, silencieuse, le pistolet toujours à la main, Violet fixait des yeux la porte où Paul et Geordie venaient de disparaître.

« T'en fais pas pour eux. Ils n'iront pas bien loin, pas en chariot élévateur, dit Shank en souriant avant d'en revenir à Kennedy. Tu n'aurais jamais dû lui tirer dans la tête. C'était stupide. Il aurait pu nous dire si quelqu'un d'autre est au courant. On aurait pu l'interroger. C'est un légume, maintenant. Est-ce qu'un jour tu te décideras à m'écouter ? Combien de fois t'ai-je prévenue contre ta dangereuse habitude de faire souffrir par plaisir ? La souffrance doit être infligée par nécessité.

– Tu pensais vraiment ce que tu as dit à Geordie ? demanda Violet, le visage cramoisi, les yeux injectés de sang.

– Quoi ? fit Shank, un peu déstabilisé. Je pensais vraiment quoi ? Oh, cette connerie sur ma favorite ? Bien sûr que non. Tu sais…

– Tu as dit que je n'aurais jamais assez de cervelle.

– J'ai pas de temps pour ce genre de conneries, répondit Shank en élevant la voix. On en causera après que…

– Tu as dit que j'aurais détruit tout ce que tu as construit. Que *tu* as construit ? Si je n'avais pas été là pour me charger de toutes tes lubies sans poser de questions, pour exécuter chacun de tes ordres, tu n'aurais rien construit du tout. Geordie a toujours été ta préférée, n'est-ce pas ? Elle n'a jamais levé le petit doigt pour aider la famille, mais elle a toujours été ta préférée.

– Plus tard, j'ai dit, fit Shank avec dédain. Pour l'instant, il faut que… »

Une mince volute de fumée suinta du petit trou noir qui venait d'apparaître sur le crâne nu de Shank. Un minuscule ruisseau de sang se mit à couler de son visage. Il faut lui reconnaître qu'il ne s'écroula pas tout de suite. Psychiquement, il était plus fort que Kennedy. Il s'éloigna en titubant de Violet dont le visage s'était illuminé d'un calme terrifiant. Elle était angélique. D'un contrôle parfait. Il pouvait entendre les sons qui sortaient de ses lèvres, mais pas les mots. Il n'arrivait pas à comprendre comment un si petit trou pouvait engendrer une telle douleur et une telle quantité de sang. Ça jaillissait par petites giclées, comme si on pressait un stylo à encre.

Pour ne pas tomber, il appuya ses mains tremblantes sur la table.

Il fallut deux autres coups de matadore pour le mettre à terre. Trois en tout, un de plus que pour Kennedy. Le troisième lui fut fatal.

« C'est toi qui l'as voulu, Shank. En me poussant à bout, tu m'as pas laissé d'autre choix que de me retourner contre toi. Tu m'as libérée sans le vouloir. Du coup, j'ai plus besoin de toi », dit-elle en se penchant pour le toucher. Sous la lumière qui tombait de la fenêtre, les deux corps formaient une mare d'ombres aux formes irrégulières. « Non, maintenant je n'ai plus besoin de toi. »

S'avançant calmement vers la table, elle s'assit, ouvrit la boîte de cigares et en déballa un. Elle l'alluma et aspira la fumée comme Shank l'avait fait si souvent sous son regard attentif et envieux. De petites volutes de fumée sortaient de ses lèvres entrouvertes. En quelques secondes l'arôme du tabac avait envahi la pièce.

« Quelque chose me dit que maintenant je les ai assez grosses. »

Le revolver de Kennedy, désormais inutile, faisait un pont entre son propre corps et celui de Shank. Il aurait aimé pouvoir rire de l'ironie de la situation, mais tout ce qu'il pouvait faire, c'était respirer l'odeur, l'arôme délicieux du cigare. Il avait l'impression que de l'encre lui coulait dans la tête. Une lumière noire cherchait à attirer son attention, l'avertissant de rester en alerte, de respirer plus calmement pendant qu'un omnibus de souvenirs commençait à défiler dans son cerveau. Il sentait son cœur ralentir doucement et, bizarrement, une impression de calme l'envahir, une sérénité qui lui avait été étrangère toute sa vie. Il pouvait voir le visage de Shank regarder dans sa direction, les yeux aussi impassibles que ceux d'un cobra, adorant le silence de sa propre mort.

Ses paupières se firent lourdes et il entendit des bruits de pas sur une plage mêlés aux rafales des vents d'un automne tardif. Il ferma les yeux, écoutant les vagues se briser sur les rochers tandis que les mouettes criaient, à la recherche de nourriture. Une légère fragrance de sel et de sable lui chatouillait les narines. Le vent forcit, il ouvrit la bouche pour sentir son goût et le vent s'engouffra à l'intérieur, comme un fantôme, pulsant dans ses veines, rendant infinie chacune de ses pensées. L'immobilisant, comme une statue de glace et de silence.

Ça le fit sourire.

Violet fouillait hâtivement les tiroirs du bureau pour trouver les clés du Vieux Johnson. Combien de temps était-elle restée assommée ? Elle ne s'en souvenait plus. Elle se rappelait juste le départ de Paul et de Geordie. Shank avait-il bien mentionné le chariot élévateur ? Si c'était le cas, elle pourrait facilement les rattraper avant qu'ils ne causent trop de dommages. *Cette salope de traîtresse.* Que donnerait-elle pour la tenir par la gorge, elle et son foie blanc de copain…

Avant de quitter le bureau, elle ramassa le flingue de Kennedy. « Tu permets que je te l'emprunte, n'est-ce pas ? » Elle lui sourit avant de lui balancer un coup de pied dans la tête et de se diriger vers l'endroit où le Vieux Johnson était garé. Elle grimpa dedans, claqua la portière et mit le contact. Le Vieux Johnson toussa et crachota.

« Allez, espèce de vieille merde ! » Elle pompa sur la pédale de l'accélérateur avec une telle force qu'on aurait cru qu'elle voulait punir le pauvre camion, comme s'il faisait partie de la conspiration montée pour la détruire. « Allez ! »

Un nuage de fumée noire s'échappa du pot, suivi par deux vigoureuses détonations. Elle pompa jusqu'au plancher en grinçant des dents. Le camion tressauta et revint à la vie en grondant.

Elle enclencha une vitesse et fonça vers la sortie en manquant de peu de s'encastrer dans les portes.

Elle prit à gauche et coupa à travers Warriors Field, écrabouillant au passage le panneau qui en interdisait l'accès. Elle aurait aimé les trouver en train de faire l'amour, cachés dans les hautes herbes. Elle aurait aimé les écraser sous ses roues, comme de pauvres insectes.

La tête lui tournait. Probablement les suites du coup que ce bâtard lui avait flanqué sur la tête. *Il ne tapera jamais plus sur personne*, sourit-elle. *L'enfoiré.*

Mais, à mesure que le temps passait et que la distance augmentait, le doute se mit à la grignoter. Était-elle partie trop tard ? Et s'ils avaient pris une autre route ?

Soudain, alors que l'espoir diminuait, elle aperçut deux feux arrières, au loin dans le noir. Ils disparurent quelques secondes avant de réapparaître, plus brillants, comme un phare dans le brouillard.

Elle sentit son cœur battre d'impatience. *C'est eux... obligé.*

C'était un véhicule quelconque, petit et lent, lamentablement lent. Le chariot élévateur ? Il se déplaçait maladroitement, ses feux de freinage lançant des SOS chaque fois que l'on faisait appel à eux, trop souvent, comme si le conducteur était un novice effrayé par le noir. Ou, plus simplement, un chauffeur très attentif à ne pas faire mal à son passager.

Le pont. Ils vont vers le pont. Violet avait conduit tout du long le pied au plancher, ignorant les bruits déchirants qui montaient du moteur. L'embrayage chauffait et son odeur se mêlait à celle de caoutchouc brûlé des pneus. Le moteur surchauffait, mais elle n'en avait cure. Elle n'avait qu'une seule chose en tête…

Geordie avait entendu le bruit bien avant d'apercevoir les phares. Il s'agissait, sans aucun doute, de la toux et des crachotements du Vieux Johnson. Elle avait conduit la vieille bête bien trop souvent pour pouvoir se tromper. Mais qui le conduisait ? Que s'était-il passé à l'abattoir ? Était-ce Shank ? Violet ? Ça ne pouvait pas être Kennedy, si ? Est-ce que c'était lui qui arrivait pour l'aider à emmener Paul à l'hôpital ?

« Geordie… ? marmonna Paul.

– Tout va bien. On y est presque. L'hôpital nous attend de l'autre côté du pont. On y est presque », mentit-elle.

Le chariot s'engagea sur le pont au moment où le Vieux Johnson apparaissait.

Violet prit sa décision quand elle put parfaitement distinguer le chariot et ses deux occupants. Elle avait deux armes à sa disposition : le revolver et le camion. Elle combinerait les deux. Renverser le chariot, et flinguer ces deux bâtards en pleine tête. Elle ne pouvait se permettre le luxe de les attraper pour les ramener aux abattoirs. Trop dangereux et trop risqué. Elle aurait pourtant adoré ça, forcer Geordie à regarder tout ce qu'elle allait faire à Goodman avant qu'il ne meure ;

des choses auxquelles Geordie ne pouvait que rêver ; des choses que seules les vraies femmes pouvaient faire.

Le cœur de Geordie battait si fort qu'elle en avait le souffle coupé. La panique l'empêchait même de respirer quand le Vieux Johnson s'engagea sur le pont.

C'est alors que ça se produisit.

Le pont commença à se balancer, puis à se gauchir violemment. De grosses pièces de bois se mirent à se tordre, à se déchirer, avant de se casser et de se répandre dans tous les sens.

« Tiens bon, Goodman ! Tiens bon ! » hurla Geordie, en parvenant à maîtriser les mouvements étranges et désordonnés du chariot élévateur.

Le Vieux Johnson s'arrêta lentement en donnant de la bande contre le côté est du pont, ouvrant un large trou dans la structure.

Geordie sentit le pont frémir tout entier. Elle s'attendait à ce qu'il s'écroule et les précipite à leur perte dans les eaux sombres.

À son immense soulagement, les roues du chariot touchèrent le sol ferme au moment où le pont s'écroulait en tournoyant, emportant le Vieux Johnson avec lui.

Geordie descendit du chariot et assista à la chute du camion, qui s'écrasa sur un amas de rochers, avant de glisser tout à fait dans l'eau.

Son cœur se serra dans sa poitrine. Qui était au volant ? Pourraient-ils sortir assez vite ?

Un visage apparut fugitivement derrière le pare-brise. C'était la figure grise et terrifiée de Violet. Elle cognait contre la vitre en produisant un bruit faible, comme sur du carton mouillé. Ses lèvres bougeaient, mais la seule chose que Geordie pouvait entendre étaient les grondements de l'eau, de l'eau furieuse.

« Violet ! » Impuissante, Geordie regarda le camion

s'incliner et filer vers le fond à une vitesse incroyable.
« Violet… »

Elle avait envie de vomir, mais rien ne vint, rien
qu'un liquide aigre et blanchâtre. Elle se prit la tête
entre les mains, espérant faire taire les hurlements
silencieux qui la traversaient, faire disparaître l'image
de sa sœur en train de se noyer.

19

Un petit bout de lecture
qui fait un bon bout de chemin

Je vous en prie, oubliez et pardonnez.
William Shakespeare, *Le Roi Lear*

Et une pensée étrange me frappe, nous ne
recevrons pas de lettres dans la tombe.
Samuel Johnson, in James Boswell,
La Vie de Samuel Johnson

Cela faisait des heures que Cathleen hurlait son nom sous forme de questions, d'ordres et d'injures. Le tambourinement contre la porte était incessant.

« Où es-tu, bordel ? cria-t-elle en extirpant son corps fatigué du lit. Philip ? Va répondre, espèce d'enfoiré ! Je sais que tu essayes de me pourrir la vie, mais ça ne marchera pas. Tu m'entends ? »

Une minute plus tard, alors qu'en rampant elle avait presque atteint la porte, celle-ci s'ouvrit, les charnières pratiquement arrachées par les larges épaules de trois flics. Elle sut qu'il était parti avant même qu'ils n'ouvrent la bouche, tant leurs visages reflétaient leur rôle d'annonciateurs de mauvaise nouvelle.

« Sortez ! Sortez de ma boutique ! » se mit elle à crier sans s'arrêter.

Deux jours après, elle lut la note. L'appeler lettre

aurait été trop généreux, et Cathleen n'était pas d'humeur généreuse.

Cathleen,

Il n'y a pas grand-chose à dire, sinon que je suis sûr que tu seras soulagée par les conséquences de mon acte.

Cette lettre me donne l'impression d'avoir une conversation avec toi, mais seulement dans ma tête, une conversation sans interruption, sans querelle. C'est merveilleux, et tu devrais essayer de temps en temps.

Pourtant, il fut un temps où la vie était pleine d'émotions et de surprises nichées derrière chaque tournant. Les couleurs les plus ardentes jaillissaient à chaque instant, quand tout était presque parfait, à l'image de ces jours d'été où nous nous sommes rencontrés. Jours ponctués par des instants d'une beauté si touchante et surprenante, mais qui, va savoir pourquoi, s'assombrissaient aussitôt.

En dépit de nos différences et de la dégradation régulière de notre relation, tu es une femme exceptionnelle ; même si, depuis des années, j'ai tout fait pour essayer de m'en dissuader, avec des résultats aussi lents que limités.

Pour en venir à un problème plus pressant et pratique, le suicide est couvert par ma police d'assurance, ce qui constitue un bénéfice supplémentaire. C'est un point que j'ai vérifié soigneusement, donc ne te laisse pas persuader du contraire. Quand tu feras l'inventaire, tu t'apercevras que la collection de livres a disparu. J'ai décidé d'en faire donation à une cause méritante, et tu sais à quel point je suis fou des causes méritantes... Je ne voulais pas non plus que tu la brûles sur un coup de colère, ce qui aurait été un gâchis que tu aurais probablement regretté en revenant à la raison.

J'ai laissé une lettre pour Paul Goodman, le jeune homme qui nous a acheté des accessoires de billard. Il sera au magasin vendredi prochain, le premier du mois, pour effectuer son paiement qui n'a plus de raison d'être, puisque j'ai tout payé moi-même (non, pas avec ton argent). Merci de t'assurer qu'il n'enrichisse pas les coffres du magasin.

La lettre qui lui est destinée est extrêmement importante, et j'apprécierais vraiment que tu veilles à ce qu'il la reçoive. Elle éclaircira beaucoup de choses pour lui, des choses qu'il valait peut-être mieux laisser dans le passé, mais qui doivent être dites maintenant. Je n'ai ni l'envie, ni le courage de les lui révéler de mon vivant, et comme le couard que je suis (étais), je les ai laissées sous forme de papier et d'encre.

Demande à Biddy de me pardonner les désagréments que je lui ai laissés. Je suis sûr que ça a été un choc pour la chère vieille chose de me trouver étalé de cette façon. Je suis certain qu'elle s'est évanouie. J'ai fait ça dans la cuisine en me disant que ce serait plus facile à nettoyer ensuite. Qu'on ne dise pas que je manquais de considération pour elle. Ou pour toi...

Philip

P-S : Détruis les objets que tu as volés dans mon armoire. J'aurais dû le faire depuis longtemps.

Cathleen aurait aimé tordre le cou de Kennedy, lorsqu'elle apprit ce qu'il avait fait à l'abattoir ; il s'était comporté en héros, mourant pour les autres et refusant de vivre *pour elle*. Ensuite, en lisant la lettre, elle voulut le tuer une fois encore, le vouant à la damnation pour avoir voulu se suicider *à cause d'elle*. L'avait-il vraiment tant haïe ? L'avait-il méprisée autant qu'elle l'avait méprisé ?

« Madame Kennedy ? Puis-je vous apporter un peu de soupe ? demanda timidement Biddy en entrant dans la chambre. Madame Kennedy ?

– Quoi ? Oh… Non, vous pouvez rentrer chez vous, Biddy. Peut-être pourriez-vous être assez gentille pour appeler demain. Il faut que j'aille mieux maintenant. J'ai tant de choses à faire… murmura Cathleen, à voix volontairement très basse, comme si elle était sur son lit de mort.

– Ne vous faites aucun souci, madame Kennedy. Je serai à vos côtés aussi longtemps que vous en aurez besoin. C'est un plaisir pour moi, mentit Biddy avec un parfait sourire de mélancolie.

– Merci, Biddy. C'est bon de savoir qu'il y a quelqu'un sur qui on peut toujours compter, soupira Cathleen, en rendant sourire et mensonge. Assurez-vous juste de bien claquer la porte en partant. Cette nouvelle serrure m'angoisse. Je ne lui fais pas confiance. »

Elle attendit qu'un silence presque parfait soit revenu dans la pièce. À cause des rideaux accrochés aux fenêtres, les seuls bruits qui lui parvenaient étaient lointains et sans importance : on entendait la faible rumeur de la circulation, mais rien d'autre, un rien presque parfait, un bourdonnement négatif qui semblait s'avaler lui-même.

Une légère brise vespérale lui caressa les cheveux tandis qu'elle étudiait la lettre encore cachetée posée sur la table, admirant presque les deux mots si joliment écrits sur l'enveloppe blanche : *Paul Goodman*.

Elle la tapota du bout des doigts en luttant contre sa

curiosité de chatte, essayant à demi de se convaincre de ne pas faire ce qu'elle savait inévitable.

Lentement, adroitement, elle écarta les deux bords de l'enveloppe en prenant garde de ne pas la déchirer ni de laisser de traces d'effraction.

Elle en sortit les pages et les posa sur la table avant de s'installer confortablement, le dos bien calé contre un oreiller de plume d'oie.

Un long frisson lui parcourut le corps tout entier, un frisson qu'elle n'avait pas ressenti depuis longtemps, le frisson du pouvoir que l'on ressent lorsqu'on est sur le point de découvrir les secrets des autres.

Ses lèvres étaient sèches et elle les lécha avant de commencer. Elle espérait que la lettre serait plus longue que la note qu'elle avait reçue. Elle aurait voulu qu'elle dure toute la nuit...

Paul
Heureusement cette lettre t'est parvenue cachetée, bien que quelque chose me dise qu'elle a déjà été dévorée par les yeux voraces de quelqu'un d'autre avant d'arriver à destination.

« Enfoiré », marmonna Cathleen.

Une chose est certaine : une fois que tu auras pris connaissance du contenu de cette lettre, ton opinion sur moi aura changé, radicalement, pour toujours et en pire.

On dit que c'est au cœur de la nuit que l'homme est la proie de ses vérités, quand de coupables secrets commencent à émerger de leur déplaisante retraite pour venir le torturer. J'ai découvert que c'était totalement vrai.

Au cours d'une vie, les gens développent certaines convictions auxquelles ils s'accrochent, à leurs risques et périls. Souvent ces convictions sont déficientes, mais elles sont ressenties comme des vérités jusqu'à ce que quelque chose se passe dans la vie et vienne vous faire penser que, peut-être, elles étaient fausses. Personne n'aime admettre une erreur, mais qu'en est-il si cette erreur a duré toute une vie ? Imagine combien un tel aveu peut être difficile.

J'ai été le bourreau de ton père et je l'ai tué pour un crime qu'il n'avait pas commis. À l'époque, la « preuve » qu'il était un mouchard semblait irréfutable. Je n'ai pas eu la moindre hésitation à faire mon devoir. Trois hommes braves étaient morts à cause des informations que ton père avait soi-disant fournies aux ennemis. En ces jours de guérilla, la folie régnait en maîtresse. Des hommes normaux, honnêtes, commettaient les actes les plus cruels et les plus barbares. Aucun des deux côtés n'était irréprochable.

Ce ne fut que deux ans après la terrible exécution de ton père que j'ai appris que le vrai mouchard, un membre hautement respecté de notre organisation, l'avait piégé. Pour ajouter l'insulte au crime, on a autorisé cette créature à mourir paisiblement dans son lit (il est mort il y a deux ans en Italie) parce que aucun de nous n'était prêt à assumer les dégâts provoqués par un personnage aussi élevé dans la hiérarchie.

Bizarrement, quelques semaines avant ce terrible événement, j'avais lu une interview de Kim Philby. Tu es trop jeune pour te souvenir de qui était Kim Philby, mais il a travaillé comme agent double pour la Russie pendant la Guerre Froide, organisant la mort de ses camarades pour ses propres sales desseins. Ses mots étaient glaçants et tout à fait prophétiques : pour trahir, il faut d'abord appartenir...

Si seulement j'avais réfléchi à ces mots avec un peu plus d'attention. Ton père n'était pas d'un grade assez élevé dans notre organisation pour avoir accès au niveau des informations qui avaient été transmises à l'ennemi.

Au début, j'ai justifié mon acte en me contentant de dire que c'étaient les ordres, à une époque terrible où l'on commettait de terribles choses. Maigre consolation pour toi, mais l'on dit que la conscience est le guide ultime, même quand les hommes croient la tromper en essayant de la faire passer pour quelque chose d'acceptable. Je peux sincèrement affirmer que ma conscience m'a torturé au long de toutes ces années ; mes cauchemars m'ont consumé jusqu'à l'os. Les morts, je l'ai découvert, peuvent prendre du volume...

Ces derniers mois, j'ai été submergé par ces événements et par des souvenirs que je croyais avoir éliminés depuis longtemps de ma conscience. À mesure que les années passent, la mémoire devient de plus en plus suspecte et sujette à l'erreur, mais ton entrée dans le magasin a été pour moi le début de la fin. J'ai souvent voulu te crier à la figure ce que j'avais fait, j'ai même désiré que tu trouves une arme pour me tuer.

Pendant plus de quatorze ans, j'ai gardé cette étendue de sable à l'esprit. Il y a, sur la rive sud de Greenwood Beach, un petit cottage, en ruine depuis longtemps. J'ai quelquefois lutté contre moi-même pour m'en approcher et rechercher le vieux puits. Il y a encore trois semaines, j'ai marché sur la plage en regardant la ruine de loin, me persuadant que la chose à faire serait d'aller creuser jusqu'à ce que je trouve le corps de ton père. Mais non. Cela n'a pas été fait.

Je sais que rien ne peut réparer cette terrible tragédie. Je ne peux t'offrir que mon remords. Mais le remords est-il suffisant pour obtenir l'absolution ? Tu es le seul à pouvoir répondre. N'oublie jamais, il n'y a pas de vengeance plus totale que le pardon.

Philip

Totalement absorbée, Cathleen eut un mal fou à détacher ses yeux de la lettre et son regard resta longtemps dans le vide, incapable de se fixer sur quoi que ce soit. Elle avait été littéralement aspirée à l'intérieur même du papier, hypnotisée par les mots.

Elle la lut deux fois, comme elle en avait l'habitude avec le courrier des autres, et en fut frappée plus profondément encore que par le contenu de la lettre que lui avait laissée Kennedy. Elle ferma les yeux et pensa brièvement à lui. Elle entendit le murmure de sa voix sortir de la page ; elle se le représenta assis au rez-de-chaussée, sous ses livres, en train d'écrire cette lettre terrible, cette lettre accablante.

Pendant un moment, aussi bref qu'intime, elle fut submergée par un sentiment de regret comme elle en avait rarement connu, mais ce sentiment la déserta vite, au profit d'une inutile colère contre les années mortes.

Elle remit la lettre dans son enveloppe et, d'une langue humide, la referma pour son propriétaire légitime, sans vraiment croire qu'elle le rencontrerait un jour.

20

Une assemblée d'âmes cabossées

Quelle blessure ne s'est jamais guérie
autrement que par degré ?
William Shakespeare, *Othello*

Veuve. Le mot se consume lui-même.
Sylvia Plath, « Veuve »

« Il y a un jeune homme et une jeune femme qui voudraient vous voir, madame Kennedy. Dois-je les faire entrer ? demanda Biddy.

– Est-ce qu'ils ont quelque chose à vendre ? Dites-leur que nous ne...

– Non. Ils n'ont rien à vendre. Ils veulent parler avec vous de la mort de Mr Kennedy. (Elle se signa avant de continuer.) Le jeune homme dit qu'il s'appelle Paul...

– Goodman, coupa Cathleen avec un sourire aussi nerveux qu'impatient.

– Dois-je les faire monter ? »

Cathleen semblait en transe.

« Oui. Non, attendez. Dites-leur de repasser dans une heure. Ça vous donnera le temps de faire la chambre. En parlant de ça, le vase de nuit a besoin d'être vidé.

– Je reviens tout de suite, madame Kennedy. Je

vais dire aux jeunes gens ce que vous m'avez dit, fit Biddy en se dirigeant vers l'escalier.

• – N'oubliez pas de prendre de bons scones pour nos visiteurs. Avec plein de raisins secs dedans. Je suis devenue folle des raisins secs. Ils sont moins coulants que les pruneaux… »

Biddy attendit d'avoir quitté la pièce avant de marmonner : « Pas aussi coulants que ton cul merdeux, Madame Folle des Pruneaux. »

Une heure plus tard, Paul et Geordie furent introduits dans la chambre de Cathleen. Les fenêtres étaient entrouvertes, permettant à une faible brise de passer.

« Eh bien ? demanda-t-elle. Pourquoi désirez-vous me voir ? »

Le visage de Paul avait gardé des cicatrices, qui commençaient à pâlir et faisaient comme des bandelettes de papier. Il se força à sourire et les bandelettes blanchirent. Des restes de points de suture pendaient encore de façon sinistre de ses lèvres esquintées.

« Je m'appelle Paul Goodman, madame Kennedy, et voici ma fiancée, Geordie…

– Oui, oui. Passons là-dessus. Que voulez-vous ? Je n'ai pas toute la journée », interrompit Cathleen.

Les yeux de Geordie s'étrécirent légèrement. Elle se tenait sur ses toutes nouvelles béquilles. Paul l'imagina en train de les fracasser sur la tête de Cathleen.

« Nous sommes venus vous présenter nos condoléances, madame Kennedy, et vous dire à quel point Mr Kennedy a sauvé nos vie en donnant la sienne », dit Paul.

Les yeux de Cathleen étaient verrouillés sur Geordie.

« Pourquoi avez-vous besoin de béquilles ? demandat-elle en continuant de la fixer et d'ignorer Paul. Vous vous êtes aussi cassé la jambe ?

– Non, répliqua Geordie. Une maladie pendant mon enfance. Depuis, j'ai besoin de béquilles pour monter les escaliers. »

Paul l'avait prévenue contre la vieille bonne femme, mais par égard pour la mémoire de Kennedy, elle avait consenti à se retenir.

« Et vous avez affronté ces escaliers vicieux rien que pour me rendre visite ? » Si Cathleen avait conscience des efforts herculéens de Geordie, elle n'en laissait rien paraître. La seule chose qu'exprimait son regard, c'était du mépris.

« Pour vous présenter mes condoléances, en fait, rectifia Geordie.

– C'est aussi téméraire que stupide, vous ne pensez pas ? répondit Cathleen avec un sourire de cobra.

– Les escaliers ? J'ai triomphé d'obstacles bien plus importants. Plus c'est gros, mieux c'est. J'adore être téméraire », répliqua Geordie sur le ton d'une mangouste prête à frapper.

Paul sentit que les choses commençaient à tourner au vinaigre et s'interposa rapidement.

« Je n'ai pas besoin de vous dire à quel point votre mari a été héroïque, madame Kennedy. Il nous a sauvé la vie à tous les deux.

– Un héros, hein ? renifla Cathleen. Peut-être que s'il n'avait pas suivi ses fantaisies, il serait toujours ici, dans le monde réel, à m'aider à tenir le magasin et à payer des factures dont la plupart étaient le fruit de sa générosité. (Elle détourna son regard de Paul pour se concentrer sur Geordie.) C'était votre père et votre sœur, non ? C'est la police qui me l'a dit. C'est vous qui êtes venue ici cette nuit-là, à cogner et cogner contre la porte, n'est-ce pas ?

– Mr Kennedy était la seule personne que je connaissais, approuva Geordie. Je ne voulais pas qu'il aille aux abattoirs. Je pensais qu'il trouverait de l'aide quelque part.

– De l'aide ? Ha ! C'est à peine si ce pauvre Philip pouvait s'aider lui-même. » Elle avait fait cette déclaration sur un ton brutal, dénué de pitié.

« On ne doit pas parler de la même personne, fit Geordie. L'homme qui était avec moi cette nuit-là était plus que capable de se défendre. Il était largement de taille à affronter Shank. Je n'ai même jamais vu quelqu'un lui tenir tête comme il l'a fait cette nuit-là.

– Vous le connaissiez depuis combien de temps ? Une heure ? Un jour ? Et vous êtes devenue experte en matière de Philip Kennedy ? renifla Cathleen. Saviez-vous qu'il était sur le point de se faire sauter la cervelle, d'en foutre plein ma cuisine ? Oh, on dirait que je vous choque ? Je croyais que vous le saviez déjà. Une experte comme vous... »

Paul et Geordie étaient plantés là, paralysés, incrédules.

Geordie essaya de dire quelque chose pour la contredire, mais rien ne sortit de sa bouche.

« Ironique, n'est-ce pas ? continua Cathleen, sur le même ton. Vous l'avez probablement empêché de se suicider ici pour l'emmener à la mort aux abattoirs. »

Comme un ange envoyé par le Ciel, Biddy poussa la porte en portant une théière fumante. De petits scones campaient tout autour.

Elle posa son plateau et s'adressa directement à Geordie.

« Maintenant, jeune dame, asseyez-vous là, à côté de Mrs Kennedy. Que faites-vous debout, de toute façon ? dit-elle en souriant amicalement. Si vous attendez que Mrs Kennedy vous demande de vous asseoir, j'ai peur que vous ne restiez debout tout le temps de votre visite. N'ai-je pas raison, madame Kennedy ? »

Cathleen lui lança un regard furieux. « Pourquoi ne me feriez-vous pas un bon jus de pruneaux pour plus tard, Biddy ? Préparez-m'en un *très grand verre, s'il vous plaît.* » Les derniers mots sifflèrent comme une fuite dans un radiateur.

Biddy grommela quelque chose avant de disparaître.

Un silence gênant était maintenant tombé sur la pièce. On n'entendait que le bruit que faisait Paul en buvant son thé. Les scones et celui de Geordie étaient restés intacts.

« Geordie va avoir un bébé, dit soudain Paul, le visage illuminé de fierté. Si c'est un garçon, nous l'appellerons Philip, en l'honneur de Mr Kennedy. »

S'il pensait que cette petite friandise ferait plaisir à Cathleen, il en fut pour ses frais.

« C'est-y pas gentil ? Je suis sûre qu'il en sera ravi, où qu'il soit, répondit-elle. Pour être tout à fait franche avec vous, je n'approuve pas les bébés qui font des bébés. Je n'approuve pas les bébés du tout. Dieu merci, je n'ai jamais ressenti l'envie d'en avoir. »

Paul jeta un coup d'œil vers Geordie. Son visage était en train de tourner à l'orage ; elle allait exploser d'une seconde à l'autre. Il n'aurait jamais dû ouvrir la bouche.

« Je crois qu'il est temps d'y aller, fit Geordie. Je suis sûre que Mrs Kennedy a besoin de se reposer.

– Vous parlez comme mon docteur, ma petite demoiselle. Et s'il y a une chose dont je n'ai pas besoin, c'est bien d'un second docteur, fit Cathleen avec mépris. Des dictateurs, tous autant qu'ils sont, c'est comme ça que je les appelle. J'en ai ras-le-bol d'eux, de leurs maudites pilules et de leurs conseils hors de prix…

– Ça nous fait au moins une chose en commun, répondit Geordie en plaçant ses béquilles sous ses bras, prête à partir.

– Et c'est ?

– Notre saine méfiance de la médecine. Mon toubib m'a dit que je ferais mieux de ne pas avoir de bébé. Il me parlait comme si j'étais une créature étrange, venue d'une autre planète et dénuée de toute émotion humaine. Il m'a demandé – *ordonné* – de me faire avorter. Il m'a prévenue qu'il ne serait pas *raisonnable* de mettre un autre être handicapé au monde. Je ne serai pas longue à lui montrer ce qu'il aurait pu faire de ses conseils.

– J'en suis sûre, dit Cathleen. Oui, j'en suis vraiment sûre. »

Une ombre de respect se serait-elle fait jour dans sa voix ? Paul crut l'y avoir décelée en reposant sa tasse sur la table, à côté de la fenêtre.

Le regard de Cathleen capta le mouvement. La lettre adressée à Paul Goodman était posée sur cette table, à l'envers, juste à côté de la lampe. Elle était là depuis le début, attendant que son propriétaire légitime la retourne et la réclame.

Le rouge qui lui monta subitement aux joues, quand Paul fit accidentellement tomber la lettre par terre, n'échappa pas à Geordie.

Cathleen ne dit pas un mot, fixant intensément la main qui se tendait pour ramasser la lettre.

« Madame Kennedy ? Madame Kennedy ? demanda Paul, saisi par le regard mort de Cathleen. Ça va ? Voulez-vous que j'appelle votre bonne ?

– Cette lettre vous est adressée, fit Cathleen dans un murmure.

– À moi ?

– Ça vient de votre héros.

– Mon… ? De Mr Kennedy ? demanda Paul, stupéfait.

– Oui…

– Je ne comprends pas.

– Pas maintenant, peut-être. Mais ça viendra. »

Ouvre-la. Découvre qui était le vrai Philip Kennedy. Dis-moi si tu penses toujours que c'était un héros. Va-y. Ouvre-la. Lis-la à haute voix. Montre-moi ton visage dévasté, ton visage d'adorateur de héros…

« Allons-y, Paul, dit Geordie, comme si elle sentait que quelque chose clochait dans la scène qui se déroulait devant elle.

– Oh, j'allais oublier », dit Cathleen en essayant d'atteindre fiévreusement le tiroir.

Mais la soudaineté de son mouvement, alliée à des semaines d'inactivité, épuisa ses muscles affaiblis. Avec un grognement farouche, elle triompha de ses douleurs et parvint à ouvrir le tiroir.

« Voilà qui devrait vous intéresser aussi. Le plus drôle, c'est que Philip Kennedy croyait l'avoir perdu. Il l'a cherché partout, en vain. Et pendant tout ce temps, c'était juste à côté de mon lit. Vous parlez d'une coïncidence ! Peut-être que s'il avait cherché par ici…

– Qu'est-ce que c'est ? demanda Paul en prenant l'objet des mains de Cathleen.

– Une sorte de cassette, je crois. Probablement quelques-unes de ses chansons favorites. Je suis certaine que vous trouverez ses goûts musicaux… intéressants. »

Paul y jeta un coup d'œil avant de la fourrer dans sa poche.

« Merci, madame Kennedy. Je le chérirai toujours.

– Tant mieux pour vous, fit Cathleen d'une voix creuse et distante qui ne s'adressait plus à personne. Tant mieux pour vous. »

Épilogue

Les pensées d'un prisonnier : elles ne sont pas libres non plus. Elles reviennent toujours à la même chose.

Alexandre Soljenitsyne,
Une journée dans la vie d'Ivan Denissovitch

La tombe cache toutes les choses belles et bonnes.

P.B. Shelley, *Prométhée enchaîné*

Quand il était enfant, Paul aimait à entendre le vent du matin pendant qu'il attendait le car scolaire. Mais aujourd'hui, ce vent qui avait écumé les sables tourbillonnants et les mers en furie lui faisait bizarrement dresser les cheveux sur l'arrière du crâne. Ça lui donnait l'impression d'être fatigué et étrangement vieux.

Il regarda les familles rassembler leur fourbi, laissant traîner derrière elles des boîtes vides et des bouteilles sur la langue de sable de la plage. Les voitures miroitaient sur le parking, comme des saumons échoués en amont des rochers.

Enfin, il prit son souffle, plaça le doigt sur le bouton *play* et fit jaillir le son de la cassette. Elle craquait comme des toiles d'araignées jetées au feu et son cœur se mit à battre furieusement dans l'attente de ce qu'il avait déjà entendu une centaine de fois au cours de ces derniers jours.

Pendant quelques secondes, on n'entendit que le bruit d'une chaise déplacée. Ensuite vint, en arrière-plan, une toux sporadique. Dans le fond, il y avait encore un autre bruit, faible et très lointain. Pendant sa première écoute, il n'était pas tout à fait arrivé à saisir ce bruit. Maintenant, après l'avoir réécouté plusieurs fois, il savait que c'étaient les cris des mouettes et des corbeaux qui se battaient pour leur nourriture ; ils se battaient pour des charognes...

« *Ton nom ?* » demandait une voix sur la cassette. Paul tenta de se faire une idée du propriétaire de la voix. De quoi avait-il l'air ? Coléreux ? Calme ?

Silence. Quelque toussotements. Et puis...

« *Thomas... Thomas Goodman. Les gens m'appellent Tom...* » Il y avait un tremblement nerveux dans la voix, une hésitation.

Chaque fois que Paul entendait la voix de son père sur la cassette, son cœur lui obstruait la gorge.

Il sortit de sa poche une vieille photo en noir et blanc. Les bras croisés, son père souriait d'un air insouciant. Sa mère se tenait en retrait, souriant timidement, le visage partiellement dissimulé à l'objectif. Elle avait l'air très jeune, comme lui.

Paul essaya de forcer sa mémoire pour retrouver la toute dernière fois où il avait entendu la voix de son père. Il n'arrivait pas à s'en souvenir. À vrai dire, il devait être trop jeune. Aujourd'hui, l'écouter là-dessus, sur cet appareil cauchemardesque, le réduisait à un silence stupéfait. La prise de conscience du temps qu'il avait fallu pour que ces mots torturés lui parviennent, cette voix comme une ombre fragile montant de l'enfer, lui était si douloureuse, si terrible, qu'elle le plongeait dans une rage qui éclipsait son chagrin.

Au début, en lisant la lettre de Kennedy, Paul n'avait su que penser. Étaient-ce les divagations d'un vieil homme affrontant le suicide et dont les facultés étaient passablement perturbées ? Ou bien ces mots avaient-ils été tracés par les doigts et l'esprit malade de Cathleen Kennedy, la jalousie et l'amertume ayant fini par percer un tunnel à travers son corps brisé et bouffé par la haine ?

Il commença par ne pas croire un seul mot de cette lettre, et c'est tout juste s'il ne la déchira pas en vertu de l'estime qu'il portait à Philip Kennedy, l'homme qu'il considérait comme un héros. Mais, ensuite, vint la cassette posée sur la table de la cuisine ; elle piquait sa curiosité en le matant de ses gros yeux creux de hibou.

« *Combien de fric as-tu reçu ?* »

Il y eut une pause, et la voix revint à nouveau.

« *J'arrête pas de vous le dire. Je n'ai pas reçu le moindre argent. Je ne sais même pas... Argggggggggg...* »

Sans attendre, Paul appuya sur le bouton *stop*. Il sentait la nausée le reprendre. Son sang s'était concentré en un seul point de son corps. Toutes les nuits depuis maintenant une semaine, il se réveillait en état de choc et le cœur battant. Qu'est-ce qui le tourmentait ainsi, encore et encore ?

Geordie lui avait posé la même question, mais il n'avait pu y répondre.

Il se força à revenir à l'instant présent, à ce qui se passait autour de lui. Il se concentra sur les goélands qui planaient au loin, se souvenant du temps qu'il avait passé ici, assis, surtout à la fin de l'été, quand le vent forcissait et que les goélands émergeaient de la brume de mer, avant de redescendre en piqué pour saisir leurs proies.

Le soleil commençait à se laisser tomber doucement, la brise venant de la plage était froide sur son visage. Les vagues ourlées d'écume blanche sifflaient dans ses oreilles. Il pouvait humer l'ozone, l'odeur piquante du linge étendu, et cela lui faisait penser à sa mère, vêtue pour la messe du dimanche. Il se sentit terriblement seul.

« *Non. Un million de fois non. Je n'ai pas... Arghhhhhhhh... Salauds !* »

Salauds, pensa-t-il. *Salauds*.

Le temps passait sans qu'il s'en aperçoive, et quand le soleil finit par mourir, du ciel émanaient encore des traînées de lumière rouges et argentées. Une nouvelle lune commença d'apparaître, spectrale, maladivement fine.

Plus près du rivage, la houle brisait ses reflets en un millier de fragments tourbillonnants que Paul suivait des yeux, de la vague jusqu'au sable, à la recherche d'un éclair significatif, d'un indice. Quelque chose. N'importe quoi...

Il pensait à Lucky, à sa mort atroce, alors que lui, Paul, n'avait pas mentionné son nom à Shank, même sous la torture. L'avait-il dit à Geordie pendant que Violet écoutait chacune de ses paroles ? Autant de questions pour toujours sans réponse...

Calme comme la mort, il écouta une fois de plus la cassette, en se souvenant de Shank citant Blake, disant qu'il était plus facile de pardonner à un ennemi qu'à un ami.

Il sortit de sa poche la lettre toute chiffonnée de Kennedy et la déplia. Il y mit le feu et approcha les flammes de la cassette, la réduisant en une boule de plastique noirci.

Il se souvenait des citations de Shank, mais il trouvait celles de Kennedy plus appropriées, plus pertinentes : pardonner n'est pas oublier. C'est sortir de la douleur, et une fois que l'on commence à pardonner, les rêves peuvent être reconstruits.

Au cours de ces derniers jours, Paul avait senti que quelque chose s'était déchiré en lui avant de se reconstruire. Kennedy avait trouvé sa rédemption dans l'abattoir et Paul lui avait pardonné. Il était maintenant temps qu'il se pardonne lui-même.

Table

RÉALISATION : NORD COMPO À VILLENEUVE-D'ASCQ
CPI BRODARD ET TAUPIN À LA FLÈCHE
DÉPÔT LÉGAL : JANVIER 2014. N° 108917 (3002585)
IMPRIMÉ EN FRANCE

Éditions Points

le cercle

Le catalogue complet de nos collections est sur Le Cercle Points, ainsi que des interviews de vos auteurs préférés, des jeux-concours, des conseils de lecture, des extraits en avant-première…

www.lecerclepoints.com

Collection Points Policier